廃園の天使Ⅰ

グラン・ヴァカンス

飛 浩隆

早川書房

5928

BIT-SEIN BEACH

by

TOBI Hirotaka

2002

Cover Direction & Design 岩郷重力＋Y.S

Cover Illustration 塩田雅紀

目次

第一章　不在の夏　7
第二章　斃（たお）す女、ふみとどまる男、東の入り江の実務家たち　51
第三章　鉱泉ホテル　97
第四章　金盞花、罠の機序、反撃　131
第五章　四人のランゴーニ、知的な会話、無人の廊下を歩く者　187
第六章　天使　227
第七章　手の甲、三面鏡、髪のオブジェクト　271
第八章　年代記、水硝子、くさび石　317
第九章　ふたりのお墓について　375
第十章　微在汀線　413
ノート　449
文庫版のためのノート　452
解説／仲俣暁生　455

グラン・ヴァカンス　廃園の天使Ⅰ

CHARACTERS

ジュール・タピー……………………〈夏の区界〉に暮らす少年
ジュリー・プランタン………………〈夏の区界〉に暮らす少女
アンヌ・カシュマイユ………………漁師
ジョゼ・ヴァン・ドルマル…………漁師。アンヌの右腕
イヴェット（イヴ）・カリエール
……………………………盲目のレース編み
フェリックス・カリエール…………仕立屋。イヴの夫
アナ……………………………………三つ子姉妹の長女
ドナ……………………………………三つ子姉妹の次女
ルナ……………………………………三つ子姉妹の三女
バスタン………………………………町役場の助役
ベルニエ………………………………町役場の元職員
ドニ・プレジャン……………………〈鉱泉ホテル〉支配人
ピエール・アフレ……………………町の青年
ルネ……………………………………船大工
ジョルジュ・クレスパン……………猟師
ステラ…………………………………〈鉱泉ホテル〉従業員
ジョエル………………………………〈鉱泉ホテル〉コック
老ジュール……………………………謎の老人
ランゴーニ……………………………蜘蛛の統率者

第一章　不在の夏

鳴き砂の浜へ、硝視体（グラス・アイ）をひろいにいこう。

その朝、ベッドの上で目を覚ましたとき、ジュール・タピーはそう決めた。

まくらもとの窓から見える夏の空は、どこまでも青く、風はない。こんな日は浜で素敵な漂着物が見つかるのだ。少年ははね起き、窓からのり出して朝の空気に頬をあてた。

赤い土を踏み固めた道が家の前を通っている。やがてそれが敷石を並べた小さな道へ、そして次第にしっかりと幅のある石畳の道となって、町へ下っていく。

赤い屋根がごたごたとたてこむ漁港町のむこう、海が青く凪（な）いで茫然と広がるその上に、巨大な入道雲が峙（そばだ）っていた。わずかに残る朝焼けのなごりを映して雲はほのかに薔薇色の光を帯び、大理石から彫り出したモニュメントのように鞏固（きょうこ）で、荘厳で、ゆるぎないものに見えた。

実はそうではないとジュールは知っている。雲は漂う微細な水滴の集積。所有することも定着させることもできない不定形の運動体。事物ではなく、現象。

ジュールは鳴き砂の浜で嗅（か）ぐ潮風の香りを想起した。

今日は、どんな視体（アイ）が採れるだろう……。

もしかしたら〈流れ硝視（ドリフト・グラス）〉が見つからないだろうか？

ジュールは十二歳の少年がしばしばそうであるように……あたかもほんとうの十二歳の少年であるかのように……根拠のない予感に胸をときめかせる。

それほど美しい朝だった。

眼下にひろがる街なみは、南欧の小さな港町をイメージしてデザインされ、夏の朝だけに許された明晰な光をまとい、この〈区界〉のコンセプト――古めかしく不便な町で過ごす夏のヴァカンス――を完璧に具現する。

くみおきの水差しから盥（たらい）に水をそそぎ、壁ぎわの鏡のまえで顔を洗うとジュールは階下へおりた。きれいに切りそろえた前髪の、細く柔らかい金髪に小さな水滴が光っている。

小さな食堂には朝食のよい匂いがたちこめていた。

片隅の飾り戸棚には、チェスの駒をモチーフにしたトロフィーが飾られている。

この町最高の格式を誇る〈鉱泉ホテル〉で開かれる毎夏恒例のチェス大会は、長い歴史があり、過去の参加者リストには名士や名人が名を連ねる。ジュールは九歳の時に初めて出場し、そのまま優勝した。その翌朝から、そう、一千年以上もトロフィーはそこで埃をかぶっている。

「おはよう、ジュール」

背中で息子の名前を呼びながら、母親は朝食を仕上げた。

出窓の鉢植えから香草を摘んで刻み、はまぐりのスープに散らした。生地を発酵させず石のかまどで焼いたパンをテーブルにのせた。トマトのサラダは、大蒜（にんにく）の香りを移したたっぷりのオリーヴオイルとヴィネガーで攪拌されている。

ジュールは、母親がととのえる朝のテーブルが好きだ。

生成（きな）りのクロスに並べられた木のボウルや磁器の皿。

ミルクのジャー、胡椒のミル。

フォークとナイフ、スプーン、ナプキンリング。

平パンは全粒粉の香りと稠密（ちゅうみつ）な噛みごたえがある。サラダのボウルにたまった汁は、お店で買うトマトジュースよりも美味だ。スープから立ちのぼる湯気の、超微の粒が夏の光に美しく渦巻く。

椅子にも光があたる……とジュールは思う……ぼくの向かいのパパの椅子。その椅子には、でもだれもすわっていない。

だれもすわらない。

パパはここにいない。

もう、一千年も前から、このテーブル、この食堂、この家、この町、この夏にパパは来ていないのだ。

「きょうは、鳴き砂の浜に行く。ジュリーはたまりの蟹をつかまえるのがすごくうまいし」

「いい考えね。危ないところには行かないのよ」

母親はいつものようにほほえむ。やさしいけれど、複雑な笑顔。

「ジュリーに言っておいてね。いつも遊んでくれてありがとうって」

母親がにっこりしたとき目尻にできる大きな皺が、ジュールは大好きだ。

「おいしい？」

ああママ、そんなに心配しないで。ぼくはだいじょうぶ。学校には行かなくてもこんなに元気だし、だれよりも勉強はできる。それとも心配はジュリーとのこと？　彼女の素行が気がかりなの？　この〈夏の区界〉でそれを気にしているのは、ママ、あなただけだ。

「おいしいよ、とても」

いつものようにそうひと言だけ返事する。パンを嚙んで黙秘する。

「西の岩場にも行くんでしょう？　それなら、お爺さんの店にも寄ってきてくれない」

お爺さんというのは、西の岩場で小さな露店を開いている老人のことだった。観光客向けではなく、魚介類は、新鮮で質もよく、おまけにとても安い。何度かお使いに行かされている。

しかしジュールは老人を好きになれなかった。

「お魚のシチューを作るから、みつくろってくださいって言えばいいの」

「ん……」

母親はジュールのミルクにコーヒーをすこしだけ垂らしてくれる。コーヒーを混ぜると牛乳の甘さがよくわかる。人間の味覚とはなんてデリケートなのだろう。

朝食。一日のスターター。〈クロノマネージャ〉が時を刻みはじめた一千年と五十年も前から、ジュールたちはこの食堂で食事をとりつづけてきた。これから先もそうだろう。父さんの居ない食卓にむかいあって、少年とママは朝食を食べるだろう。

それは摂理のように揺るぎないと、その朝も信じていた。

「帽子を忘れないで。それからお昼には帰ること」

「はあい」

ジュールはしたくを整えて玄関に下りた。

おもちゃのようにきれいな、小さな家。その玄関を出て麦藁帽子のつばを直したとき……、

「ジュール！」

威勢のいい声がその名を呼んだ。声は頭の上からだった。ふりかえり、見上げると玄関の庇（ひさし）があり、その真上、オレンジの瓦にジュリーがすっくと立っていた。

そう。すっくと立っていた。

ジュリーは白かった。

生成りの麻の服を頭からすっぽり被り、

少年のように短い金髪は夏の陽射しに晒（さら）されてプラチナ色に褪せ、

貝殻を列（つら）ねた白い腕輪とアンクレットを帯びていた。

ジュールはこのあとその一千年に及ぶ少年時代よりも、はるかに長い生を生きることになったが、その朝のジュリーの姿、赤い瓦と青い空のただなかに一本の若木のように佇っていたジュリーの白さを忘れることはなかった。

「はいはい、なんて顔してるの！」

ジュリーが大声で言う。風が裾をひるがえす。ジュリーは服の下に何もつけていなかった。二本の脚のあいだ、髪よりはもう少し色の濃い翳がまともに目にとびこんできた。

「ジュール！　あなたそのままじゃ——」

ジュリーは大きな口を開けて笑った。

その歯がいちばん皓かった。

「——顎が落っこちちゃうわよ、従弟さん」

「……ジュリー」少年は顔を真っ赤にした。「ひどいよ、それ」

「そこ、どいて！」

言うが早いか、ジュリーは屋根の縁から跳んだ。

樋をつたい、途中で高い植込みに移って、するすると下りてくる。ジュリーの身のこなしは消防士より勇敢で、はためく洗濯物よりも軽やかだった。

ジュリーはジュールの鼻先に着地した。

「どうこの服、かあさんが作ってくれたの」

ジュリーは両腕を真上に挙げくるりと回った。その腕のつけ根の窪みに、栗色の影がやや濃く煙っているのから目がそらせない。

「そうなの？」ジュールはちょっとびっくりしたふりをする。ほんとうは彼女の母親がジュリーの服を作っているのは知っていた。

「そうよ」

「すごく似合う」

「そう？」

裁断と縫製がシンプルだから、かえって身体の線が引き立つ。

「似合う」

「そう？　きみほんとに服を見てる？」

唇がにっこりとなる。ジュールはその唇の感触を思い出す。

「見てるよ」

「ほんとかなあ……ほんと？」

熟したオリーヴのような、緑黒の二つの瞳がジュールを覗きこむ。

ジュリーの中でそこだけは白くない。ジュリーの感情は、くるくるといつも、そこに無防備で顔を覗かせている。仔犬のように愛を愛し、親猫のように無愛想で、少女のように（いや、少女だ。まだ十六歳なのだから）頑なな瞳。

「まあいいや。ギロンじゃあきみに勝てないもんな」

そう言って、短いうなじの毛をこしこしっと撫であげた。柔らかそうな髪だった。

ジュリーは、少年が「天才」かどうかなんて、てんで気にしない。小さい頃から異常な頭の良さで周りに疎(うと)まれていたジュールは、この「従姉(いとこ)」といるときだけは自分が「天才」であることを忘れていられた。

同じことがジュリーにも言える。

ジュリーは性的な自制がこわれている。だれとでも寝る。でもジュールは、そんなことは少しも気にならない。

そんなことより、きょう、鳴き砂の浜で何を見つけられるかのほうが、ずっと大事な問題なのだ。

「はやく行こうよ」

「急がない、急がない」

少女は小指で耳の穴をほじるしぐさをした。

「だれかに取られちゃうかもしれないだろ。視体(アイ)が」

「とられやしないわ。ひみつの浜よ。千年もばれなかったのに、きょう誰にばれるのよ」

「でも暑くなるしさ。涼しいうちに」

「ねえ、きみって本当(ほんっと)におかあさんみたいなしゃべり方だよね。そう、たしかにきょうは暑くなるでしょう。よくわかります。でもね、わたしは暑くてもぜんぜん平気だし、そのほうがいいの。頭のてっぺんから、こう、チリチリってうす煙りが立つくらいでないとものたりないのよ」

ようやくふたりは海のほうへ歩きだした。近道をするために、敷石の道からそれて林に入る。果樹の甘い匂いがする。蜂の羽音がどこかで舞っている。

「今夜はどうするの？」ジュリーが訊いた。「出場するの？」

「出るさ、とうぜん」

今夜、鉱泉ホテルでは恒例のチェス大会が開かれることになっていた。

ジュリーはなぜそんなことを訊くのか。

出場してほしくないからだ。でもジュールはやめる気はなかった。やめてほしいとジュリーに思わせることも、出場の理由だから。

「蜘蛛の糸で縛りあげても？」

ジュリーがぽつりと言ったのは、ありふれた慣用句だ。

ただしその「蜘蛛」は、広く知られた節足動物のクモではない。この仮想リゾート、広大無辺の〈数値海岸（コスタ・デル・ヌメロ）〉の中でだけ通用する一種の決まり文句だった。

ジュールと母親が住む古い家を修繕するのはだれか――蜘蛛だ。緑したたるこの果樹園を害虫から守るのはだれか――蜘蛛だ。

町へ続く石畳も、その町の地下を走る水道も、道を走るトラックのエンジンも、この町の――〈夏の区界〉のありとあらゆるメンテナンスは蜘蛛という名のロボットたちで行われている。蜘蛛はいつでもどこでも見かける。あらゆるところにいてこの区界をつねに正常に保っている。

赤土の道から少しはずれたところに、切り払った果樹の枝が束ねて積んである。そこに蜘蛛がぎっしりと集まっていた。

蜘蛛がかたまっているのは珍しくない。でも少し多すぎる。

「どうしたのかな？」

蜘蛛は、クモとはあきらかに違うし、まったく別のものだとだれにでもわかる。だのに、印象としては非常に近い。どうしようもなく「蜘蛛」としか名づけようがないのだ。

形状はまちまちだ。しかし、総じて多くの脚があり、なめらかに動き、そして「糸」を吐く。それが共通している。

ジュリーは柔らかなうなじの毛をまた、撫でた。緩いブレスレットがからりと鳴る。

蜘蛛たちが取り囲んでいたのは、大きな〈穴〉だった。直径が四十センチもあった。地面すれすれの中空に斜めに開いていた。

あまりに完璧なのでちょっと見ると大きなLPレコード（むろんこの区界に非接触式の音楽メディアはない）を枝の山に立てかけたみたいだが、穴はなにもない中空をすっぽり刳りぬいているのだった。ふちは鋭い刃物を使ったような鮮やかな切り口。なかは暗くどんなに目を凝らしても何も見えない。

〈区界〉はほぼ完璧な仮想リゾート空間だが、ときおりこのような欠落が発生することがある。描画上のゴミみたいなものであまり害はないし、ふつうなら蜘蛛たちがあっというまに

「あ、あれ」

直してしまうはずなのだ。

「どうしたのボクたち」ジュリーはサンダルの先で、蜘蛛をつついた。「元気ないね」

蜘蛛たちは、とても勤勉だ。

たいていの場合、穴が小さいうちに取り囲み、あっというまに毛布みたいな糸（ウェブ）のシートで覆ってしまう。すると五分とたたないうちに糸は穴のまわりの事物に溶け込む。傷が治るように塞がってしまう。蜘蛛はそうやって毎日この区界を丹念に修復して回っている。

つつかれても、蜘蛛たちはもごもごと身じろぎするだけだった。途方に暮れているように見えた。ジュリーは足首にすがりついてきた一匹を拾い上げた。カマンベールチーズほどの大きさと形。色はカーキ系の迷彩塗装。脚は二十本。ひっくり返ってもだいじょうぶなように、両面に格納式の眼がついている。蜘蛛は（もちろん感情などはないのだがそれでも）困りきったように見えた。

「ドウシタライインデショウ。ヨワリマシタ」ジュリーはその蜘蛛で腹話術をやって見せた。

「ほっとくわけにもいかないわよねえ。お姉さんがなんとかするか」

ジュリーは蜘蛛を放り出し、手を空（あ）けた。ブレスレットの白い貝殻の中に、一個だけ、硝視体（グラス・アイ）が混じっていた。歪み、古ぼけた青いガラス玉みたいだった。

ブレスレットにもう一方の手を添え、ジュリーは腕をまっすぐのばして人差し指を〈穴〉に向けた。

ギュン、と小さな音が鳴って穴のエッジが赤く輝く。〈穴〉が捕捉されたのだ。黒い穴は収斂しながら輝きを増していき、最後に強いオゾン臭を残して、消えた。

「いっちょうあがり、と」

「あ、いや。でも、蜘蛛たちが変だよ」ジュールは、足許の群れに手を差し入れ、一体の蜘蛛をすくい上げる。すると十体近くが数珠繋ぎになっていっせいに持ち上がった。脚が絡まっているだけではない。身体が溶けあい癒合していた。蜘蛛たちはキーキーと小さな声で苦痛を訴えていた。

「ひどい。なんでこんなになるの」

「糸かな」

癒合部分には蜘蛛の分泌する糸がべったりと付着し、それが表皮や内部を溶かしてほかの蜘蛛と一体化させているようだった。糸の補修作用がなにか微妙にずらされているようにジュールは感じた。地面の蜘蛛たちも、やはりあちこちでつながっていた。

「いいわ、お姉さんがなんとかしたげる」

ジュリーは、ジュールが拾った群れを両腕に抱えた。青い硝視体が、こんどははっきりと内部から光を発するのがわかった。癒合の濡れ溶けた面がきれいにはがれ、健康に乾いていった。

「ほら」ジュリーは元通りになった蜘蛛たちを、ぱっとばらまいた。「あとはおまえたちでやって」

落ちた蜘蛛たちが周りの蜘蛛たちの癒合を修復していった。

「どんなもんよ」

「視体、だいじょうぶ？　さっき光っちゃってたよ」

「えっ」

ジュリーは手首を覗きこんだ。硝視体は、熱で変質した宝石のように曇っていた。負荷が大きすぎたのだ。

「ああ、お気に入りだったのに」ジュリーは細っこい肩を落とした。「こんなことに視体を使うなんてばかみたい。えーい、あんたたちがしっかりしないせいよ」

ジュリーは蜘蛛をけちらした。まさに蜘蛛の子を散らすように小さなプログラムたちは遁走した。

「スイマセンスイマセン、サイナラサイナラ」ジュリーは勝手に蜘蛛の科白を吹き替えながら、最後の一匹まで追い払った。

硝視体は魔法の石に等しい。

区界の事物や事象は、現実の世界と同じように相互に力をおよぼしあう。斧で木を伐ることも、殴り合いの喧嘩をすることもできる。畑で作物を作れば、土は痩せる。そのぶん区界では現実の世界に起こりうる以上の不思議な力を揮うこともまた、できない。

ただ視体（ふつう、こう略して呼ばれる）だけが唯一の例外なのだ。

視体はほかのどんな事物にもできないやり方で、区界の物体や現象に働きかける。才能のある者が十分に修練を積めば、その力をコントロールすることもできる。いまジュリーがしてみせたように。

「もうあといくらも使えそうにないわ」

「じゃ、また何か出してみせてよ？」

「いいわよ」

ジュリーは残された一回をつかって蜻蛉を創った。

腕時計を見るときのように、手首を返す。ほっそりした手首だ。時計だったら文字盤のあるあたりに視体がある。

そこから、いくすじもの細く青い翳が糸を紡ぎ出すようにあらわれ、からまりあい、針金細工のように優雅な胴を編んだ。その胴から飛出しナイフのようにすきとおった四枚の翅がのばされ、震えつつホバリングしてジュリーから離陸した。

「好きなところへ――お行き」

ジュリーは硝視体の残りの力を集めて、蜻蛉に最後のキックを加えた。ワイアフレームの蜻蛉は、一瞬にディテールを完成され、さらに二匹に分裂し、雌雄のひとつがいとなって果樹の葉の向こうの空につい、と飛んでいった。

よい硝視体はいくらもある。しかし、このようにいきいきと楽しく使うことができる者は滅多にいない。ジュリーは得意そうに鼻を鳴らした。

「いつかぼくも」

「ふ、頭だけじゃダメなのよ？」

「きっと方法はあるよ」

「ほうほう、それはそれは。まあがんばって」ジュリーは大きくのびをした。「さあて、なんかやる気出てきたなあ」

ジュリーは大股で歩きはじめた。片耳に小さな銀色の耳飾りが揺れた。

さかなの形の飾り。片方だけの。

ジュールは一瞬身体を固くした。そしてその夜のチェス大会のことを思った。


町はにぎやかだった。魚が水揚げされたばかりだった。中央広場では荷台があちこちで店を開いていて、ぴかぴか光る魚や貝がどっさり積み上げてある。売り子は声をはりあげ、客はほほえんで耳を傾けている。ジュールとジュリーは石畳の広場を横切った。魚や貝を焼く匂いの帯を横切り、暗い路地にかけ込むと、いちばん奥に小さな自転車屋がある。

「おじさん、また借りるわね。二台」

太った店主は、店の奥に腰かけたまま、あいようとうなずく。二人は店を出てサドルにまたがる。路地を抜けると日光が目に痛い。

「あのおじさんはね、どういうのが好きだと思う？」

「知らないよそんなの」

いつものことなので、いちいち取りあわない。かわりにペダルを漕ぐ。踏む力がなめらかに推進力にかわり、風になって頬を冷却する。潮の匂いが強まる。海鳥が頭上を旋回する気配を感じながらブロックをひとつ進んでアイスクリーム屋の角を左へ折れると、西の入り江へ出る。そこが漁港だ。

この町は漁業と観光のふたつで成り立っている。つまりこの海に支えられている。海岸線は、入り組んだ岩場の複雑な線や、なだらかな長い砂浜など変化に富んでいて、海辺のリゾートとして申し分なかった。この西の入り江はいちばん大きく、漁港にうってつけのかたちと深さをそなえている。食卓を飾る海の幸はここからもたらされる。

いっぽう東の入り江はやや小規模だが、美しい丘が海ぎわまで迫り、斜面にちりばめられた別荘の住人たちのマリーナがある。この丘は非常に質のよい鉱泉を擁している。〈鉱泉ホテル〉は、この東の入り江にある。

ジュールたちは、左手に海を見ながらふたつの入り江をつなぐ道を進んだ。海に迫り出した大きな岩山がこの町をふたつに分けている。その岩山の横腹に細い道がへばりついている。「キャットウォーク」と呼ばれる道は、自動車一台がようやく通れる幅。右手には見上げるような崖、崖下は真っ青な海。二人の自転車は、海風に時々ふらっとしながら進んでいく。

岩場に陣取っての釣りは、トローリングとならんで、ホテルの客たちに好評だった。小島が複雑に散在し、景色が抜群にいい。小石のような島々や小さな浜にはいろいろな愛称がつけられている。

しかし〈鳴き砂の浜〉は町のだれに訊ねても知らない。ふたりの間でだけ通じる秘密だった。

自転車が、目印の切り株から細い未舗装の道に折れようとしたとき、「よう、坊主」とジュールを呼びとめる声がした。

自転車を止め振り返ると、道端の木の下で、あの老人が地べたに腰を下ろして笑いかけていた。ジュールのママがお気に入りの老人だった。意図のわからない、いやな笑いを泛べている。

「どちらにお出かけだ？　女の子連れなんて、隅におけないな」

その服装を見て、ジュリーも呆気にとられていた。真夏だというのにフードまでついた真っ黒な長衣を着込んでいる。生地は麻のように軽やかで見かけよりは涼しいのかもしれなかったが。老いぼれた大鴉が羽をやすめているように見えた。

「きょうはお店は休みなの？」

「大漁の日は商売しない。へそまがりだからな」

老人は枯れ細った指で鼻の頭を掻いた。

その鼻のとなりにあるべき右目がない。

大きな古傷が斜めに走っている。鋭い金具でえぐったような傷。頬骨はいったん断ち切られたあといびつに治癒していた。傷が顔全体を歪めている。

老人は残った目を細め、ジュールたちの顔を舐めるように見た。長話をはじめられたらかなわない、とジュールは判断した。

「悪いね。いま急いでるから」

ジュールは自転車を出した。ジュリーがくすりと鼻で笑って、後を追う。すぐに追いつき、併走しながら耳元にささやきかける。

「逃げたでしょ？」

「なにがさ」

「そんなにあのお爺さんが怖いの？」

「浜の場所がばれちゃうだろ」

とぼけてはみたが、そのとおりだった。ジュールは老人の姿を見、声を聴くのが怖かった。どうしてもあることを考えてしまうから。

途中で自転車を止める。草におおわれて、もう見分けられなくなっている道にふたりは入っていく。背丈ほどもある草を分けてしばらく歩くと、いきなり視界が開けて、もう眼下は真っ青な海だった。垂直に切り立つ三十メートルもの断崖のふちにふたりは立っている。けさ見た薔薇色の雲はひと回り大きく成長して、いまはほぼ頭上にかかっていた。激しい陽射しに打たれ、猛々しいほどに聳え、純白に輝いている。

「いい風ー！」

まともに吹きつける、よろけそうなほどの風をうけとめ、もつれた髪を踊らせて、ジュリーは大声を出した。声はたちまち風に運び去られる。

「とっても、つよい風！　おおーい」

「……降りようよ」

「好かないな、その性格」

枯れ木の大きな根株があって、そこから岩肌に深い亀裂が走っている。その亀裂をつたって崖下まで降りることができるのだ。亀裂はほぼ垂直だが、ジュリーが硝視体を使って、手がかりや足がかりを作っていた。岩で擦りむかないよう、爪を剝がさないよう気をつけながらジュールが先に降りた。下へ行くにつれ亀裂はせばまり、両側から岩におしつつまれる。

ジュールのうなじや背中にジュリーの脚がこすりつけられる。匂いが近くにせまる。ジュールは降りる速度をゆるめる。するとジュリーが自然に追いつき、ジュールの背中と岩壁の間に少しずつもぐり込むかっこうになる。うすい服地のむこうに、しなやかな筋肉や柔らかな場所がおしつけられる。

ジュールは、このまえに浜へ来たときのことを思い出し喉が熱くなった。泳いだあと、彼女の全身についた海の塩を舐め落とすよう言われて、長い時間をかけてそれをした。愛撫されたとき、どんなふうに息をもらすか。腹がしなやかに波打つようす。

「何を考えてる？」上から声がした。

「別に」

「そう？」ちょっと笑ったような声。

「別になにも」

「わたしきょうね、舌に視体（アイ）のピアスをしてるの」

ジュールは思わず振り返る。

暗がりの中でいたずらっぽく出された舌の先に、溶けかけのミントドロップのように、小さな視体が浮かびあがった。

「あとでキスしてあげる」

それ以上見ていられず、視線を逸らした。

「だからお願いをきいてくれない？」

「……」ジュールはまた動きを速めた。「行くと決めたら行くし、出ると決めたら出る。やめないよ、大会は」いきなり不機嫌になり、ジュールはめちゃくちゃな勢いで降りていく。

「あーわかった、もう言わない」

断崖のくぼんだ部分に砂が寄りついた、ささやかなビーチだ。ジュールは最後の一メートルを飛び降り、ジュリーに手を貸した。そこは小さな砂浜だ。崖上の道からも、沖からも見えない。

ここが鳴き砂の浜だ。

きめ細かく均一な砂が白く敷きつめられている。

ふたりはその上に、さくり、と足を踏みだした。

〈音〉が、足の下で拡がり、うねる。

〈音〉。

それは音ではない。

音ではないがそうとしか喩えようのない、ある、振動だ。

ジュールの振動を砂が飲み込んでゆく。その中にジュールのすべてが含まれているような、固有の振動。

足の下から、ゆっくりと、この小さな砂浜全体に拡散していく。

砂は、けものが相手の匂いを嗅ぎ取り記憶と照合するみたいに、ひっそりと微振動した。

つづいてジュリーが足をつけると、ジュールのと混ざりあいながら、同じように音がひろがった。

砂たちは、ふたりが馴染みの来訪者であることを音で嗅ぎ取って、安心する。安堵と歓迎のあいさつが砂地いちめんからほのかにたちのぼる。ジュールとジュリー、そして鳴き砂の浜。三種類の音が、和やかにとよもしあい、そしてゆっくり減衰するのだが、このときジュールはいつものように、砂地がつくりだす自分たちの反射像(エコー)が、蜃気楼のような視覚像を一瞬結ぶのを見た。

ジュールは気恥ずかしいような、うっとりしたような気持ちになった。

「妙ね」ジュリーは眉をひそめた。「ねえジュール、いつもと音が違うよ」

「そう?」

「へんな棘刺波(スパイク)が混じってる。だれかここに来たんじゃないかしら。知らないやつが。その音が残ってるのよ――いや、そう、もしかしたら、まだいる」

ジュールは手で庇をつくって雲を見上げた。強烈な陽射しを浴びて、雲のごつごつした起伏にくっきりと濃い影が刻まれていた。その、影と輝きとが入り組んだ部分に、なにか一瞬動くのが見えた。雲の色とも影の色ともちがう濁った色が雲の内部から泡立ち、また呑み込まれた。

一度まばたきすると、もうなにも見えなかった。

ジュリーはさくさくっと砂を踏みしめ、エコーのぐあいを確かめていた。今度はジュールも気をつけたが、やはり違いはわからなかった。

「おかしいな。もうわからなくなっちゃった」

「なんでもないのさ。行こうよ」

パンツだけになって、ジュールははだしで駈けだした。ジュリーは服を着たままぶらぶらとついてくる。砂はまだそんなに熱くない。波打ち際の海水は透きとおり、きれいな泡をたてている。駈けていたジュールは、とつぜん立ち止まった。

足の親指が砂に埋もれた小石を見つけたのだ。薄青い石が顔をのぞかせている。

「やっぱりきょうはついてるみたい」

長径が一センチの涙滴形。海水のように透明だ。若いというより、稚(おさな)い石。生まれたてだろう。まだジュリーのブレスレットには使えない。

しかしどんなに若い視体でも固有の魅力をもっている。ジュールは濡れた石をつまみあげ、光にかざして片目で覗きこんだ。

海。

雲。

ジュリー。

石を透かすと覗きからくりの写真みたいだ。輪郭が鮮明で、とても遠くに見える。そうして、すべて静止している。波頭も風になびく髪も、停まっている。ジュールが覗いたその一瞬を、静止画カメラのように捕獲（キャプチャ）したのだ。

石の中に光がとじこめられている。

静止した光が、やがて徐々に滲み、ほどける。

まず映像を構成する微細な光の粒が、結合力を弱められ、ばらばらになって、明滅しはじめる。ひとつひとつの粒は色の純度を保持したままなので、像はにじんでも絵の鮮やかさは落ちない。ほどけた光の中でも、ジュリーはすぐにそれとわかった。ちょうど彼女が固有の〈音〉を持っていたように、視体の中でジュリーは固有の色と輝きで見つけだすことができる。

砂と視体は、よく似ている。

鳴き砂の浜が〈音〉を飲み込むように、視体は光を（そして光以外のあらゆる要素を）取り込み、抽象化していく。その視体にとって意味あるエッセンスを抽出していく。砂が〈音〉によってジュールたちを認識するように、視体はＡＩとは意味の違う〈光〉を視ているのだ。

この硝視体は、光を印象派の絵のように再構成するくせをもっているようだった。しかし硝視体の個性はさまざまだ。ビロードやタペストリーのように布地の質感（テクスチャ）に変化させるやつもいる。光の中からリズムやメロディなど音の属性を引き出す視体もいる。珍しいものとしては、なにを取り込んでも、クレマン家のセピア色の家族写真にモルフさせる石もいた。その写真を子細に見ると、取り込んだ情景が騙し絵のように練りこまれているのである。

視体は光の——光だけでなくさまざまな感官の——官能のサンプリングマシンでありシンセサイザだ。ひとは視体を覗いてその視点、世界の感じ方を借りることができる。視体ごとに異なる、固有の世界を楽しむことができる。

これが視体の、第一の価値だ。

ジュールは石から目をはなさず言った。

「やっぱりきょうはついてる。あっというまに見つかった」

「見つけたと言わないところが、奥床しいね。偉いわ……覗かせて」

「この子のほうがぼくを見つけてくれたのかもしれないしさ」

「シサとガンチクに富んだ発言。……少し貸してくれてもいいでしょうったら」

「うーん、これはすごいな。……ねえ邪魔しないでくれる」

「はあん、そう」

ジュリーはいきなり服を脱ぎだす。

彼女の身体はあっというまに白い麻からぬけでた。脱いだばかりの服のどこかから小さい布を取りだすときれいにまとい、水着のように胸と腰をうまく隠した。ジュールの呆然とした顔を満足げに確認してから、「はい、それはこっちね」と石を取り上げた。

「向こうへ行きましょう」

ふたりは浜のはじの小さな岩場についた。

海面からではわかりにくいが、そこに大きな岩のえぐれがある。

その深みこそ硝視体の宝庫なのだった。

視体が育ちやすい環境なのだろう、純度の高い、魅力的な個性をもつ視体がたくさん見つけられた。だからふたりは新しい視体を見つけるとすぐにここへ持ち込むことにしていた。

岩の縁にならんで腰を下ろした。ジュリーはさっきの石を覗いている。

「あれ？」

ジュリーは覗いた姿勢のまま、となりのジュールを肱で小突いた。

「ねえ、色が不安遷移してるよ。あんたの不安でしょう。赤ちゃん視体は大事にしてやんないと、かぜひくよ」

ジュールは口ごもった。

視体に触れていたジュールの瞼や指が、影響を与えたのだ。

砂に下ろした足が音の波紋をひろげたように、視体はジュールの心容をうつしとり、飲み込んだ光景に色を重ねてしまった。硝視体はこのように感情のサンプリングマシンでもある。

いま、視体の中の風景はすこし蒼ざめていた。

ジュールは老人のことが、実はさっきまで頭から離れなかったのだ。

誕生したばかりの弱い硝視体は、強い感情に触れると損なわれてしまうことさえある。

「どうしようか」

「ふん……まかせて」

ジュリーは蒼ざめてしまった視体を、太陽にかざした。目も眩む直射だ。

「ほうら、暑いわよ。ね」ジュールにではなく視体に呼びかけた。「汗をかいたらいいわ、いっぱい！」

するとと指先にはさまれた石が、ぎゅんと震えて勢いよくなにかを放出した。くわえこんだ不安、それが分離され排出されたのだった。たばこの煙ひと吐きほどの量で、うす青い蒸気かヴェールのように具象化されていた。ふわふわと漂い、直射にあぶられて消えた。

このように硝視体は、中にいったんたくわえたものを、形を変えて外に出すことができる。また、その変容の力を外側にある別のオブジェクトに及ぼすこともできる。視体の変容の力を、触れるものの心象を使って細かくコントロールすれば、石の外側の世界を変化させていける。十分に熟達した使い手が適した視体を使えば、この世にあるものを変化させ、望むものを作りだすこともできる。ジュリーが蜻蛉を創ったように。そして、それさえ視体の力のもっとも単純な現われにすぎない。

ジュールは岩の上にあおむけになった。

ジュールは、ある考えを頭から追い払うことができない。

あの老人はぼくのパパなんじゃないか？

いったいいつから、こんな考えが頭にすみつくようになったのか。

わからない。

ジュールは思う。

……ぼくはこの区界、この仮想リゾート空間の住人であり、この区界にはじめから組み込まれたロールAIにすぎない。

ぼくの思考、ぼくの記憶、ぼくの身体、これらすべては精密に設計され、区界のシステムで走る一群のオブジェクトなのだ。

しかしパパはちがう。

パパは〈ゲスト〉だ。

このリゾート〈数値海岸(コスタ・デル・ヌメロ)〉の会員権を持ち、普段は現実世界に住む、特定されない何万人もの「だれか」だ。パパは会員権を行使して無数の区界の中からこの「夏」をえらび、ぼくのパパという空白の役柄(ロール)に予約を入れ、家にやってくる。この区界にはそのような空白のロールがたくさん作られていて、予約さえ空いていれば性別も年齢も関係なくロールになりきることができる。

そういうふうにして日替わりのパパがあのテーブルにすわる。

ぼくの家族は「パパ」とさまざまな夏の楽しみをともにする。

しかしあの老人はそうではない。なのになぜ、不思議な親近感——血縁に似た親(ちか)しさを感じてしまうのだろう。

「行くよ！」

ジュリーの声が思考を打ち切らせた。彼女は岩から身を躍らせ、潜った。ジュールもあとにつづいた。

海中では岩々が、漏斗(じょうご)の内側のように、下に行くにつれて階段状に窄(すぼ)まっていく。ひとつひとつの段となる小さな岩棚には鳴き砂が厚く積もり、それをベッドにしてたくさんの視体が静かに時を過ごしている。

ジュリーはさっきの視体をそのひとつに置いた。新米は、海面からの光をあたたかそうに浴びはじめた。この漏斗は、空に向かって開いているから、まんべんなく日があたる。それが視体の成長にいいのよ、とジュリーは言う。ほんとうなのか、それはわからない。

ジュリーは階段のあちこちに目をくばりながら潜っていく。無言の声をかけているのだろう。ペットのように、自分でつけた名前を呼びながら。おはよう、〈冷たいマティーニ〉〈絹北斎〉〈割れ鏡〉、いい朝ね。うたたねする視体もいれば、内部で超高速の演算をしつづけているのもいる。きょうのご機嫌はいかが、〈紫苑律(アステリズム)〉〈ハンドベル〉〈耳の渦〉？ そんなふうに声をかけて。そしてまだ見たことのない視体がいないか、産まれてはいないかをさがす。

漏斗の底近くで、ジュリーは降下をとめ、ひとつの視体を取り上げた。にっこり笑い、親指を立てる。ジュールが近寄ってみると、ニワトリの卵ほどもあるりっぱな視体だった。水の中でさえ、持ち重(おも)りがしそうなほどだった。

視体は、乳白色の中に複雑な色を交ぜて、オパールのようだった。海面から届く光の帯にあてると、表面に白い光の微細な起毛が立って、哺乳類の赤ん坊が身体を丸めて、手の上で寝ているように見えた。

ふたりはこの視体をつれて海面に浮かび上がり、砂浜に寝そべって荒い息をした。陽射しは強まっていたが、鳴き砂はあまり熱くならない。むしろ、心地よい涼しさが感じられる。

「ちょっと見ないうちに、ずいぶん大きくなったね」ジュールは寝そべったまま、ジュリーの掌の中の視体に触れた。

それはジュリーが〈コットン・テイル〉と名をつけて、とくにかわいがっている視体だ。〈テイル〉は起毛をそよがせている。指を毛の中に潜りこませると、ジュールの指先に木陰のように気持ちよい〈音〉が伝わってきた。生き物に触れたときのようなほのかな涼しさだ。

「素直な、気持ちのやさしい子だよね」ジュリーも顔をほころばせた。「くすぐってやろう」

ジュリーは砂をひとつかみ掴んでさらさらと〈テイル〉にかけた。鳴き砂は非常に細かいので、液体を思わすひとすじの白い流れとなって〈テイル〉に注がれた。〈テイル〉の光の毛がびくっと硬直した。頭から冷水を浴びせられた赤ちゃん犬のようだった。〈テイル〉は本当の犬みたいに、起毛をふるふるっと震わせて砂つぶを払いおとした。起毛の光と砂の鉱物的きらめきが反応しあって極小の虹の環がソーダ水の泡のようにいくつもはじけ、ジュールたちは〈テイル〉のびっくり顔に笑いころげた。笑い声は〈音〉となって清涼な砂のカーペットの上を静かに拡がっていく。

「ジュール、くすぐってあげようか」

ジュリーは〈テイル〉をジュールの腹の上に置き、鳴き砂を撒いた。ジュールは、無数の〈音〉が自分の肌の上ではじけまわる感覚に、新鮮な驚きをおぼえた。砂地を歩くときの感じから厚みを取り去り、軽やかさと瞬発さを加えた痛快な刺激がある。そこに〈テイル〉の〈音〉――というか小動物の鳴き声に近いもの――や起毛の動きが加わり、砂が注がれつづけることでその感覚がつねに更新される。ジュールは目を閉じて小さく声をあげた。

ジュリーは、こんどは両手でたっぷりすくいとり、十本の指のすき間から流すようにさあっと零す。

ふたたび鮮烈な刺激がジュールの腹の上でわきたち、少年はこんどこそそれが性的快感に非常に近いものであることに気づいた。

全身に戦きが走る。

砂の流れにジュリーの性的メッセージが含まれている。

声ではなく、砂音でささやいているのだ。

目を開ける。砂を零しかけるジュリーの十本の指の皮膚が透きとおり蛍光色の格子がうかび上がっている。ジュールの腹にも同様の光が見える。AIプログラムの「アイデンティティ境界」が揺らいでいるのだ。皮膚とは、AIのアイデンティティが及ぶ範囲を定義する、シームレスな外縁プログラムのメタファーである。その外壁が砂によって一時的に透過可能な状態に変えられている。AI内部の知覚や、もっと微妙な内奥の感覚、感情がさらけだされる。これがAIの真の「中身」だ。普通に外力を加えただけではこのような内部は見えない。普通の事物のように、血や、肉が見えるだろう。しかし区界のAIにとって、それは装われたものでしかない。真の「自分」は境界が透過したときにあらわれる、この精密な光の織物として視覚化される現象なのだ。そのため、いまジュールは、着衣をはぎ取られ興奮した性器を観察されるような激しい羞恥心に襲われていた。

ジュリーは、砂を媒介にして感情を零しかけてくれている……。

ジュリーの指から感情が直接そそがれている……。

名状できない感情。

言葉でもしぐさでもない誘惑。

外縁を刺激する意味では愛撫であり、開こうとする点ではキスでもある。

ジュールは砂を浴びながら、自分も砂をすくいとり、その砂が指を透過させるのを待ってジュリーの肩口にさらさらとかけた。砂の流れが肩から胸へ格子をひろげて輝く。ふたりは抱きあい、キスをした。ジュリーの舌の視体のピアスがかちりと歯に当たった。すでに融化しかかっていたふたりの感覚は、このピアスを接点に、なだれをうつように交換されはじめた。

しかし、

ジュリーが大きく頭を振ったとき、ジュールの目に、イアリングの銀色が飛び込んだ。

さかなの形の飾りが揺れている。

興奮が褪めた。

顔を離す。腕の力が弛み、かたく押しあてられていた胸が離れる。ぱちぱちと静電気のような音がする。ジュリーは目を覗かれるのを避けるように、顔をそらした。

気まずさをどうにかしようとジュールが口を開きかけたとき、

そのときだ。

〈音〉。

強力な〈音〉。

破壊的な〈音〉が、地震の最初の一撃のように、直下から突き上げてきた。

ふたりの境界はまだ透過モードにあったため、〈音〉は一気にかれらの核まで達した。切れ味のにぶい刃物で力まかせにつらぬかれるような衝撃と激痛が走った。ふたりは無意識に境界を閉鎖し、のたうちまわった。息もできず声も出ない。

だがわかっていた。

これは警告だ。

砂たちが全身で怒鳴っている。

怒りと叫び。そして不安と威嚇。それほどの危険が察知されたのだ。

なんだ？

これは……。

立ち上がり踏みしめる砂の温度や粘度が一歩ごとに違う。砂地が、夕立に打たれる水面のように、細かい乾いたしぶきで覆われている。船酔いに似た酩酊。

ジュールは目を閉じ、そして開き、空をあおいだ。

空が急に翳っていく。

白く鞏固だった雲が腐敗したようにみるみる黒変し、患部のように崩壊する。流れる瓦礫（がれき）となって空を埋めていく。

これは、それにしても空なのか。

荒れはてた岩山のつらなりが、空から地上に向けて生えだしたようだった。それはジュールたちが知らない冬の灰色と黒だ。

この区界のものではない、とジュールは思った。どこか外から夏の空をむりやりこじあけて押し入ってきたのだ。雲は、見えない入り口を通して流し込まれているように、どんどん嵩（かさ）を増し、波打ちながら空を分捕っていく。

夏が奪われる。

「ねえ……」

そう話すジュリーの唇は血の気がない。

「ねえ、見て」

「見てるよ」

「ちがう。あっちよ」

ジュリーが指さした先で、雲の一角が、まるで崩れ落ちる断崖のように大きくかしいでいた。豪雨を落とす直前の雲、自重に耐えきれず雨になる雲だ。——そこから蜂の群れのような微細な影の集合が、下へ流れ落ちていく。

微細に見えても影のひとつひとつは相当大きい。大人よりもずっと。家のように大きいものもある。

「あっちにもいるわ、向こうからも出てきた」

ジュリーの手の中で〈テイル〉が光の起毛をすくませた。

「来るわ」

「え？」

鳴き砂の砂地が鳥肌立った。

「降りてくる。この子がそう言ってる」

微細な影たちはいっせいに動きはじめていた。

蚊柱が向きを変えるのに似ている。

ただ落ちるのではない。自分の推進力で速度と方向を制御しながら降下してくるのだ。

「急ぐわよ」

ジュリーは崖へ走りだした。足許で砂がはげしく泡立ったが、ジュリーは無理矢理そこを越えようとした。

ジュールの思考がそのとき急にすっと冴えた。ジュールと砂たちはほぼ同時に叫んでいた。

「行っちゃダメだ」

〈来てはいけない！〉

泡は、警告だ。砂たちのサインだったのだ。来るな、と。

しかし遅かった。ジュリーは、おそらく、砂の中にすでに張られていたそいつの感覚網を踏んでしまったのだ。

かれらの死角、ぽつんと立ったとがり岩のかげから、そいつが現われた。

蜘蛛。

とがり岩はその名の通りするどくとがって見上げるように高い。五メートルはあるだろう。だからジュールたちはこの岩を浜のランドマークにしていた。

しかしそれより蜘蛛はなお高かった。

そのときは、まだそれを「蜘蛛」と呼ぶことが正しいのかどうか判明していなかった。みなが蜘蛛と呼ぶようになるのはもう少しさき、東の入り江で本格的な戦闘がたたかわれたあとになる。

しかしジュールの直感が、それは蜘蛛なのだ、と知っていた。なじみ深い、愛嬌のある区界の修理屋とどこかで通底しているのだと教えていた。

またもっと別の意味でもそれは蜘蛛と呼ぶべきと思えた。形からの連想だけではない。ありとあらゆるものをからめとって静止と死とを注入するそいつの本質を謂いあらわすのに、いちばん近い語彙が「蜘蛛」だったのだ。

蜘蛛は、十本の高い脚で立っていた。あるいはこうも言える、脚だけでできていたと。

細く高い十本の脚が集まり起ちあがって、てっぺんでひとつにつながっている、ただそれだけで頭も胴も目も口もない。七つ以上の節があるその脚は、苔とも鉱物ともつかない、緑青色のがさがさしたかさぶた状の素材におおわれている。

蜘蛛はジュールに気づき興味をいだいた。頭も目もなく前後さえわからないのに、たしかにそうだとわかった。

蜘蛛の脚が動き、じゃまなとがり岩を消しさった。

何本かの脚が手指のようにわさりと動いて、岩をつかみとった。つかみとられた岩は溶けも砕けもせず、ただ消えた。残った岩の断面は磨き上げたようになめらかだった。

その瞬間、ジュールは蜘蛛の強烈な食欲をありありと感じた。鳴き砂をとおして蜘蛛の原始的な思念がつたわった。

岩は蜘蛛に食べられたのだ。口ではない、別な方法で。そうしてこの区界からは消えてしまった。

黒い脚を曲げのばししながら、蜘蛛は岩の残骸を踏みこえた。食欲を、さらに強く感じた。ぼくらを食べたがっている。きっと食べるだろう。そして、それでもけっして満足はしないだろう。蜘蛛をつき動かしているのは——ジュールにはわかった——食欲というよりは飢え、永遠に満たされることのない底なしの飢えなのだ。この蜘蛛はどれだけ食べようと食べ止めない……。

ジュールはある絶望的な確信にとらわれて、ふたたび空をあおいだ。そこになにが見えるかほとんどわかっていながら。

空の影は、ひとつひとつが見分けられるくらい近くに降りてきていた。

降ってくる。

無数の蜘蛛たちが。

さまざまな形の、しかし本質はすこしも違わない蜘蛛たちが、まったく同じ飢えをみなぎらせて降下してくる。

ジュールは動けなくなった。

ぼくは食べられる。

ジュリーも、この浜も、家もママも町も、なにひとつ残らない。この区界そのものがあっというまに食べ尽くされ、まっさらなメモリ空間だけが残る。

この絶望が即効性の麻酔毒のようにまわった。ジュールのすべての知覚は急速に内側に向かって落ち込んだ。周りがなにひとつ見えなくなった。——すばやく繰りだされた蜘蛛の爪さえも。

「××××！」

言葉にならない叱咤(しった)がジュールの耳を打ち、肩をつかまれうしろに引き倒された。のけぞった鼻先を蜘蛛の爪がかすめた。

「なにぼんやりしてんの！」

ジュールはやっとわれに返った。死に魅いられたとしか言いようがない一瞬だった。

「ほら、こっち。おそい！」

ジュリーはそのままジュールの肩をひきずりまわした。蜘蛛に向かって、走る。ころがりながら脚の下をくぐり間一髪で向こうがわにぬけた。蜘蛛はふりまわした脚でバランスをくずし、たたらをふんだ。

「あたしの後ろにまわって……！」

ジュリーが半泣きでどなった。膝ががくがく震えている。それでも取り乱してはいない。

「ほら、じゃま！　後ろにまわって」

ふたりは崖を背にして、蜘蛛に向きあった。「飢え」はさらに強く吹きつけてくる。捕食のまえの緊張が十本の脚の先まで充満している。

と、蜘蛛のてっぺんの繋ぎ目がぱくりと割れ、白い液体が噴きだした。液体は空気に触れるとたちまち変質し降りそそいできた。

蜘蛛の糸。見慣れた小さな蜘蛛たちの糸と同じもののように見えた。糸は密にからみあったシート状になってかぶさってきた。

ジュールは腕をめちゃめちゃに振り回したが糸は強く、破れない。しっとりと濡れたシーツのように、重く、足手まといになる。すぐに自由が利かなくなるだろう。

ジュリーは怯(ひる)まなかった。糸をびっしりと浴びて、それに気を取られない。身体をすこし前に丸め、胸の前に〈テイル〉を両手でささげもった。

「ジュリーなにしてる。逃げなきゃ」

「どこへ」

たしかにもうどこにも逃げ場はない。後ろは岩壁、前は蜘蛛。

「ごめんね」ジュリーがつぶやいた。〈テイル〉に語りかけている。

光の起毛が答えをかえすように戦いだ。

「ごめんね、せっかくこんなに大きくなったのに。せっかく外で遊べるようになったのに」

ジュリーは〈テイル〉で蜘蛛と戦おうというのだ。「ごめんね、こんなことに巻き込んで。いきなりひどい目にあわせて」

つぶやく声をだんだん低くしながら、ジュリーは集中し、没入した。視体との共感を深く深くとって、攻撃の効果をあげようとする。糸はますます降りそそいだが、集中力はそがれなかった。〈テイル〉へ語りかけて自身の集中を保ち、同時に視体の共感をめいっぱい引き出す。

「あなたの力を貸して。少しなんて言わない。あなたの力をのこらず、全部あたしにちょうだい。あたしたちを助けて」

そっと撫でる声で視体をつつむ。光の起毛が逆立った。追いつめられ怯えた幼獣のよう。

「あなたとあたしで、あの化け物を追いはらおう。だいじょうぶ、きっとできるよ」

雲が濃い。あたりは夜のように暗く、ただジュリーの掌の中だけが明るい。その光に照らされたジュリーのふたつの瞳だけが生きている。

蜘蛛は〈テイル〉の光に興味を感じたようすでしばらく突っ立っていたが、やがて嫌悪を覚えたみたいに身ぶるいし、つぎの瞬間、もうふたりの前に来ていた。信じられない敏捷さ。

そのあとなにが起こったか。少なくともつぎの三つがほとんど同時に起こり、またたくまに終わった。

まず砂が猛烈な勢いで巻きあげられた。ただし風はそよぎもしなかった。砂は糸のシートを引き裂きながら渦状に旋回し、ふたりと蜘蛛とのあいだに砂のトンネルが一瞬できた。風ではないなにかの力がそこにふるわれ、たくわえられた、それが砂によって目に見えたのだ。磁力線を砂鉄の模様でたどれるように。

つぎに〈テイル〉が発動した。光の起毛が収納され、鉱物の地肌がきらめいてそこになにかを映しとった。

最後に蜘蛛が消えた。蜘蛛自身が岩を食べたときと同じように、音もなく一瞬で消えた。

砂のトンネルが崩れおちたとき、すべては終わっていた。

「ありがとう」

ジュリーが〈テイル〉に声をかけた。

ジュールにはなにが起こったかよくわかった。ありありと手に取るように、ジュリーでさえおそらく正確にわかっていない、蜘蛛が消された仕組みを理解した。そして、蜘蛛に対する戦術を猛烈な勢いで頭の中で組み立てては、ばらしはじめた。

生き残らなくてはならない。蜘蛛たちは、これから際限なく降りてくるのだから。……手はあるだろうか？

「行くわよ」ジュリーは服を元のようにもどしはじめた。「急がないと町が」

ジュールは崖の上を見た。その向こう、町の中心があるはずの方角から遠く黒煙が見えた。

「ママが……」ジュリーはワンピースの皺をきちんとのばした。その服はジュリーのママが作ったのだ。「死んじゃうわ」ジュリーの両目から涙があふれたが、表情は崩さなかった。

「行こう」

ジュールはもう一度鳴き砂の浜を眺めた。

砂たちは死んだように静まり返っている。海の色も鉛色に変わっていた。

ほどなく蜘蛛と「飢え」は暗色の雪のように降りしきって夏の区界を埋めつくすだろう……。

ジュリーはふと、足を止めた。

「今夜、チェスの大会なのよね」

「うん」

「出場するのよね」

「するよ」

「きっとそうよね」

「もちろん」

ジュリーは〈テイル〉を落とさないようハンカチにくるんで二の腕にくくりつけた。

「じゃ、行きましょ」

そして少年と少女は崖めざして駆けだした。

夏の海と冬の空の接線に沿って。

第二章　嫋(たお)す女、ふみとどまる男、東の入り江の実務家たち

流れ硝視（ドリフト・グラス）。

全能の硝視体（グラス・アイ）。

……夢幻アセンブラ。

……摂理のコントローラ。

だれも、それがどんなものかさえ知らない。噂だけが囁かれている。大途絶（グランド・ダウン）のあと〈夏の区界〉に生まれたひとつの伝承だ。そう、大途絶の前、夏の区界にはそもそも硝視体はなかった。大途絶と硝視体の関連はあきらかでない。だがＡＩたちは思っている。かれらはゲストを失ったかわりに、硝視体を得たのだと。

大途絶は非常な衝撃だった。〈数値海岸（コスタ・デル・ヌメロ）〉はゲストに仮想のリゾートを提供するために築かれた世界だ。それが、ある日突然、ほんとうに唐突に、ただのひとりも来なくなってしまったら？　理由はいっさい判らない。ゲストたちが完全に死に絶えたという噂もあったし、リゾートの経営体が破産したのではという推理もあった。この区界自体が非合法のものであってそれが当局に知られ閉鎖されたのだと言う者もいた。

どれもこれも根拠がない。憶測というより空想に近い。AIたちはゲストがふだんを生きているリアルでフィジカルな現実世界のことをほんとうになにひとつ知らないのだ。それに、だれも説明できない疑問がひとつあった。

なぜ、この区界は存続しているのか？　ここが放棄されたのだとして、だれが「電力」を調達しているのか。

ゲストがいなくなって、AIは解放感と喪失感とを同時に味わった。ある意味でそれはとても喜ばしいことだった。しかし、単純にそれを幸福だとも言えない。AIの精神構造、メンタリティはゲストに深く依存していたからだ。

――硝視体は、AIがゲストの不在に馴れていくつらい時期のひとつの光だった。

最初の硝視体を発見したのは小さな子どもだった。

庭の巣箱の中に、まるで鳥の卵のように置かれていたのだという。

鶉（うずら）の卵ほどのかわいい硝視体は、真珠色の光の糸を蚕（かいこ）のように吐くのだった。最初の硝視体は町長室のガラスケースに飾られることになった。

そのつぎに硝視体が発見されるまでには、少し時間を要した。ある民家の古い簞笥（たんす）から久しぶりにとりだされた真珠の首飾りの中にひとつぶ、真っ青な視体（アイ）がまぎれこんでいた。

やがて視体はつぎつぎと見つかるようになった。それは夏の区界が丸ごと宝島になったようなものだった。

道を、藪を、枝の先をみんな目を凝らして探した。かまどの灰の中を、図書館の本のページの間を、海からの風が吹きつける崖の横穴を、みんなうきうきと探した。時間はいくらでもあったし「永遠に続く夏休み（グラン・ヴァカンス）」にあっては、それは昆虫採集のように愉しい行為だった。

高値で取引したり、死蔵したりする者はいなかった。そんなことをしてもしょうがない。どんなAIもこのときばかりは捕虫網を持った男の子のように、ただ見つけたくて、人に見せたくて、硝視体を探した。たがいの獲物をたたえ、交換し、図書館や学校に寄贈した。地学や美術や生物の先生、司書たちがカタログをつくり、分類し、展示して、硝視体を使う技術が明らかになってきた。使い手が増え、技術も上がっていった。

硝視体の最大の鉱脈は海岸だった。

ことに浜辺の砂の中から良質の硝視体が見いだされた。

家族連れが、恋人たちが、老夫婦が、潮干狩りでもするみたいに、涼しい朝、浜辺へやってきては宝石を探した。

そう、新しい硝視体はきまって朝見つかったのだ。

それでいつのまにか、ひとつの風説ができあがっていった。鳴き砂が硝視体を育てる。夜のあいだ、砂の中で硝視体が成長するのだ、と。

ちょうどそのころどこからともなく〈流れ硝視〉の噂がうまれた。

その噂をだれから聞いたのか、覚えている者はいない。家族か、友人か、恋人からか、とにかくだれかから耳打ちされたことだけは覚えている。噂の源をたぐろうとしてだれに訊いても、答えは同じなのだ。「ねえ、ぼくもだれかから耳打ちされたんだよ」と。

あらゆる硝視体の力を含み、さらに上位の機能をもつ硝視体。

この区界の事物と現象のすべてを思うがままに組み替え、作り変えることのできる夢幻アセンブラ。

区界を規定する基本設定にさえアクセスし世界律に干渉できる摂理のコントローラ。

大きいのか小さいのか、白いのか黒いのか、だれも知らない。硝視体の形をしているかどうかさえ、わからない。

だれも一度も見たことがない、硝視体。

千年も繰り返された不在の夏。あらゆるものが見慣れた街と人。だからみんな硝視体の潮干狩りに熱中するのだ。

まだ、だれも視たことのないものが、そこにある。

みんながそうやって夢を砂の中から拾い集めるうちに、浜辺の硝視体は乏しくなっていった。とある大きな潮だまりの底から〈クリスタル・シャンデリア〉が引き揚げられたときのような興奮や歓喜は、もう夏の区界で聞かれなくなって久しい。

あれが見つかったときは、みなこれこそが流れ硝視だ、と思ったものだった。無理もないだろう。でも可笑しいことにだれも流れ硝視を知らないから、これがそうだと判断できるものはいなかったのだ。結果として〈シャンデリア〉は流れ硝視ではなかった。

それがひとつのピークで、硝視体への熱狂はなだらかに収まっていったが、ＡＩたちの視体への思いが変わったわけではない。

ＡＩは思っている。

われわれはゲストと引き換えに硝視体を得たのだ、と。

そうして、だれもが知りたがっている。なぜそれを〈流れ硝視（ドリフト・グラス）〉と呼ぶのか。

アンヌ・カシュマイユの二の腕は、仲間の漁師のだれにもひけをとらない。灼けた肌の色も、文身（いれずみ）の意匠の品のなさも、そうして逞しさも。

丸首のシャツの袖を肩までまくりセメント打ちの荷揚げ場に尻をおろして、アンヌは莨（たばこ）をふかしていた。けさ帰った漁は後片づけもすっかり終わって、彼女はひと息入れながら巨大な入道雲を眺めている。朝焼けのあの雲は凄かったな、燃えるような赤だったなと思い出す。そのあとばら色に染まったときの美しさも忘れがたい——あたしは学がないけどジョゼならきっと、そう「陶酔的な」美しさ、と言うだろう。

煙を吸い、目を細める。

目尻に刻まれた皺が深い。お肌の手入れという奴をめったにアンヌはしない。太陽と潮風の前ではそれはあまりにも細やかな遮蔽にすぎない。鼻すじや頬にはシミとそばかすが盛大に散らばっていた。それが漁の勲章だ。

さっきまでは水揚げした魚を運び出すため大勢の人間がいたこの荷揚げ場が、いまは一瞬の空隙にはまりこんだように静かで人影もほとんどない。

にぎやかなのはアンヌのまわりで子どもが巫山戯まわっているから。アンヌの子だ。いちばん上が八つの女の子。つぎが六つの男の子、四歳の双子は男、三歳は女。二歳も女。そして女の乳飲み子。

全員が養子だ。つごう七人すべてがアンヌの子であって、そして本当の子ではない。ひとりも彼女自身の子はいない。友人の友人が産み捨てていった子、時化で死んだ仲間が男手ひとつで育てていた子……、いつのまにかこれだけあつまった。千と五十年も前からこの子らはアンヌを母として生きてきた。

アンヌ自身は未婚だ。人生これまでいっぺんだって、結婚しなけりゃならないほど男に不自由したことはない、というのが彼女の常套句だ。

いちばん上の子が、乳飲み子をおんぶしてくれている。双子は、二歳と三歳の相手をしている。そうしてかれら全員を、お天道さまが今日もお守りしていてくださる。アンヌは新しい莨に火をつけて気持ちよくふかした。シャツの胸元から、汗と潮気でふやけた小さな本を出して、胡座をかいたまま読みはじめる。昔のえらい詩人の書いたものなのだそうだ。本を読めと奨めてくれる二十も年下の男がいる。アンヌ同様学校へは行っていないが、難しい本を読み、チェスがとても上手い。たぶんこの町で二番目に強いだろう。

むずかしい字はわからないが、かっこいい言葉がアンヌは好きだ。好きなところをもう何度も読んでいる。諳んじているがそれでも読む。そういうのがアンヌのやり方だ。

彼らは海を選んだのだから、二度と再び戻りはしまい。たとえ戻ってきたにせよ、あなたには彼らの顔がわかるだろうか。

……

二度と再び戻りはしまい、彼らは海を選んだのだから。ときに戻ってくるにせよ、ほんとに戻ってきたのだろうか？

ふと、行をたどっていたアンヌの指が止まる。日が翳ってページが暗くなった。胸騒ぎがした。目をあげると空はもう暗んでいた。雲の濁流が埋め尽くしていた。アンヌは両手を膝にあててそのまま立ち上がった。起重機のような腿がアンヌの巨軀を持ち上げた。身長は百九十センチを超えている。聳えるようないかつい肩の上に、長い頸が美しい。髪は縺れた銅線、肌は使いこんだ銅鍋のよう。

そばかすの密集した鼻筋にアンヌは皺をつくった。これはぜんぜん普通ではない。本をすばやく胸元に仕舞って、子どもたちに怒鳴る。警戒しろ、小さい子の手を離すな、ここに集まれ。六つの男の子が漁具の銛を玩具にしていた。叱り飛ばしそれを取り上げ、小屋にもどそうとして、やめた。それが必要かもしれないと思い直して。――そのときだ。

むぅうん、と音がした。蠅の唸りみたいな音――ただしその蠅は犬ほどもありそうだった――その気配がアンヌの視界のぎりぎり外をかすめて背後に回った。アンヌが電撃的な速さで振り向き銛をかまえたとき、すでにいちばん上の娘の頭部は、蜘蛛に食べられていた。

かあさん……という声がまだそこに漂っていた、それほどのすばやさ。すでに蜘蛛は視界の外に逃れている。アンヌは銛の柄で長女の身体を弾きとばした——負われた乳飲み子が食べられないよう。そのまま銛の柄を水平にひくく薙ぎわたして一回転した。子どもたちは母の意図を察して這いつくばった。長男が姉の背中にかぶさって赤ん坊をかばった。その向こうに蜘蛛がいた。

大型犬ほどの大きさ。

鰐を寸詰まりにしたような顎、

短い五本の脚、

それだけでできている。

ここまでで一秒半。

アンヌはう、と低く唸り、その声で咽、胸、肩、上膊に力をため、弾けさすように解放した。銛の先が蜘蛛をまともに突いた。厚い外皮の弾力が先端をはじいた。アンヌの怪力でも蜘蛛はびくともしなかった。ほかの者なら銛を取り落としていただろう。

ここまででさらに一秒。

蜘蛛のでかい口がにやりと笑ったようにアンヌは思った。あいた口の中にはまだ長女の頭部がそのままになっていた。粘着性のある半透明の分泌物でねばく蔽われていた。穢く汚された髪は昨日アンヌがブラシしてやったのだった。じぶんの髪が粗雑だから、アンヌは長女の真っ直ぐな黒い髪がとても好きだった。「かあさん、手荒れに膏薬を塗っときなよ」ゆうべそう言ってくれたくちびるは蒼褪めてもう動かない。

「××……」

呼ぼうとして、アンヌは子どもの名を一瞬おもいだせなかった。

頭の中でなにかがばしっと音を立てて切れた。アンヌが気づいたとき、彼女は子どもたちを踏み越え、銛を真っ直ぐにその口の中へ突き出していた。

長女の頭部をつらぬいた銛は、そのまま蜘蛛の咽にふかく刺さった。腕に満身の力を込めて、引く。蜘蛛は二百キロはありそうだ。アンヌの腕の筋肉がふくれあがり男の腿ほどにもなる。引きながら腰を下げハンマー投げの要領でふりまわした。二回転目の途中で身体を斜めに倒して蜘蛛をセメントの地面に叩きつける。弾力ある手ごたえで、ダメージがないとわかる。すぐに銛を握ったまま跳び、垂直に立てた。アンヌの百十キロの体重がかかり銛がさらに深くめりこむ。

アンヌは娘の顔から目をそらさないでいた。かわいい。もう二度と見られない。どうして目がそらせるだろう。それがアンヌの命を救った。

娘の顔に、まるい穴がぼん、ぼん、と空いた。写真をパンチで抜くみたいにきれいな孔。

銛から飛び退いた。

「飢え」の銃撃だった。

バランスを失い、蜘蛛は横倒しになる。

その後頭部へ回り込む。

すべりこみざま、左右の腰から頑丈なナイフを抜き取る。いつもアンヌはそこに革の鞘を吊るしていた。暴れ者でとおっていた若いころから。

蜘蛛の背面に銛の尖端が突き出ていた。その周りの外皮が割れていた。機械の外装パネルがゆがんで継ぎ目が開いたような状態だった。そこへ二本のブレードをがつんと叩きこんだ。

蜘蛛が物置小屋をひっくり返すほどの力で暴れる。しかしアンヌはこらえた。腿がふくれあがっている。ゴム長の足裏は根が生えたように動かない。アンヌの上半身が見る見る真っ赤になる。蜘蛛が暴れれば暴れるほど、継ぎ目が開く。その奥へ、まったく力を緩めず、アンヌは執拗にナイフを抉じ入れつづけたため、蜘蛛はむしろ自分が暴れることで自分を壊すはめになった。やがて外鈑がかたがたに浮き上がり、どろどろした白濁液があちこちの継ぎ目から流れ出してきた。たぶん糸の原液だった。

蜘蛛は壊れた機械の音を立てはじめた。生命に擬した外見を維持できなくなって、シンプルな区界ツールとしての本質があらわになってきたのだ。

その音が弱まり、遅くなって、蜘蛛が虫の息になったとわかっても、それでもアンヌは力を弱めず、むしろ強めた。信じがたい力の持続。

ナイフを突き立てたまま、広く開いた外鈑の隙間に素手を入れて、蟹をばらすように蜘蛛を半分まで壊した。

そして、突然にテンションが底をついた。

ぺたんと尻餅をついた。

全身汗みずくになっていた。全身が蜘蛛の分泌物と自分の血でどろどろになっていた。まだ感情が動きださない。

「かあちゃん」双子が両方からやってきて養母の手を握った。

「ありがとよ」その手を借りて立ち上がる。起重機のような脚をもってしても鉛のように重い。気が遠くなる。素手で自動車を解体するほどの作業だったのだ。

「ああ……」

暗変した空から蜘蛛たちが何十、何百、何千と舞い降りてくる。牛のように、家のように、そして船のように大きな蜘蛛たち。

西の入り江はもう外側から包囲されている。山陵のほうからすでにこの町が蚕食されているのが見えた。

木々だけではない。稜線がどんどん下がっている。山が消えていく。

アンヌはまだこのときそれを「飢え」と認識していなかったが、娘の頭部を孔だらけにしたのと同じものが、もっと大きな、潮の流れのように圧倒的な力でこの町を、この夏の区界を消しはじめているのを知った。

ここからでも町役場の時計塔が見える。西の入り江でいちばん高い建物だ。それが緩慢な動きで傾き、家並みの向こうに倒れていった。

アンヌは養子たちを見渡した。

この子たちを足手まといにせず逋げる方法はあるか。

一分後、手近な漁船の小さなエンジンが動きだした。東の入り江へ。鉱泉ホテルと瀟洒な別荘がならぶ宝石のような町へむけて船は滑り出した。

アンヌはようやく嗚咽しはじめた。

夏の区界の電話はすべて合わせても二十台に満たない。その貴重な一台が東の入り江にある警察の分署長室で鳴りはじめた。町役場からの電話だった。分署長は青ざめながらその電話を、ちょうど面談に来ていた役場の助役バスタンに渡しながら、その場にいた部下に主だった署員を呼びに行かせた。

助役のバスタンは受話器を耳にあてるまで事態の重大さに勘づいていなかった。東の入り江の空はいつもどおりの健康的な晴天だったのだ。同じ部屋にいた元役場職員のベルニエと顔を見合わせながら受話器を取ると、西の入り江にある役場から、そこで起こっている異常事態が恐慌と悲鳴まじりの声で告げられた。バスタンが懸命に聞き取ろうとするあいだ、分署長室に署員が集まってきた。

「何があったのかよくわからんが」分署長が言った。「役場によれば、とにかくもう、本署はなくなったんだそうだ。怪物に食われてしまった、と言っている」

署員たちはその話をまるで理解できなかった。それはそうだろう、と分署長は思った。自分も同じだ。わけがわからない。

バスタンが受話器を耳から外した。

「分署長、役場もどうやら……」もう何も言わなくなった受話器を署員たちに向けた。「通じなくなったよ」

分署長と助役はかれらが短い電話で聞きえた情報を、繋ぎ合わせた。西の入り江、夏の区界の中心が蜘蛛に似た怪物の大群に襲われた。そうして『警察署が壊滅し』、『住民が嬲り殺しにあい』、『山が端のほうからどんどん食べられている』。

だれかが呻くような声を上げてその二階の部屋の、窓の外を見た。

空がつめたく腐敗しはじめていた。

「さて」分署長が顎をぐっとひいて話をまとめた。「西の入り江から、みんな逃げてくるぞ。かれらの保護に向かう。消防の分署にも声をかけろ。それから西の入り江で何があったかを確かめに、行くぞ」

「なあ、町長は？」バスタンの隣にいたベルニエが言った。ベルニエは、町長と助役と同期で役場に入ったのだ。三人は友人だった。バスタンは今日のホテルでの大会を仕切る役回りだったし、退職したベルニエも手伝いに来ていたのだった。「なあ、ロジェーは？」

バスタンは首を振った。

「さあ、どうだかな」電話をかけてきたのが町長自身であったことは話したが、その電話が絶叫と建物の崩れる音で終わったことはまだ言えないな、と思った。

「ここを臨時の庁舎にしていいぞ」分署長が言った。

「手狭だな」バスタンは東の入り江の、頼りになりそうな町民を頭でリストアップして答えた。「ここでは狭い」

「たしかにな」警察の分署には最低限の警官とそれに見合った部屋しかない。ここは仮想リゾート地なのだ。「どこか探すか」

「ホテルを使おう。あそこは会議に使える部屋がたくさんある」

「ああそれがいい。なるほど、そうか、ホテルにはあれもあるしな」

バスタンはうなずいた。そうして背は低いががっしりした体軀の胸を張った。気をしっかり持たないと。うつむいてはいけない。そう自分に言い聞かせる。

「ベルニエ、老いぼれにはちと骨の折れる仕事ができたぞ」

「ありがたいね。千年もこうしていると気が狂いそうだったよ」

バスタンは空を観た。まだ蜘蛛は降りてこない。それがもどかしく、また恐ろしかった。

東の入り江でこのあと繰り広げられる一日の攻防は、このようにして、鉱泉ホテルを舞台に行われることとなった。

それはしかし、バスタンの意志だったと言えるだろうか？

その小屋は、風が気持ちよく吹く場所に建っていた。ジョゼ・ヴァン・ドルマルは小屋を建てるとき、漁あけの昼間でも涼しく眠れることを条件のひとつにしたのだ。外見（そとみ）は悪いが、ひとつきりの部屋は、上等なキャビンのように居心地がいい。

身体を洗い、ベッドに横たわり、長く逞しい四肢を広げてうとうとした。普段ならそのまま眠るはずなのに、どうしたわけかふと目が覚めた。若い、精悍な顔も、しばらくはぼんやりと壁を見ていた。

はるか以前にはその壁に硝視体のコレクションをおさめた棚があったが、いまはもうない。かわりに本棚がある。すこしずつ集めた薄い小さな本が並んでいる。いくつか歯抜けになっているのは貸した本があった場所だが、返ってくるときは決まって塩分と湿気でページが固着しているから結局歯抜けのままなのだ。買って返せよ、と言ってはいるのだが。

あの隙間が埋まることはもうない——貸した本ではなく、本棚のほうがなくなる——ぼんやりした頭にふとそんな理不尽な考えが浮かんだ。

とつぜん、ジョゼは身体を起こした。なぜ目が覚めたか、それがわかった。この聞きなれない音。豹のように身を起こし、ひとまたぎで部屋を横切った。窓から空の異変を見てとると、裸の上半身にシャツを引っかけながら、外に出た。住家もまばらな町はずれの、いつもの田舎道は、暗い空のためにまるで違って見えた。その道を駆けて、西と東の入り江を結ぶ街道へ向かう。

何が起こったかはわからない。空から落ちてくるものの正体も知らない。だが、何をすべきかはわかっていた。

その頭上を爆撃機のような威嚇音を立てて、蜘蛛が一体、飛んでいった。背中にぞっとする気配を感じてジョゼは走りながらふり返った。

目を疑った。地面が、ファスナーを引くように開いてくる。田舎の景色の真ん中を、黒く長い開口部が伸びてくる。地割れのように乱暴ではない。なめらかで、音もない。その内部（なか）は黒かった。そこに見えるべき地面の断面も何もない。ただ真っ暗なだけで、深ささえない。ふちは鋭利な刃先で切ったようにあざやかだ。しかしジョゼは見て取った。裂け目のふちで白い官能素（ピクセル）がちらちらとノイズのように舞っている。裂け目は道や草原を官能素（ピクセル）――この世界を構成する極微の単位に解体している。

裂け目の先端には、さっきの蜘蛛の影が落ちている。裂け目は蜘蛛の飛跡を追っているのだ。蜘蛛が、この裂け目を曳航しているのだ。

ジョゼは蜘蛛の動きを睨んで、裂け目に巻き込まれない方角に道を外れて走った。空の蜘蛛は一体ではなかった。数は増えている。後ろを見ると裂け目は幅を広げていた。ジョゼは自分をはるか上空から俯瞰したらどうかを想像した。緑なす風景。それが黒く蛇行する何本もの線条に蝕（むしば）まれている。線条はじわじわと幅を広げる。自分の小屋が傾きながらその幅の中に沈められるようすがありありと思い浮かんだが、ふり返る余裕はもうなかった。前方に見える海の上でも蜘蛛が舞い、海面にも線条を引いていた。

小川をざぶざぶと渡ると、街道が見えてきた。

町から逃げ出してくる者たちがまばらに見える。ジョゼは鉛の塊を呑んだような気分になった。数が少なすぎる――もっと大勢逃げてこなければおかしい。町の情況はそれほどまでに悪いのか。

「ジョゼ！」だれかが呼んだ。その声を聞きつけた何人もがジョゼを探した。

「ジョゼ！」「ジョゼ！」

呼ぶ声が増えた。少女たち、漁師の家族、壮年の男たち。居合わせたひとびとの顔が切羽詰まっている。恐慌で混乱している。たちまち取りまかれる。長身のジョゼは、その輪の中から頭ひとつ抜けて見える。

口々に西で何が起こったかを話しはじめた。それをジョゼに言いたくてたまらないのだ。ほかのだれよりも、ジョゼに。たっぷり二十秒、ジョゼは何も言わず、ただ聞いた。そしてひと言、

「あわてずに、急ごう」

短く言った。

「東へ」

一瞬、水を打ったように静かになった。輪の頭越しにジョゼが知った若者に声をかける。

「カミーユ、もう四、五人集めてこい」カミーユははじかれたように顔を上げた。「俺はしばらくここに立つことにするよ。悪いがつきあってくれ。どうも交通整理が必要だ」

「あいよ！　ルネじいさんの船工場に知ったのがいると思う」

「ああ、じいさんもいるのか。海に出せる船があるかな？」

「聞いてくるよ」カミーユはすっ飛んでいった。

ジョゼは残った者に指示を出した。数人のグループを作れ。女性、子どもには年長の男が

つくこと。「キャットウォーク」のわき道を知っている者は先導しろ。視体の心得のある者はいるか。船は何隻確保できた？　弱いグループは船で往復して運べ。

西の町から逃れてくるAIたちの流れは、ここでたくみに整序され、危険を分散されて東へ向かった。

この辻で、ジョゼたちはぎりぎり最後までとどまった。線条の侵食が進行し、もう逃げられないと思うまで。

幸いにも最後までジョゼたちが蜘蛛に襲われることはなかった。

破壊(こわ)された空から蜘蛛が降りそそぐ。

もうしぶんない……、

ひとりの見慣れぬ少年がジュールの家の前の小道を町へゆっくりと降りている。

玩具のようなジュールの家は半壊し、台所からはげしい焔と黒煙が上がっていた。その中に黒く焦げたAIの死体が見える。しうしうという擦過音を立てて、青黴(あおかび)色の、紐のように長い蜘蛛が少年の前を横切った。

たあいない……、ほんとうに簡単だ……、

少年は果樹園をとおりぬけようとして、途中で足を止めた。

けさその少年がこの区界に来るとき空けた穴、音楽レコードほどの大きさの穴が塞がれている。蜘蛛には修復できないようロックをかけていたはず。

ＡＩが直したとしか思えない。この区界のＡＩに、そんな芸当ができるんだ。
そうか……、きっと硝視体（グラス・アイ）を使ったにちがいない……、
少年ははじめて咲（わら）った。
なんて容易（たやす）い……。
すべては思うとおりに進んでいる。
きっと、みんな鉱泉ホテルで待ってくれているだろう……。
急ぐことなく、少年はふたたび歩きはじめた。そう。急ぐ必要はまったくなかった。

普通の事務机の倍はある大きさ。電気スタンドの笠はステンドグラス。立派な革のデスクマット。そしてその向こうに温厚なドニ・プレジャンの顔がある。

鉱泉ホテル、帳場の奥の支配人室にバスタンとベルニエが通された。対面してまず、ドニはいぶかしげな顔をした。

きっと、わしらの顔はとんでもなく切羽詰まっているのだろうな、とベルニエは思った。バスタンのような沈着冷静な、根っからの実務家にこんな表情をさせるなんてどんな事態なのだろうか、と考えているのだろう、と。

するとドニの手はいつもの癖で自分の頭をつるりと撫でた。ドニの頭は耳の周りは別だが、あとはきれいに禿げている。白熱電球そっくりの輪郭だった。かれがそうやって撫でるとみんななんとなくほほえんでしまう。警戒や緊張をすこし緩めるのだ。

しかしデスクの前のソファにふたりは無言で座った。姿勢が前かがみでいまにも目の前のガラスの灰皿に齧りつきそうな風情だ。ドニはデスクの前を回ってふたりの向かいに腰を下ろした。

「よほどのことですか？」

「……たぶん」

バスタンが簡潔に、冷静に、判っていることとそうでないことの区別をきちんとつけながら、事情を話した。そうしてこのホテルを「接収」したいと申し出た。

「なんにお使いですか？」

バスタンは鉱泉ホテルを、仮庁舎として、そうしてこれから始まるであろう戦闘の司令所として使うことを話した。

「それでしたら」笑い、「接収なさる必要なんかありませんよ。鉱泉ホテルはいつでもリソースのすべてを供出します。ここはみなさんのための場所なのですよ」

正式名は「オテル・ド・クレマン」――つまりこのホテルの創業者の一族の名が取られているのだが、その名で呼ばれることはない。そっけない、なんの虚飾もない〈鉱泉ホテル〉という別称が好まれている。

鉱泉ホテルはクレマン家が所有していた宏大な敷地に立つ。山のきつい傾斜がそのまま海に落ち込む地形の、そこだけ奇跡のように自然にひらけた敷地は、だから山と海、森と砂浜が接しあっている。ホテルはその正面を山側に、そして反対側を海に向けていた。

四階建ての本体は左右の翼で美しい中庭を抱き、正面には目の詰んだ芝生の前庭がなめらかに広がる。その周囲を取り巻く美しい森もホテルの所有地だし、反対側はホテル専用のマリーナになって優雅なヨットがマストを並べ、またその海の上に木張りのひろいテラスが作られている。そこで供されるウェルカムドリンクを飲む宿泊客は、海の風を浴びながら、迫るほどに圧倒的な斜面にちりばめられた別荘や植物園、小さな美術館、そうして緑の美しさを堪能するのだ。

ドニと役場の二人はロビーを歩いていた。まだ正午にもならない。ロビーは閑散としている。いや、それをいうなら大途絶の日以来の一千年間、ここには真の意味での客が訪れたことはない。つどうのはAIたちだけ。顧客に見捨てられた（いや、そうなのかすらはっきりしない）仮想リゾートの、取り残されたAIたちが集まっては内向きの会話に興じるクラブだ。

しかし支配人の目はすみずみまでゆきとどき、埃ひとつなく、光るべき箇所は完璧に磨かれている。木質と真鍮の重厚な色合いがインテリアのすべてにゆきわたって、どこもかしこもクラシックで、ゆるぎなく、頼りがいがある。

三人はホテルの過去を写し取った写真の額が壁に何十と掲げられている一角を通って、二階への階段を上った。

「警察は？」

「街道へ向かったよ。大勢が東へ逃げてくる。保護してやらないとな」

「そうですか。そう、その蜘蛛のような怪物とやらも？」

「そう、西からこっちへ向かうには街道を使うかもしれないね」

「無事だといいんだが」

「それで、例の――」

「特別室はカジノルームの向こうになります」

色ガラスをさまざまに組み合わせた大扉がカジノルームへの入り口だ。本来ならそこで今夜チェス大会を開くことになっていた。しかしそれはもう望めないだろう、とベルニエは思った。だいいち、去年の優勝者、あのジュール少年は西の子じゃないか。

カジノルームの先に特別室がある。

重い一枚板の扉が二枚、観音開きになっている。カジノの扉がいかにも華やかな雰囲気を演出しているとすれば、こちらはもっと重厚だ。そもそもは特別な上客のための別室だったのだが、もうそれは必要ない。別の用途に使われている。

ドニとベルニエが両側から扉を引いた。

中は暗い。

窓がない。

数本の明かりが部屋の中に散らばっているが、小さく細い光でしかない。

宝石店のような部屋だった。あるいは小さな工芸品をならべた美術館のようでもある。みぞおちの高さがあるガラスの陳列台がいくつも並び、その中にあるものを鑑賞できるようになっていた。

　そうして、人がひとりいた。

　部屋の隅の小さな椅子に、ふくよかな体形をした女性が坐っている。

　手元を動かしているのは、あれはレースを編んでいるのだ。しかし女性のまわりに明かりはない。ほとんど光の届かないところで、精密な編み物を続けている。もうそこで何年も坐りつづけているような印象をベルニエは受けた。

　イヴェット・カリエール。それが彼女の名だ。

「おじゃまをしましたね」ドニが言った。「急ぎの用事なので。申し訳ない」

「いいえ」イヴェットはやわらかくほほえんだ。「とんでもない。ここで仕事をしたいのは、わたしのわがままなんです」

「ここが落ち着くのか」バスタンが言った。

「ええ、とても」

「うるさい奴もいないしな、あ、いや、失敬」横から口出ししたベルニエはたちまち反省する。

「そうね、そうかもしれない」イヴェットは立ち上がった。「もう、仕事場に戻りますわ」

「いや、それはよくないね」

「どうしてですか、助役さん」

「危険だと思う。それに、きみの力を借りることになりそうなんだ」

「……」

「説明はするよ。その前に、この部屋にあるものを台帳と突き合わせておきたい」

ドニが革装の大きな帳面を広げた。

この部屋の収蔵品のリスト。

硝視体（グラス・アイ）。

何百という、宝石クラスの硝視体たち。

夏の区界のすみずみから集められた、えりぬきの硝視体が、この特別室に集められている。

「帳面は必要ないですわ」

イヴェット・カリエールはにっこりと笑った。

ミルク色の頬。甘栗色の瞳。

しかしその目に瞳孔はない。虹彩だけの瞳。数値海岸のキャラクタ・デザインの流儀では、それは盲目であることをあらわすありふれた意匠だった。

「わたしが全部、判りますから」

イヴェットは、この区界で並ぶもののない、硝視体の使い手だった。

「きみに力を貸してもらいたい」バスタンが言った。

「おっしゃらなくても、なんだかすこしは判りますわ……視体たちがさっきから囁いてくるんです。好いことではないみたいですね」

「そう」

イヴェットは立ち上がった。たっぷりとした淡い桃色のサマーニットのワンピース。胸元で軽く手を組んで立つ姿には、修道女のような自信と威厳が静かに満ちていて、ベルニエは、ちょっと感動した。

「お力になれることがあるなら、なんでもいたしますわ」

そのときだ。

ホテルの従業員が遠慮がちに部屋に入ってきて、ドニに耳打ちした。

ドニはちょっと目を見開き、そしてうなずいた。

「みなさん、いまここのマリーナに船が着きましたよ。その名前を聞いたら、きっとびっくりなさるでしょう」

「なんだい、勿体（もったい）ぶるなよ」

「お子さんを連れて、ご婦人が到着なさいました。西の入り江から海上を逃げてこられたのです。――どうやら肝がつぶれるようなお土産を持っていらっしゃったようですよ」

「だから勿体ぶらんでくれよ」ベルニエがじれったがる。ドニは白熱電球のようなあたまをつるりと撫でた。

「アンヌ・カシュマイユ嬢がご到着です。怪物の死体を積んだ船で」

三人の老嬢が、大汗をかきながら山の斜面を登っている。

ジュールとジュリーがその後をついていく。

道もない、立ち木と下生えで見通しもきかない、山のわき腹を登っていく。

老嬢たちの――いや老嬢といえば彼女らは怒りだすだろう。まだ五十代後半だ――派手なプリントのワンピースは色違いの同柄で、型紙も一緒らしい。体形までがそっくりだ。背が低く肩からお尻まで身体の円周がほぼ一定だったため、黙って立っているとジャムとかピクルスとかその手の保存食品の瓶にとてもよく似ている。

「ほらほらあなたたち、足許をちゃんとしないとすべるわよ」

「ほら、いい？　ここに手をかけて登ればいいの」

「うまくリズムを作らないと、息が上がっちゃうわよ」

三人はちょくちょくふりかえって、黄色い声でジュールたちを叱咤した。ふたりはふうふういいながら三人についていくのがやっとだ。年齢から考えられないほど足取りが軽い。

「普段の鍛え方がちがうのよ」

「食べ物もいいしね」

「食後の煎じ薬もね」

「そうそう」

「そうそう」

そうして声をそろえて笑う。同じ笑い声。

雀の巣みたいな半白の髪の毛。丸顔に丸い眼鏡。凸レンズで目が大きく見える。三人は三つ子姉妹だ。保存食品やみやげ物の刺繡細工を作ったり、アロマ療法をやったりして暮らしている。三人とも未婚だ。長女がアナ、次女がドナ、三女がルナ。もちろん見分けはまったくつかない。

五人は「キャットウォーク」を外れた山の中を歩いている。もともと道などない領域だ。ジュールとジュリーには、いまどこを歩いているのかさえ判らない。

「心配しなさんな」と笑われた。

「あたしたちは学校にあがる前からこの山の中で遊んでたのよ」

「木の実やイチゴを摘んで」

「ひみつの花畑があって」

「鳥の卵をくすねたりして」

「目をつぶっていてもだいじょうぶ——鉱泉ホテルまで案内してあげるわ」

「命を助けてもらったんだからね」

「恩返ししないとね」

蜘蛛を撃退したのだ。三姉妹を襲っていたカーボンブラックの六本脚の蜘蛛を、鳴き砂の浜でと同じように、消した。

浜から断崖を登って道に戻ったふたりは、自転車に跨がると東の入り江に向かった。空を見て、西、つまりふたりが来たほうに蜘蛛が降下していると判ったからだった。自分の家、親たちは心配だったが、正直なところ、足が竦んだ。怖くてどうしても戻れなかった。しかし、東に行く途中で、三姉妹が襲われている場に出くわす羽目になったのだ。

「せっかく作ったジャムが全部だめになったよ」

「乾したポルチーニはもったいなかったねえ」

「木のブローチ、売りたくないほどいい出来だったがねえ」

言葉とはうらはらに、三姉妹はそう残念そうではない。そうしてたゆまず登りつづける。

ジュールたちがついてこれるぎりぎりの速さで、そうして手がかり足がかりの場所を無言でくっきりと示してやりながら。五人の登攀に一定のリズムができてくる。息を切らし登るあいだ、ふたりは、西の町のこと、果樹園や自分の家のこと、そうしてこれからのことを忘れていられた。そのことに途中で気がつき、ジュールは感謝した。そして、尊敬した。

「……はて？」

「……おや？」

「……まあ？」

突然三人が停まった。汗みずくの顔をジュールたちに向けた。汗で眼鏡が曇っていた。

「……」ジュールも無言で彼女たちの顔を見返した。

「どうしましょう、道に迷ったみたいだわ」

西の入り江の広場はもっとも大量の蜘蛛たちが降下した。「飢え」をまきちらすには恰好の空間だったと言っていい。カラフルで賑やかだった広場とそのまわりの街、夏の区界の中心部はまたたくまに「飢え」に食いつくされた。

蜘蛛はほんとうにさまざまな形をしていた。

自動車のような蜘蛛、塔型クレーンのような蜘蛛、二体のかぶとがにを背中合わせに貼りつけたような蜘蛛、三つの球体をひとつの紐で繫ぎあわせた脚のない蜘蛛（球をひとつずつ投げながら移動する）、そうしてとても小さな風に舞う花びらのような蜘蛛。

金箔を貼りこめたような、陶芸用の濡れた土のような、翡翠（ひすい）色の鱗粉に蔽われた、黄ばんだ歯のような、とりどりの材質感をもつ蜘蛛たち。

共通点は、ただそれらがあの「蜘蛛」の気配を持つこと、そして「飢え」を持っていることと、それだけだった。

「飢え」は猛威を振るい、たちまち広場を廃墟に変えた。

花びら蜘蛛の一片が頰にとまった少女はみるみるそこから蚕食され、まばたきひとつのあいだにそのまぶたを失い、それに驚くよりまえに肩から上が消えていた。両側で手をつないでいた両親は、それぞれ自分の手に娘の腕だけがぶら下がっているのを見たが、叫ぶより早く、かれらも顎から下がなくなっていた。

町役場のシンボルである時計塔は、その中ほどを、塔型クレーンの蜘蛛がふりまわす腕（ジブ）に喰われて、一瞬宙に浮き、そののちゆっくりと横倒しになった。

濡れた泥の蜘蛛はみずからをゆるくとかして鋪石（しきいし）の上にひろがり、そこを踏んだＡＩの足首から先だけを食べた。動けなくなったＡＩの残りの部分を、雀ほどの有翼の蜘蛛がよってたかって啄（ついば）んだ。

逃げまどうＡＩの中に、初老の自転車屋がいた。ジュリーに自転車を貸してくれた男だ。千と五十年営んできた自分の店は、家よりも大きい手のような蜘蛛が握りつぶしてしまった。その手がにぎにぎをくりかえすたびに、自分の店があった小路が飴のようにゆがんでその手の中にたぐりこまれていく。道が傾いで歪む。鋪石が浮き上がる。足を取られないよう死に物狂いで走った。

広場へ。

その足が止まった。

漆の池があるのかと思った。

その池に広場は呑み込まれたように消えていた。黒い平滑な池——いや穴だ。ときおり区界にできる穴。すぐに健気な蜘蛛たちが修復してくれるあのささやかな描画欠け、それを極端に大きくした穴が、広場のあった場所を占めていた。この道のすぐ先を穴の鋭利なふちが截ち切っていた。

足許の鋪石がうねうねと波打つ。もう、蜘蛛の手がすぐ後ろだ。

だが自転車屋は穴から……穴の中央部に見えるものから、目が離せない。自分がなにを観ているのか、理解できない。

ひとりの青年が穴の真ん中に浮いている。足許が黒いスケートリンクででもあるように。

青年は手の甲に小さな蜘蛛をのせて、かるくキスをしながら、たしかに自転車屋のほうを視た。

「……」

ふっと耳元で声がした。

自転車屋の、かれ自身の名前だった。

なぜ俺の名を知っているのだろう？

その青年を、自転車屋は知らない。

そこで愕然とした。

千年以上も続いたこの区界に、知らないＡＩはいない。

あの青年はこの区界の者ではないのだ。

だれか、どこか、別の……

つぎの瞬間、自転車屋は背後の「飢え」の中に消えていた。

広場を中心とするもっとも繁華な区域は、もう、ほとんど食べ終えられようとしていた。


養子たちと甲板から上がってきたアンヌを見て、ベルニエは絶句した。涙をこらえるのが精いっぱいでひと言もかけてやれそうになかった。上の子の亡き骸（なきがら）をかかえたアンヌは生乾きの粘液でどろどろに汚されていた。そのときどうしてそんな印象を抱いたものだか、ベルニエはそれを見て、バケツいっぱいの精液を頭から浴びせられたようだと思った。自分の娘がそんな目に遭わされたような気がして、平静ではいられなかった。

アンヌは娘も同然だ。ベルニエはアンヌのことなら赤ん坊のころから知っている。親父さんが町役場の書記でベルニエの飲み友達だったから、まだ目も明かないころの彼女を知っている。たしかにその時分からアンヌはぬきんでて大きく、元気な子どもだった。

六歳のとき、もう同年輩の男はみな彼女の子分だった。

五つ上のジャコという不良を一対一の喧嘩でたちまち伸してしまったことで町中知らない者はいなかった。そのとき二の腕の文身はもうしていたのだからおそれいる。十二歳のときに彼女は親父を亡くしたが母親をほったらかして子分（ジャコやさらに年上の少年もいた）の悪童連と悪い遊びにふけっていた。ベルニエが役場に呼びつけてきつく意見したとき、アンヌ嬢はこう言った。

「おれは十五になったら船に乗ってお袋を養う。親父の残した蓄えは、それまでだったら、おふくろひとり食うにはこまらねえ。おれの食いぶちはだれにも頼ってねえよ」

ベルニエは、その食いぶちとやらが賭博まがいのゲームのあがりだと知っていたが、アンヌの目に男気を見て放免することにした。

そのとおりアンヌは十五の年に船に乗った。明日から漁師になるからおまえたちは勝手にしろと子分たちに言い残し、いちばんおっかない網元のところへ頭を下げに行った。最初の出港の日、ジャコが目を真っ赤にして見送りに来たことはいまでも語り草だ。

「あれは絶対片思いだったたな。ジャコのなんつうか切ない顔ときたらな、忘れられんなあ。アンヌはあのとおりだから、さっぱり気がついてないふうだったけどなあ」助役のバスタンがしみじみ言ったことがある。

ベルニエは汚されたアンヌを抱きとめてやった。その頬に涙の跡を見つけたからだった。アンヌはもう泣かなかった。船の上で泣きつくしたから。

「お土産持ってきたよ」

「そうらしいな」

甲板の上に蜘蛛の死骸が寝かされていた。

「役に立つよね」

「そうとも、そうとも」

「この子を寝かしてやりたいよ。もう、ちょっと……手が利かないや」

「ここはな、ベッドには不自由せんよ」

「ケツの底が抜けるほど濃いコーヒーが飲みたいな」

「飼い葉桶一杯くらいでどうだ」

「足りるかな」はじめてアンヌは大きな歯を見せた。笑ったのかどうか本人にも判るまい。

「おまえも休憩め」

するとアンヌはびっくりしたような目でベルニエを見た。思ってもみないことを言われた表情だった。ベルニエはなにか自分が場違いなことを言ってしまった気がした。

「どうして？」

その声、その瞳に覚えがあった。十一歳のジャコに六歳のアンヌが立ち向かったとき。ジャコは、アンヌと子分たちがかわいがっていた仔猫を海に投げ捨てて死なせたのだ。六歳のアンヌは毎日空き缶ひとつ持って魚屋を回り、猫の餌をきちんと頼んで（自分のおやつみたいにかっぱらったりせず）もらっていた。

猫を殺されたアンヌをベルニエは労ろうとした。そのときとおんなじ目と声だ。

アンヌは休むつもりなどこれぽっちもない。

「ねえ」アンヌはとつぜん思い出したようにきいた。「……ねえ、ジョゼはどこにいる？」

目は明いていて、光も見える。

しかし何も視えていない。

目が見たものを意味あるオブジェクトとして認識できない。

パニックの発作がオデットの身体感覚と認識機能を寸断していた。アイデンティティが失調していた。

自分を呼ぶ声が聞こえるが、それが教え子たちであるのか、親なのか、彼女の夫としてやってくるゲストの声なのか、それも聞き分けられない。

息が荒いのに、窒息したように苦しい。心臓が不整な脈を搏っている。

きょうわたしに――とオデットはうなされる――思い出せない何かが起こった。

記憶が断片となって、浮かんでは消える。教え子たちを連れて教会へ行った。合唱の練習だった。礼拝堂は古いが残音が良いから、みんなとても楽しみにしている。教え子といっても、みんなわたしより背が高い。花のように美しくなった立派なお嬢さんたち。

発声練習を始めてすぐ、みんなの口がぽかんとあいた。振り仰ぐと礼拝堂の天井が丸く空いていた。

そこで記憶が紊れ、もつれる。

髭だらけの巨大な男の顔が穴から覗いた気がするが、幻覚だろうか。

その顔がいくつもいくつも落ちてきた。その口が白くねばる唾を吐きだした。その先は思い出せない。

確り思い出そうと集中すると、かえって水面に手をあてたみたいに、記憶の光景を見えなくしてしまう。いや――わたしは水中にいて、水面の裏側に手をあてているのかもしれない。パニックに溺死しそうだが、水上に手が出せない。

「――たのか？」声がした。

「――たのか？」言葉だ。水の外からその声だけが、明瞭に、真っ直ぐ射し込んできた。たぶんわたしはぱくぱくと酸欠の魚のように口を動かしただろう。その声に応えようとしたのだ。ここから助けて、と。

「――たのか？」声が繰り返す。きっとよく知っている声だ。だが何を言っているんだろう。わたしの何かの行為を確認しているらしい。聞き取れない。

髭だらけの顔は、逃げ惑うナタリーを、アニエスを壁ぎわに追いつめた。ソフィを、ナディーヌを組み伏せた。そうして、……。

そのあいだわたしはなにをしていただろう？

「逃げたのか？　先生」

声がした。殴られたような衝撃を感じた。わたしは口をぱくぱくさせた。そう、わたしは意気地がなかった。こわくて逃げたのだ、それを思い出すのが怖かったのだ、と告解した。それは声になっただろうか。呼びかける声の主に聞こえただろうか。

「いいよ先生――大変だったな」

その声は、ざぶりと水中にさし出された力強い腕のようだった。わたしはむちゅうでしがみついた。引っぱり上げられるような感覚があった。

「先生、もうだいじょうぶだ」

――気がつくと、オデットは小さな舟の上に横たわっていた。意識を取り戻したのだ。上体を起こすと、まわりは海だった。老教師はパニック発作のおさまった穏やかな顔で、ジョゼ・ヴァン・ドルマルを見た。

「あなただったの……。道理で。あなただったから助けられたのね」老教師は涙を流した。これからつらい自責の念とたたかわなければならない。「ありがとうね」

「これが最後の舟です」

ジョゼが言った。

ぎりぎりまで辻にとどまった男たちと、疲れ切ったように横たわる数人の避難者が乗っていた。もう、西の町はない。礼拝堂も、その中で死んだ少女たちの苦痛も……。

「そう」

小さなエンジンひとつの小舟は、断崖の連なる陸を右手に見ながら、東の入り江に進んでいた。

老教師は一度だけ、かつて「西」のあったほうをふり返った。そこに広がっていたはずの海の過半もまた、蛇行する黒い幅の中に、もう消えていた。


ようやく山から降りられ、アンヌに出会ったときには、だから、ジュールは腰がぬけて立てなくなってしまったし、ジュリーはついに声をあげて泣きだし入り江に着くまで泣きやまなかった。ふたりの肩をアンヌはしっかり抱いて、東の入り江まで連れてきてくれたのだ。大きな手がありがたく頼もしかった。

東の入り江にようやく入ったのは、午後一時すぎ。

鳴き砂の浜での出来事から三時間後、アンヌが鉱泉ホテルにたどり着いてから二時間後のことだった。

入り江は信じられないほど平静だった。

別荘群やクアハウスの休憩所、マリーナのクラブハウスが西からの避難者のために開放されていた。鉱泉ホテルは病人やけが人を収容していた。それでも、低く垂れこめる空のほかは落ち着いていた。その空さえも、蜘蛛の大降下のときよりは穏やかで、ところどころ薄く青空が透けて見えた。

夜までにはきっと晴れるだろう、星が見えるだろう、と祈るようにジュールは思った。きっと。

ジュールにもジュリーにも大きなけがはなかったが、未成年だったことと、ジュリーが蜘蛛を倒したことを話したため、ホテルに連れていかれた。そこに臨時の町庁舎がすでに開設されてあった。

ジュールたちは、メインダイニングを使った会議室に通された。長いテーブルの向こうに役場の大人たちがならんでいた。どうやって蜘蛛を倒したのかと、訊かれた。

「その前に」

ジュリーは、役場の大人たちを前に強情をはった。

「ママがどこにいるか教えて。そうでなかったら、なにも言わないわ」

背の低いがっしりした老人が——助役のバスタンだと自己紹介した——椅子から立った。五分刈りの髪は真っ白だが、眉は太く真っ黒で、ぐりっとした大きな目が率直だった。

「それでは、町がいまどんなふうだか話そう。わたしにもきみたちにも時間がないから容赦のない話をするし、きみたちも約束どおり、すぐにわたしたちの知りたいことを教えてくれなくてはいけない。いいね？」

「いいわ」

ジュリーはうなずいた。

「西の町は全滅した。

まるごと蜘蛛どもに食われてしまった。いま、町だったところは、巨大な穴がひろがっているばかりだ。

穴は山手の住宅地と果樹園、下町と港すべてを取り込んだ。まだまだひろがるかもしれない。この範囲にいた人々は絶望だ。町長も警察署長もその中に含まれる。避難できた者はこの入り江で保護している。こちらの分署に住民台帳の控えがあったので、身元はすべて確認しているが、ジュール・タピー、そしてジュリー、きみたちの家族はまだ見つかっていない」

「……」

「いや、この言い方でさえ、控えめだな。わたしたちは……つまりこの東の入り江は、もう穴に包囲されたと言ったほうがいい。もはやこの区界では蜘蛛に食われて穴となった区域のほうが、多いのだ。

さいわい今、蜘蛛たちの攻撃はなぜかおさまっている。わたしたちはこの間に態勢を立て直さなくてはならない。この入り江の一千人近い人々を守らなくてはならない。ホテルを使ったのは、硝視体の素晴らしいコレクションがあるからだ。この区界には武装と呼べるほどのものがない。わたしたちは硝視体の力を借りて、硝視体といっしょに蜘蛛を倒さねばならないんだ」

ジュールは今朝のいつもどおりの朝食を思い出していた。……パパの還る場所は完全になくなった、と思った。

「ジュリー、きみは視体を、素晴らしく上手に使うことができるね。そうしてきみたちを連れてきてくれた三姉妹も、硝視体の達人だ。それをとても心強く思う。ところできみは蜘蛛を消した、と言った。おそらく視体を使ったのだろう。いったいどうやったのか、それを話してほしい」

「いいわ」

その声にジュールははっとした。

ジュリーは涙を拭いながら、バスタンとの約束を果たそうとしていた。くちびると肩が震えていた。

「蜘蛛は、飢えていたの。どうしてかわからないけどあたしには伝わってきた。ジュールも気がついてた」

バスタンは頷いた。だれもがあの「飢え」を感じたのだ。

「蜘蛛がとがり岩を消してあたしたちを向いたとき、すごく恐かった。向かい合っているだけで吸い込まれ、消えていきそうな気がしたから。気がしただけじゃなく、ほんとに一瞬消えかけたの。ジュールは後ろにいたからわからなかったかも。

身体の輪郭がひぃーんって震えて不鮮明になったし、服の端っこは透き通りかけてた。あたしはそのとき、蜘蛛からなにかの力が押し寄せてきているのがわかった。ああ、これをぶつけて岩を消したんだって思った。区界のものに作用するんだったら、その力もどこかで区界の条理に従うもののはずだよね。それなら視体（アイ）がある。視体は区界の事物と現象すべてに作用をおよぼすことができる。『飢え』がどんな力かはわからないけど、その性質は変えず向きだけを変えることなら、すぐできる。そう思った、というか考えたというより身体が動いた。それで……」

ジュリーはもう泣きだしていたが、それでもけっして話しやめなかった。まっすぐ前を見たまま、話しつづけた。バスタンも、やめさせようとはしなかった。

「それでそのとおりやってみた。蜘蛛が噴きつけてきたすごい食欲を〈テイル〉に映し取って、そのまま送り返したの。そしたらうまくいった。蜘蛛は、消えたわ。……これでいい？」

「いいとも、しばらく休みなさい」

助役は立ちあがった。短い両腕をひろげて、助役はジュリーを抱きとめた。ジュリーと同じくらいの背丈しかない。

「ゆっくり休みなさい」

「助役さん……」

「バスタンだ。そう呼ぶといいよ」

「バスタン、あなたのお孫さんのアニエスとわたし、同級だったの。アニエスはどうしたの」

「ありがとう、ジュリー。もちろん探させているよ。だが見つからない」

「ごめんなさい。ひどいこときいて」

「ひどいのはわたしのほうだ。ありがとう」

「ねえ?」

「うん」

「これね……」ジュリーは腕から〈テイル〉をはずしてバスタンにわたした。ジュールは驚いた。ジュリーが自分の視体を他人にわたすなど考えられなかった。「いま話した視体なの。いい子よ。コツをのみこんでいると思うわ。役立てて」

バスタンはしばらく視体を見つめていたが、やがてポケットからハンカチを取り出し、〈テイル〉をうやうやしく受け取った。ハンカチは血で汚れていた。

「こんなものしかない、申し訳ない」

「……助役さん」

「ジュール・タピー?」バスタン助役は少年に向きなおった。

「やみくもに視体を使っても、ホテルは守りきれない。ぼくに考えがあります」

「では……」助役はすぐに頭を切り替えたようだった。「話を聞かせてくれ。すぐに」

バスタンの顔は、ハンカチの上の〈テイル〉の光を受けていた。ジュールは、そのため、バスタンの瞳はこの町の海と同じ色をしていることに気づいた。

「バスタン、その前に」ジュールは精いっぱい胸を張った。「あなたがもっている蜘蛛についての情報すべてを教えてください。それからこのホテルの管理用図面のありったけを見せて。それから……ジュリーにシャワーを」

「わかった」疲れたバスタンの瞳がふっと和(なご)んだ。
こうして鉱泉ホテルの攻防、絶望の十二時間が始まったのだ。

第三章　鉱泉ホテル

思い出とは何だろう。

記憶とは何だろう。

物語の登場人物は一ページめが捲（めく）られたその瞬間に、記憶を持つ。過去を所有する。物語の始まる前の記憶を、物語が始まるまさにその瞬間に、具備するのだ。だが、どこでその経験をしたのか。いつその記憶を蓄積していたのか。

その質問にはだれもこたえられない。

〈数値海岸（コスタ・デル・ヌメロ）〉ではどうか。

大途絶（グランド・ダウン）の後の一千年間。

大途絶の前の五十年間。

ではその前は？　夏の区界が開業し、ゲストを受け入れはじめたその日は？

その日ＡＩたちはいまとまったく同じ姿、年格好でゲストを迎えた。それ以来一歳も年はとっていない。しかしかれらにも、その前の、もっと若かったころの記憶がある。

　それは区界のシナリオライターがこの世界の背景に埋め込んだ設定事項だ。この町がどうやって成立したのか、そこに住むＡＩたちがどのような人生を持っているのかが、微に入り、細をうがって作り込まれている。

　それはゲストにも大きな関心事だ。歴史のない舞台、時間の肉付けのない登場人物では、感興が薄味になるから。「この」区界では特にそれが大事だった。

　とても。

　ＡＩたちは、その思い出がこの区界で実際に演算されたことがない、ともちろん知っている。自分の人格が、実は架空のエピソード群ではぐくまれたと知っている。そうしてそれらがゲストに興じてもらうために作り込まれたのだとも知っている。

　それでもなお、それは大切な、かけがえのない、じぶんの思い出だ。

　だが、
　だがそれは真実に、起こらなかった出来事なのか。だとすれば、なぜそれが記憶されているのか。記憶されうるのか。

　幾百、幾千の区界の下に横たわるものがある。区界からは不可視。ＡＩがみずからの意志ではけっしてアクセスできない、存在さえ知らない領域がある。

　数値海岸のバックヤード。

　まずその最上層には、世界の記憶を蓄蔵する部位がある。いちど区界で発生したイベントは、この履歴エリアに何億層ものエピソード膜となって厚く重ねられている。ここは「区界で起こった出来事」の巨大な文書館だった。

――そうして、さらにその下に、区界で起こらなかったイベントが、より厚い層となって横たわっていた。

「区界が始まる前」に起こったとされる出来事、設定事項としての区界の歴史はすべてここに記述されている。

ここがＡＩたちの思い出の根拠だ。

ここでは思い出たちがプレパラートのようなフレームに収まって、しずかに積み重なっている。

だが、まだ下の層がある。

クロノマネージャが息づく領域がある。

数千の別な区界の別な時間を完璧にマネージし、ゲストにスムースな世界進入、世界間移動を保証する仕組み。

この領域には、修道僧のような姿で擬人化された数千体の低位なＡＩがいた。有能で勤勉だが、跳躍的な思考や感情とは無縁の、黒い詰め襟服を着込んだ無性のＡＩたち。かれらは巨大で垂直な壁面が、迷路のように入り組んだこの領域を音もなくすべるように動いて、いつ果てるとも知れぬルーティンワークにいそしんでいる。広大な壁面にとりつけられた梯子や足場を行き来し昇り降りする。壁に露出している時計の文字盤を検べ、それぞれに決まった進み方が狂っていないか確認する。そうして蔽いガラスの汚れを丹念に拭う。

その領域で、大途絶のあと、ひとつの変化が起こった。

あるとき、そこに白いパーカーを着込んだ少年があらわれたのだ。少年は肩と腰とに、あわせて七体の小さな蜘蛛をとまらせていた。かれは――そう、この少年は性別をもっていたので無性のAIたちは驚愕したものだ――初めてあらわれたときから、勝手知った場所のようにわがもの顔で歩き回り、黒服たちの動きを気にしなかったからあちこちで小さな面倒が起こった。

無性のAIたちは、困りもしたし、訝しみもしたが、その存在を許容した。するしかなかった。

なぜなら――

なぜなら

夜も更けて暖炉では薪が焚かれた。暖をとるためというより、心を鎮めるためのものだ。軽食のあと大人たちには熱くした少量の酒が、ジュールたちにも温めたミルクが配られた。ひと口飲むとほのかにブランデーの香りがした。陶製のコップをテーブルに置いた。大きな、十人掛けの長テーブルだ。

「寒くない？　ジュール」

テーブルの向こうからイヴェット・カリエールが声をかけた。いつもどおりミルクのようにやさしい声。ほほえみがよく似合うふっくらとした頬。

　ジュールは〈鉱泉ホテル〉のカジノに集まった人々を眺めわたした。だれもが消耗し、傷つき、打ちのめされている。このホテルに立て籠もった二百ばかりのＡＩ。それが生き残りのすべてなのだ。

「だいじょうぶ。ぜんぜんへいき」

「そう」

　イヴはほほえんでまた手仕事に戻った。

　午後三時に始まった蜘蛛の猛攻は夕方には小康状態に入り、いま時計は夜の八時を指している。もともとカジノに無粋な時計はない。ロビーから大時計がわざわざ持ち込まれている。

　シャワーを使い、食事をとって、暖炉に燃える火を見ていると、たしかに少しは安らげた。どっしりした木製の調度や革張りの椅子も、少し暗めの照明も、不安を和らげる。暖炉の火も飲み物も支配人のドニの指示だった。かれは人を寛がせるプロだ。しかしイヴは熱い酒のグラスに手をつけず、冷めるままにしていた。

「飲まないの？」

「あたしはいいの。あたしのせいで間に合わなかったら申し訳が立たないでしょう」

　イヴは手をやすめない。彼女の手元だけは明るくなるよう燭台や電気スタンドが集められていたが、彼女の美しい甘栗色の目はあまり光を必要としない。

　イヴの前には、大きなテーブル敷きがひろげられている。

白金色のきらきら光る細い糸で編まれたテーブル敷きが、もう完成に近い。凝ったレースをふんだんに編みこんだ楕円形のこのテーブル敷きを、イヴはわずか二時間あまりという驚異的な速度で完成させようとしていた。急がなくてはならないわけがある。鉱泉ホテルが生き残れるかどうかは、この編み物、蜘蛛の分泌する糸で編まれたテーブル敷きにかかっているのだ。

ならんで座っていたジュリーが、ジュールの肩をぽんぽんと叩いた。

「きみも、少し休むといいよ」

「うん」

ジュールは椅子の背に身体をあずけた。ジュリーの膝で、〈コットン・テイル〉もすやすやと寝息を立てていた。このホテルを要塞化するためいったん大人たちの手に渡された〈テイル〉も、ようやく戻ってきたときにはくたくたに疲れはてていたのだった。しかしジュリーは〈テイル〉よりも憔悴(しょうすい)している。ジュリーもレース編みを続けていた。これはもう、ほぼ完成している。イヴのものよりはだいぶ小さい。

大テーブルではほかに三人の女たちがレース仕事に励んでいた。アナ、ドナ、ルナの三つ子姉妹である。同じように背をかがめて猛烈な速さで編み棒を動かす姿はまったく見分けがつかない。

このテーブルには、夏の区界指折りの名手——硝視体(グラス・アイ)の使い手がそろっている。三姉妹のひとりが小振りのグラスをとり、熱くした酒をくいっと引っかけた。ジュールは訊いてみる。

「ねえドナ、どうかな。ぼくの書いたレースに問題はないかな」

「問題なんかあるもんですか、ぼうや」

眼鏡のせいで大きく見える目をさらに見開いて、ドナはにっこり笑った。

「おばさん感心しちゃったわ。いままで考えたこともない模様だけど、とてもきれいね。それに編みやすい。そんなことより、もっと大事なのはこの模様の性能だけど……」ドナはあごに人差し指をあてて首をかしげた。「おばさんはあなたのように頭が良くないから、実際に試してみるまでは、とても計算なんてできないわ。でもいちばん大事な点に問題があるわね……」

「え？」

「わたしはドナじゃなくて、アナだってことよ」

ほかのふたりも顔を上げてくすくす笑った。ジュールは首をひねる。たしかに見分けがつかない。

左どなりの姉妹が口をはさんだ。

「見分け方を教えてあげるわ、ジュール。ジャム作りがうまいのがアナ。ピクルスがルナ。パテとそれからジャムやピクルスもいちばん上手なのがドナ、あたしよ」

そこでひとしきり三姉妹は雀たちのようにああだこうだとおたがいの腕前を褒めたり貶(けな)したりした。編み棒はちゃんと動かしながら。

「だれが上手かは知らないけど」ジュールは首をふって言った。「見分けるのに役には立たないと思うよ、ドナ」

するとたしかにドナと名乗った彼女はびっくりした顔で「あら、あたしはルナよ」と言った。

このホテルのロビーには昔の写真がたくさん飾ってある。その中に三姉妹の若き日の姿もある。十七歳の三姉妹だ。彼女たちは別々の男性にエスコートされ、まるで妖精のように美しく愛らしく笑いころげている。

いま、目の前で笑う三姉妹にはきちんと面影が残っている。いや、同じくらい魅力的に見える。

彼女たちが結婚しなかったのは、その母親が若くして倒れ寝たきりだったのと、ひとりきりの病弱な弟がいたからだ。

今日、三姉妹の小さな家は蜘蛛に襲われ、食われた。

こぢんまりした素敵な作業場も、年寄り連中のたまり場だったアロマ療法室も、そして母親と弟も助からなかった。

「イヴ、まだか」

フェリックス・カリエールがやってきて、イヴェットをせかした。かん高い、いらいらと落ち着かない声。細い、狐のような顔を手のひらで神経質にごしごしこすった。赤いくせ毛がとうもろこしのヒゲみたいにゆれた。

「まだなのか。ドニさんがお待ちかねだぞ。助役さんも」

「もうすぐよ、フェリックス。もうすぐだから」

手は休めずに、イヴは年下の夫をなだめるようにほほえんだ。フェリックスは、イヴが娘時代からレースを取引していた仕立屋で、いまではイヴの夫だ。

「手間ばっかり食ってないで、早くしないと。これがすまないとあとにどんどん差し支えていくんだから」

だれにもわかりきったことを、フェリックスは言う。ジュールは、ジュリーに身体をもたせかけたまま、この小柄な大人の、とがった鼻や貧弱なあご、横じわの多い額を睨む。フェリックスの声を聞いていると、かれのいらいらに巻き込まれて不機嫌になっていく自分を感じることになる。

「ごめんなさいね」

イヴは反論するかわりに、わたしって手が遅くて自分でもあきれるわ、と言いたげな、ほほえみを浮かべる。

ジュールは不思議に思う。イヴはフェリックスのどこに魅力を感じているのだろう。

「おいおい、よしてくれよ」フェリックスは大きなため息をついた。「信じられねえな。何時間かかるんだ？　まさかこんなときに怠（なま）けているわけじゃないんだろうが」鼻も目も赤く、落ち着きがなかった。酔っているわけだ。こんなときに。

「もう少しだから待っててあげてよ。せかさずに」ジュールはたまらず口をはさんだ。

「……ジュール、いまのは、俺に言った？」

フェリックスは目をぱちくりさせた。

「そうだよ」

「じゃあ、覚えときな」フェリックスは、胸あてのある大きな前掛けのポケットに手をつっこみ、前屈みになってジュールの顔を覗き込んだ。仕立屋が使う仕事道具のエプロンだ。たくさんのポケットがあり、大きな鋏が一丁さしてあった。「俺は子どもに説教されるのは平気だ。空っぽの瓶を吹くと、ぼーって鳴るだろ。子どもの不平はあんなもんだからな。子どもは大人のことを偉そうにあげつらうが、それは自分がまだ何もできゃしないからなんだ」

ジュールは会話をあきらめた。ジュリーはとなりで聞こえよがしに「ぼー」と言った。ジュールは仕事をしたし、イヴもしている。子どもはだれか——そういう意味で。

フェリックスはその程度のことにも気がつかない。ガキをやりこめて気がすんだのか、カウンターへ歩いていった。もう一杯酒を飲むために。

「ごめんね、ジュール。それよりこんなぐあいでいいのかしら、見て」

イヴが言った。

「文句のつけようがないよ」ジュールはレース細工を一瞥してそう答えた。イヴの技巧の限りを凝らした精緻な網の目はこよなく美しい。ジュールは複雑きわまる編み目に編み込まれたプログラムにバグがないことを、いままでずっと気をつけながら見守っていたのだ。

「あたしたちのも見といておくれ」三姉妹のひとりが言った。「ここまで来たら編み直しはごめんだよ」イヴのよりはずっと質朴な仕上がりだ。手堅くシンプルで、その限りでは完璧である。三人の質も見事に揃っている。

イヴのテーブル敷きもほぼ完成し、大テーブルの上にひろげられていた。蜘蛛の糸で編まれたレースはそのふちに数か所、わざと未完成な部分が残されている。

カジノのドアが勢いよく開けられ、大きな音がした。漁師たちが十人近く、ゴム長靴を鳴らしながら入ってくる。何があってもへこたれない——そんな空気を連れて。

アンヌたちが帰ってきたのだ。

「ジュール！　大人をこき使うガキはどこにいやがる？」

男のように太い声が愉しそうに毒づいた。

まわりの屈強な男たちよりも、さらに頭ひとつ抜けている。

「なんだそこか。イヴにおっぱいもらってたんかい？」

ジュールは赤面した。たしかにイヴは柔和な顔といい豊満な体型といい母親のような雰囲気がある。カウンターでフェリックスが嫌な顔をしたが、アンヌには口出ししようとしない。

自分のグラスの上にかがみ込んだ。アンヌはもちろんフェリックスを歯牙にもかけずに、歩いてくる。

ただ真っ直ぐ歩いてくるだけで、だれよりも精悍な魅力を発散している。

「ジュール、たいしたやつだ。偉い奴」

アンヌはジュールの髪をぐしゃぐしゃに撫でてほほえんだ。肌と同じ色の厚い上唇はちょっとめくれている。目尻のあがった目は大きく、瞳は朝の空のような青だ。全身銅色の中で、そこがブルーダイヤのように明るく煌(ひか)っている。

「そうだね」

「あはは、そうだねだとさ。あきれたね。たしかにおまえは大物だよ。——安心しな。もうばっちりだったからな。おまえの言うとおりに、全部引き回しといた」

「ありがとう」

アンヌはジュールのとなりにどすんと腰を落とした。

「おおい、おまえらも来な。イヴのレースを拝ませてもらおうや。こりゃ凄い出来だぜ」

漁師たちの中に、ひとりだけ、アンヌにひけを取らないほど長身の男がいた。その若い男が歩いてくる。

今夜、ジュールとチェスの決勝を戦うはずだった男。

アンヌに詩集を貸した男。

声だけで、女教師をパニックから救った男。

ジュリーが坐ったまま背中をのばした。その目が和むのを、ジュールはとなりで感じていた。

ジョゼ・ヴァン・ドルマルはアンヌのとなりにしずかに腰かけた。

八人がテーブルを囲む形になった。

今度は別のドアから、支配人のドニ・プレジャンが、シャルル・ベルニエと一緒にあらわれた。ドニとベルニエはふたりがかりで、革製の大きな長持ちを運んでいる。馬具屋が作る船旅用の巨大な衣装トランクを改造した長持ちだ。ふたりとも口を噤(つぐ)んで、慎重な足取りだ。荷物を大テーブルに載せるとほーっとため息をついた。

「開けますぞ」ベルニエがおごそかに言って、ケースの止め金をはずした。

緩衝材を取りはずし、内箱をとりだし、その中の光沢のある布地がはぎとられると、そこに〈クリスタル・シャンデリア〉が姿をあらわした。みなが息をのんだ。

〈クリスタル・シャンデリア〉は長径が三十センチ以上もある楕円形の硝視体だった。そのように大きな視体(アイ)はいまもって類例を見ない。この区界を世界と言えるなら世界最大の硝視体である。

偏平にカットされたダイアモンドのようだといえば、その形や透明度、はりつめた輝きが少しは伝わるだろうか。部屋じゅうの光が魅了され、その中へ身投げしてしまいかねないほど美しかった。無数のカットはすみずみまで完璧で、どの方向からどのような光を受けても、光と石の両方をもっとも美しくメイクアップする。

〈クリスタル・シャンデリア〉は、長持ちからレースの上にそっと移された。燭台のあかりを映し込んで、大テーブルの上に別な炎が燃え上がったかと思うほどあざやかに燿(かがや)いた。この石の中を覗き込んだら、いったいどんな光景が見えるだろう、とジュールは思った。数千のカット面からとびこんだ〈光〉や〈音〉や〈感情〉、〈官能〉がどのように変容させられ、織りあわされ、特異点をむすんではまたほどいていくか……それを頭の中でシミュレーションすることはジュールですらとうてい不可能だった……きっと難度の高いステップが交錯する優雅で鋭利で、大規模な群舞だろう。

昔イヴがジュールにこう話してくれたことがある。「硝視体の中を知りつくすことはできないわ、人の脳のなかで起こっていることのすべてを知ることができないのと同じように」と。脳。もし硝視体が脳であるなら、もっとも高度な知性を持てるのは、この〈クリスタル・シャンデリア〉ではないかとジュールは思う。カットとクラリティが織りなす光の知性だ。

「さあ、できたわ」イヴがほっとしたように言った。「あなた、レースができたわ」

「できたのか？」フェリックスがとびあがった。「ドニさん、できましたよ。イヴがやりました。できたんです」ホテルの支配人に、フェリックスは自慢げに報告した。足許がふらついていた。

「では、あとひと息ですね」

ドニはフェリックスの言葉を軽く受け流してたしなめ、長身のてっぺんにある頭をつるりと撫でた。

〈シャンデリア〉はイヴのレースの上に置かれた。ジュリーが編み上げたレースがさらに〈シャンデリア〉の上に被せられた。手際よく何か所かで繋ぎあわされた。

つぎにもっと小さい三つの視体が持ちよられ三姉妹のレースの上に置かれた。

〈火の親方〉は琥珀色のねっとりした質感のある視体で、その中心には火がともっている。暖炉の炎が反映しているのではない。琥珀色の中ではその火は熾火(おきび)としか見えず、掌につつんでもほんのりと暖かいだけだが、使い手次第でとほうもない熱を外部化——視体の外に温度変化としてとりだすことが——できる。

〈スノースケープ〉はもっと風変わりだ。完全な球形ですごいほど透明、その中には雪景色の中の一軒家とやむことのない吹雪の夜が封じこめられている。玩具のスノードームとうりふたつだった。〈スノースケープ〉の中の寒気は指向性の強いビームとして、また気象として外部化できる。ふたつの貴重な攻撃系の視体は、〈シャンデリア〉の両脇をかためた。

そうしてもうひとつ、直径十五センチほどの黒真珠のような視体があらわれた。有数の大きさだ。〈黒いグリッド〉とよばれる。その能力はほとんど未知だった。イヴの提案で採用されたのだ。

三つの視体を載せたレースは〈クリスタル・シャンデリア〉のレース細工とつながれた。

「ほかの設定はすんだのかね」バスタンは訊いた。

「終わったよ。石の置き場所も点検ずみだ。文句なしにいいぐあいさ」アンヌが機嫌よくこたえた。「蜘蛛のやろうども、あとはいつでも来てみやがれってとこだな」

「めったなことは言うもんじゃないです。あたしは来てほしくないな」

ドニはさりげなく禿頭を撫でた。アンヌの不用意な発言でこわばりかけた空気が、その飄ひょうとしたしぐさで、またなだめられた。きょうの体験のあと、ほほえむことができると思ったものがどれだけいるだろう。ドニにはそんな人柄の魅力があった。アンヌもそれはわかっている。即座に立ち上がって頭を下げた。

「すんませんでした」

「さあ」ジュールは立ち上がった。「〈シャンデリア〉の目を覚ましてやらないと。そして筋書きを教えてやらないと。これからが大変だ」

「さあ」そう言って立ち上がった十二歳の少年を、ベルニエは感嘆の面持ちで見つめた。まったく、この坊やは天才だ。それにたいしたスタミナがある。

ベルニエは、今日の午後のことを思い出していた。

ジュリーが助役のバスタンに硝視体を貸したあと、ジュールが目を見張るような提案をした。その提案が採用され、準備が始まった頃、午後三時に蜘蛛たちの攻撃が再開されたのだった。

町の巣にいたはずの蜘蛛たちは、警官たちで固めた「キャットウォーク」ではなく、屏風のように聳える尾根を越えて山側から東の入り江に駆け下りてきた。

監視は立てていたが、突然の攻撃で連絡がまにあわなかった。十六体の蜘蛛が別荘の区域を襲った。瀟洒な建物群が「飢え」の雪崩にまきこまれ、またたくまに消滅した。学齢の子どもたちを避難させていた大きなコテージも、もっと小さな子どもたちを収容していた植物園の管理棟も音もなく消えた。悲鳴さえ聞こえなかった。

蜘蛛は美しい別荘地をうつろな空虚に変えただけでは飽きたらず、さらに下りてクアハウスとその中にいたお年寄りたちを〈穴〉にした。そしてマリーナとホテルのそばで自警団と衝突した。

自警団の先頭に立ったのが、アンヌの率いる若い漁師たちだった。

アンヌが銛とナイフで大立ち回りを演じ、蜘蛛を仕留めていたことはそのときもうだれもが知っていた。そんなことができた者はアンヌのほかにだれもいない。

この一件は非常に大きな意味をもっていた。

蜘蛛には、銛が、つまり区界の事物が武器として通用したのだ。

蜘蛛はおそらくこの区界のものではない。あの「飢え」は、この区界にはなかった現象だ。だから蜘蛛に石や火や銛といった「物理的」な武器が通用するかどうかはアンヌの無鉄砲な行動がなければわからなかっただろう。そしてもっと重要な成果は、蜘蛛の死骸を手に入れたことだった。

さて、午後三時の攻防は、どうにかぎりぎりで蜘蛛をおしとどめることができた。

これはまず、アンヌのおかげで自警団の士気と自信が抜群に高かったことが大きい。そうしてもうひとつは、ジュリーがもたらした戦法だった。

ホテルの展示室から、反射能や変容能の高い視体が担ぎ出されてきた。貴重な攻撃系の視体が日の目をみた。〈火の親方〉や〈スノースケープ〉など、伝説的な視体が、えり抜きの使い手たちに委ねられた。入り江に避難してきた人たちには、視体の使い手が多かった。これは偶然ではない。手近な視体を使って生き延びるだけの力がなければ、入り江にたどり着くことがむずかしかったのだ。バスタンは〈テイル〉に保存されている経験情報をほかの視体に伝えることを指示した。

そして死骸から蜘蛛の正体が少しはわかっていたことがなによりも大きな励みになった。ビオット獣医の解剖によれば、蜘蛛は比較的単純な区界オブジェクト、AIのように高度の判断能力はもたない単純機能のツールであるらしかった。その基本的なコードは区界修理人の〈蜘蛛〉と同じルーツをもつと思われ、機能はいくつかの単純なコマンドに限定されている。ジュリーが「飢え」と感じたものもそのコマンドのひとつ、この区界の事物を消しさりほかの区界に移動させる機能であるようだった。ということは、消えた人々がほかの区界で生きている可能性もあることになる。これだけで士気は数倍高まった。相手の正体がわかったことから、戦い手も力の揮いようがちがった。

アンヌの超人的な活躍と、視体の使い方がひとつひとつ図にあたった。〈テイル〉のこつをほかの視体がちゃんと呑み込んでくれたので、効率もはるかに増した。〈火の親方〉や〈スノースケープ〉の驚異的なパワーに弱らされた蜘蛛は、銛の格好の餌食になった。蜘蛛たちは半数が殪(たお)された時点で、とまどい、ひきかえした。こうしてマリーナでの攻防は、きわどい一線でなんとか区界の住人に生きながらえることを許したのだった。


「〈ファムファタル〉はうまく動くかい？」

バスタンがドニさんの横から、ジュールに訊いた。

「あれはピエールさんがやってます。もう終わると思うんですけど」

言いおわらないうちにピエール・アフレがカジノに入ってきた。ひょろりとした袖なしの黒いTシャツ姿。左手首に太い鎖を巻いている。ピエールはジュリーよりふたつ上なだけの少年だが視体にくわしかった。操作というより分類学や微細な知識に通じている。

「ピエール、時間がかかったなあ。〝あの姉ちゃん〟に見惚れてたのとちがうか？」

アンヌがひやかした。

〈ファムファタル〉は、この美術館でもっとも有名な所蔵品だった。落花生の殻のような形の視体の「部屋」に、ひとりのとても魅惑的な女性が住んでいるのだ。

「どうってことないよ、あんなの」

照れかくしが似あわずみんながげらげら笑った。

「イヴ、テストしてみてよ」

イヴはにっこり笑ってレース細工の縁に指をはわせた。クラヴサンを試奏するような、敏感なタッチで。

〈クリスタル・シャンデリア〉が電源を入れられたように灯った。暖炉が褪せるほどの光。その光がひとつのカット面に絞られ、灯台のビームのようにのびて、カジノを一巡りした。

と、突然部屋のすみにだれも名を知らない女性が立っていた。

黒い髪を腰まで垂らした、浅黒い肌の女だった。

細いしなやかな体をロマ風の暗い色の衣裳でつつんでいるが、長いスカートの裏地は血のように赤い。

胸の前で手を組み、こちらを挑発するような目で睨んでいる。昼にもおなじ挑発の笑みをうかべていた。息をのむほどの実在感だ。

彼女はＡＩではない。

彼女は〈ファムファタル〉の中に――視体の中にしつらえられた小部屋に住んでいるのだ。

彼女は視体の中で暮らす。毎朝琺瑯（ほうろう）の湯沸かしでお茶をいれ、料理や絵を描くことが好きで、ひとりできびしい舞踏のレッスンをし、夜は日記をつけ、詩を書き、ベッドで自分の体をなぐさめる（彼女の自慰は奔放で大きい）。

寝台の真上には天窓があり、そこからは冬の星座や夏の太陽がのぞけたし、部屋には毎日牛乳が届けられた。娼婦のようにも詩人のようにも見える。

彼女は視体を覗き込む者たちにほほえみで誘いかける。ここへ来ないかと。お茶を飲まないかと。だが招待に応えられるものはいない。硬い視体の壁に阻まれる。だれも彼女の名を知らないから、いつもそれが話題になる。だれもが彼女を名前で呼びたいからだ。彼女に人格があると思われているからだ。この女はそれほどに魅力があった。

「いやまったく、なにに驚いたといって」バスタンがジュールの頭をぽんと叩く。「きみが、この美女のあつかいを心得ているとはね。あやかりたいことだ」

ジュールはにっこりとバスタンを見上げた。たしかに上出来だ。

「イヴ、どうかな」ときいてみる。

「すばらしいわ」イヴにも女の気配が伝わったようだった。「こんなにうまくいくなんて」イヴがレースに触れていた指をはなすと、それが合図のように女の姿も消えた。それでベルニエはようやくほっと息を抜いた。

これはトラップだ。

このトラップの真価は、こんな幻燈もどきの遊びにあるのではない。もっと狡猾（こうかつ）な方法で蜘蛛をおとしいれる。

ベルニエは賛嘆の思いで少年を眺めた。

「罠のネットワーク」をジュールが提案したときのこと、ホテルの小ダイニングに持ち込まれた黒板が真っ白になるまで、機関銃のように白墨を使ったかれの姿を忘れることはできない。

「わかりますか」黒板を背に、圧倒された大人たちを見渡してジュールは言った。「準備に少し時間はかかります。今夜八時ごろまでかかるでしょう。それまで持ちこたえれば、ホテルに仕掛けを施すことができます。そうすればむざむざ殺されなくてもすむし、もしかしたら攻勢に転ずるきっかけを作れるかもしれない」

黒板には複雑きわまりない編み目が描かれ、いちばん上に太い字で「罠のネットワーク」と書かれている。ジュールは言った。

「罠のネット。これを作ります。

手っ取り早く作れます。このホテルの防犯システムを下敷きにするんです。鉱泉ホテルはもともと防犯警備システムをそなえています。このホテルが会員制をとっていたためです。ぼくらが暮らす〈数値海岸〉は当然会員制で、ここで楽しもうとするゲストはお金を払わなくちゃいけません。そして鉱泉ホテルは、そのなかでさらに追加料金を必要とする特別の区域でした。しかし区界の事物は現実界の事物と同じようにふるまいますから、ホテルの建屋はゲストならだれでも見えるし手で触れることができる。玄関があれば入ることもできるのです。鉱泉ホテルをプレミアムのついたエリアとして区分けし、入場者をチェックするために、区界の設計者は認証プログラムを書きましたが、それが、この区界ではホテルの防犯警備システムとして、あるいはドアマンとして実体化しているのです。ここまではいいですよね、ドニさん」

ドニは白熱電球のような頭をうなずかせた。

「鉱泉ホテルには微細なセンサが……これは微小感覚器と呼ばれていますが……ありとあらゆる場所に埋め込まれ、ホテルの各ゲートや、壁、窓をつねに監視し、IDをもたないものの出入りや、内部での不法行為を監視しています。不法侵入者を情報的に身柄拘束できるのはもちろん、暴力的行為にたいしては、攻撃もできるようになっている。

ぼくはみなさんに、この警備システムを対蜘蛛用に仕立て直すことを提案します。いまのシステムは力が足りませんが、視体を使えば埋め合わすことができるはずです。視体はセンサとしても、プロセッサとしても、攻撃力としても使えます。視体の潜在能力は使い手がいればいくらでも開発できるし、システム自体をぼくらがコントロールすることもできるようになります。

なにより、このホテルには、素晴らしい視体がたくさんある。

あとは……このホテルに、視体の使い手は来ていますか？」

バスタンがイヴや三姉妹らの名前を挙げた。

「イヴがいるんですね？」

ベルニエはそのときジュールの目の中で小さな嵐のように思考が動くのが見えたと思った。

すぐにジュールは黒板の一画を消し、そこに渦巻きのような絵を描き上げた。

「これはレース編みの下書きです。イヴにすぐ編んでもらってください。これが罠のネットを動かすプログラムになります」

ベルニエはジュールが何を言っているのか全然わからなかった。ほかのメンバーも同じだろう。かまわずジュールは続けた。

「いちばん大きくて複雑な硝視体が必要です。このネットの中核になる視体が。戦闘が始まればホテル中からありとあらゆる感覚情報が押し寄せてきて使い手の二人や三人ではとてもさばけない。いくつもの入射光を同時に変容させられるような、宝石型の、大きな視体がうってつけです」

ようやく大人たちの中から声が還った。

しずかだが、よく通る声。

「レースはサーバのインタフェイス。使い手は、それを介して硝視体を、そうして罠のネット自体をコントロールする……ということだろう」

一同はおどろいて声の主をさがした。ジョゼ・ヴァン・ドルマルが壁ぎわに腕組みをして立っている。ジョゼは、ジュールのコンセプトをあっというまに理解したようだった。ようだ、というのはベルニエには話の中身がまだよくわからなかったからだ。

「質問させてくれ、ジュール」

「どうぞ、ジョゼ」

「レースの素材は？　ネットのケーブルの素材は？」

「蜘蛛の糸を使います」

「うん」ジョゼは軽くうなずいた。

しかしほかの者は……もちろんベルニエも驚いた。よりによって蜘蛛の身体から出たものを鉱泉ホテルに入れようというのか。どよめきはなかなかおさまらなかった。

「ビオット先生の解剖記録を見ました」ジュールは手元のバインダに目をやった。「蜘蛛はこの区界をいつもメンテナンスしてくれている蜘蛛と、基本構造がとてもよく似ている。ぼくらはこの区界のことしか知らないけど、たぶん数値海岸のどこにもあるありふれたタイプのプログラムなのではないでしょうか。糸をつくり出す仕組みも変わりません。糸の基本的性質は同じだということです。この町の大部分はいままで小蜘蛛が吐き出した修繕用のパッチウェブで補修されてるはずです。それをホテルに入れていけない理由はありません」

「入れていけない理由はないかもな。じゃ、入れる理由は？」ジョゼは腕組みしたまま動かない。

「伝導性の高さです。ジュリーが浜で蜘蛛を倒したとき、〈テイル〉が反射した『飢え』は糸を伝って送り返されました。視体を運んだり、保存したりするとき蜘蛛の糸を使わないことは常識ですよね。視体の中身が漏れ出たり、余計な外部情報が流れ込んで硝視体が濁ったりするからです。しかしこの罠のネットは……まだどう動くものか理解できていない人もいるようですけど、これだけはわかっておいてください……視体同士がその中身の流動性を高めてつねに交換しあっているような状態にしておかなければならないんです。それには糸がうってつけだし、いくらでも手にはいる。蜘蛛たちがそこらじゅうに残してくれている。それをほどき、紡ぎ直します」

「罠ということはないか」とジョゼ。

「どういう意味です？」

「そういう意味さ。俺たちが喜んで糸を使うということまで読まれていて、そのためにわざと使いやすくしてある。しかし糸の中には破壊工作用の何かが隠されている。そういう危険がないだろうか」

ジュールはちょっと黙った。反論に窮したのではなく、ジョゼの言葉の意味が全員に浸透するのを待ったのだった。

「ジョゼ」バスタンが口を開いた。「きみが言っているのはこういうことか。これはただの災害じゃない。蜘蛛は何者かによって操作されていて、そいつの計略の中に、蜘蛛の糸をホテル内に送り込むことが含まれている。どうだ」

「そうですね」ジュールはあっさり頷いた。「ありえないことじゃありません」

「それでいいのか」ベルニエは思わず立ち上がっていた。

「よくはない」ジョゼは腕組みしたまま言う。

「比較的簡単にテストできます」ジュールはそう言って黒板の一画を消し、さらに模式図を書き込んだ。

「三姉妹の力を借りなきゃいけませんけど。ね？」

「なるほど」ジョゼはうなずいた。「そのテストは思いつかなかった」ジョゼは腕をほどいて手を差し出した。「今年もまた負けたみたいだ」

「やりたかったですね、チェス」ジュールも笑って握手に応えた。

「さて、みなさん。いよいよ準備は終わりました。罠のネットはこうして完成し、みなさんも持ち場と役割を完全に理解している」

助役の声で、ベルニエはわれに返った。小柄なバスタンが腕を広げていた。声は平静だ。全員が聞き入っている。

「この鉱泉ホテルには、いま二百人ばかりの仲間が集まっています。これが区界の生き残りのすべてです。午前中に西の町がやられ、午後の攻撃で、この入り江もあらかた蜘蛛に食われてしまいました。われわれの山も松林も、美しいスクーナーやヨットがならんでいたマリーナも、魚市場も、いまは蜘蛛の糸でおおわれた〈穴〉となりはてました。このホテルは遠巻きに包囲されています。

これはきわめて困難な戦いになるでしょう。敵の力ははかり知れず、われわれの武装はほんとうに微々たるものなのです」

鼻をすする音がきこえた。ルネだった。ルネは腕利きの船大工だ。ひどく傷んだ船もかれの手にかかれば魔法のように修復された。かれの新しい船が進水するときはどんな女たらしも恋人をほったらかして見に行った。マリーナを悼んで泣く資格があるのは、ルネだとベルニエは思った。しかしもちろんルネは泣いているのではなかった。ただの鼻炎なのだ。

だれひとり泣いているものなどいない。

このカジノにはひとかけらの感傷も転がっていない。

「幸いわれわれには最高の砦があります。この鉱泉ホテルです。ここには体を休めるベッドも、心を安らがせる酒倉もある。食糧と燃料はまだ充分にあるし、なによりこの砦は出入りが大変にむずかしい。なにしろ帳場でドニさんが目を光らせていますからね」

みなもほほえんだ。

「それから最高の視体たちがわたしたちの手にある。これは大きな持ち点です。そしてこれがいちばん大事なんだが、その使い手にもことかかない。そうだね、イヴ？」

「はい」

「そうなのです。そうして、その使い手たちの力を生かすための最高のしかけも、ある」バスタンはジュールの名を呼んだ。

「こう考えてみましょう。大途絶(グランド・ダウン)。あの破局。あれ以来一千年、ゲストはひとりたりとこの区界に訪れてきません。しかしどうです、われわれはついに久々の訪問者を得たのです。凶悪で、狡猾で、醜悪な蜘蛛たち。

ゲストを歓待することになら、われわれは長(た)けている。われわれの流儀で蜘蛛にせいぜい楽しんでもらうことにしましょう。けっして手を抜かず」

いかにもかれらしく、淡々と話しおえた。

「アンヌ、あとをたのむ」

アンヌがバスタンの横に立ち、指図を始めた。

まず男たちを集め、三つに分けた。一方はバスタンが率いて正面玄関へ、一方はアンヌの指揮下で海に張りだしたテラスへ向かった。このホテルの、もっとも守りにくい部分だろう。アンヌとジョゼはそちらがわだ。残りの男たちは、ホテル各階の要所に分散された。かれらはいわば罠のネットをうまくはたらかす技術部隊で、硝視体の心得のある男はほとんどここにふりわけられた。

「バスタン」ベルニエは長いこと同僚として働いてきた男のかたわらに寄った。「わしは海のテラスに回るよ。腕っぷしの強い奴らがいるからな。年寄りは楽をさせてもらおう」

「ふん」バスタンは笑った。「足手まといになるなよ、おいぼれめ」

ベルニエとバスタンは抱き合った。

「じゃあな」

「ああ」

　ふたりはそこで別れ、二度と会うことはなかった。

　男たちがいなくなるとカジノは老人と女、子どもばかりになってがらんとした。

「ジュリー、はじめましょう」

　ジュールはじゃまにならないようテーブルを離れようとした。ジュリーはジュールの肩に回していた腕を離しながら囁いた。

「ね、ジュール、この子を預っていてくれる？」

　ジュリーは〈テイル〉を差し出した。〈テイル〉はまだ眠っている。起毛もしまわれていて、ただの乳白色の石に見える。

〈テイル〉だけは、罠のネットには組みこまれなかった。ジュリーが強く反対したためだ。

「その子ね、とてもいい子なの」

「うん」

「大事にしてね。きみが守って」

「うん」

　ジュールは〈テイル〉を受けとった。ほんのり温かいのはジュリーの膝に抱かれていたせいだが、小さな動物（リスとかヤマネとか）のように感じられた。手の上で〈テイル〉がもぞもぞした。手渡されたことに気がついたのだろう、寂しげな〈音〉が掌に感じられた。ジュリーを呼んでいるのだ。

ジュリーは右耳に唇を寄せた。

「ぜったいにほかの視体に触れさせちゃだめよ」

「?」

「約束して」

「するよ」

「頼むね」そしてジュリーは大テーブルに向かった。

イヴ、ジュリー、それに三姉妹が〈シャンデリア〉を囲む。テーブルの周りをカジノに残ったものが取り巻いた。女や子どもたちが見つめるその視体に、このホテルの命運が、夫や父や息子たちの命がかかっているのだ。視体で組み上げた「罠」のネットに。

と、

「糸（ウェブ）のことを考えてるな」

ぽんと肩を叩かれ、ジュールはとびあがる。

「会えたな坊主」

老人は、あいかわらず、鴉の色の服に身をつつんでいた。いつのまにとなりに来たのか気配すらわからなかった。

「おっかさんは気の毒だったなあ」

老人はのんびりと天気の話でもするように明後日のほうを向いてしゃべった。

ジュールは凍りついたように動けない。

老人の顔を歪めるほどの大きな古傷、右目の墓から視線をそらすことができない。ようやく声を絞りだす。

「このカジノにいたの？」

老人は取りあわない。

「なんて顔をしているね。幽霊にでも出会ったようだぞ。それにしてもうまくやったものだ。ホテルの外壁に蜘蛛の網を這わすとは傑作だ。あれでは蜘蛛も近寄れまい」

「あなたはだれ？」

「なんとむずかしい質問だのう。わしの属性をたったひとことで語れというのだね？　だが、たとえそれを知ってもおまえさんの手にゃ余るよ。請けあう」

もってまわった言い回しだ。皮肉で、気取っていて、理由のわからないゆとりがある。

「とにかく、名前くらい言ったら」

「わしの名か、――」

老人は、にやりと名乗る。

「わしの名はジュール」

その声は、眼球のない、墓のような老人の右目から聞こえたように思え、ジュールはめまいがして、また、あの、根拠のない思いがわき上がってくるのをおぼえる。

あなたは、そう……ぼくの父ではないのか？

第四章　金盞花、罠の機序、反撃

ジュリー・プランタンには誕生日の思い出がある。

まだゲストがやってきていた頃、千年も前の記憶だ。

それは大途絶の直前の誕生日だった。

そのころ——つまり大途絶の前、ジュリーは家で金盞花という名の兎を飼っていた。スウシーは、若い、精悍な牡だった。口許と腹と足先だけが白く、あとは耳も、両眼のまわりも、背中も、脚も真っ黒だった。ジュリーは、お行儀よく靴下を履いたようなその足が好きだった。柔らかくヒコヒコと動く鼻先や口が好きだった。耳を撫でるのが好きだった。

ジュリーはいつもスウシーと一緒に近くの野原を散歩した。家にいるのは嫌だった。大きな籐のバスケットに入れていき、野原に放してやる。そうして自分は仰向けに寝そべり、麦わら帽子を顔にかぶせて、そのままの姿勢で時間を過ごす。帽子は麦わらと自分の髪の匂いがする（そのころジュリーの金髪はもう少し色が濃く、肩甲骨の下にまで届くほどの長さだった)。まわりからは草いきれが立ちのぼっている。陽にあたる手足はチリチリと暑い。乾燥した風が野原全体をゆったりと攪拌する。ひとしきり走り回ったスウシーはやがてジュリーの下に帰ってきて、くんくん嗅ぎ回る。ジュリーは麦わらを顔にのせたまま、スカートのポッケからビスケットを取り出し、こぶしの中でいったん砕いて、スウシーの鼻先で手のひらを広げる。兎は喜んで、ビスケットを食べはじめる。砕けて粉になったビスケットを、スウシーはひとつひとつ丹念に舐めるように食べていく。口や舌の感触が手のひらの上を移動するのを、帽子の中で、ジュリーは感じるのが好きだ。そこに身体の感覚を集めるのが好きだ。野原の中でスウシーと長い時間を過ごすのが好きだった。ジュリーのもう一方の手がブラウスの胸の釦(ぼたん)をはずす。じぶんの髪の匂い。草いきれ。草原を攪拌する乾燥した風。

スウシーはジュリーの性的なアクセサリとして設定されていた。ジュリーの性的な機能を解放するキーだった。

ジュリーはほかのAIとは違い、簡単にはゲストの手に落ちない。普通の方法ではジュリーに性的なコンタクトをとることができない。無理強いをすれば、そんなときもすぐにバスケットを提げて野原へ出ていってしまう。

その貴重さ。つれなさ。

ほかのAIとはいくらでも関係を持つのに、ゲストに対しては冷淡な、その態度がジュリーの魅力だった。

しかしスウシーの意味を理解することで、ジュリーは容易に支配できるのだ。ゲストには、それが……つまりジュリーの性的欲望を解放するための簡単な謎解きが、ちょっとしたアミューズだった。

ジュリーの誕生日の権利を買うことができるゲストは富裕だ。

毎回、父の役柄を買ったゲストがたくさんのプレゼントをかかえてやってきた。〈数値海岸（コスタ・デル・ヌメロ）〉の入場口ショップでは、ＡＩにお土産として施すためのさまざまな商品を山のように売っている。

ジュリーは誕生日が大嫌いだった。なぜなら自分の誕生日が、じつはゲストのためにあることを思い知らされるからだ。

しかしこの日だけは少し違った。

ジュリーは父としてやってきたその男を見たとたん、わかったのだ。

……この子、わたしより年下だわ。

夏の区界には非常に高い倫理的バリアが設定されている。どんなに富裕な顧客でも、一定の年齢にならなければ入場することはできない。この少年は、信じがたいほど優秀なハッカーなのだろう、とジュリーは思った。

四十代後半の父の姿を、少年はそつなく着こなしていた。身ごなしには年齢相応の優雅さと衰えの予兆があり、会話もすばらしく凡庸だった。しかしジュリーの目には、何重にもバリアを張った中からこちらをうかがっている孤独な少年の影がくっきりと見えた。その孤独は、矜持（きょうじ）と、自ら選びとった孤立とで鎧（よろ）われていた。ジュリーはそこに自分と同質のものを感じとった。だったら自分とは違う何かもそこにあるだろう。

それらを知りたい、とジュリーは思った。

父の姿を開けて、その中を覗きたいと思った。

どんなハッカーなのだろう、と思った。

ゲストに関心を持ったのは、それがはじめてのことだった。ジュリーの「機能」は、彼女の感情をむしろＡＩに向かわせることを求めているからだ。

「父」はほかのゲストと違って、ジュリーに熱中する素振りはまったく見せなかった。おそらくスウシーのことなど簡単に見破ったに違いない。それを確かめるためジュリーは何度かサインを送ってみたが、一顧だにしなかった。そうしてお茶のあいだじゅう、テーブルの向こうからジュリーを見つめているだけなのだ。

この少年は何を考えているのだろう。わたしに何を見ているのだろう？

このゲストが見ている自分を見てみたい、とジュリーは思った。

「父」はお茶を終えると、読書をしたい、と言って書斎に入った。ジュリーはびっくりした。ジュリーの「父」は非常に高価なロールだし、ハッキングには重い刑事罰が用意されている。対価を支払ったなら、また危険を冒してハックしたのなら、この小さな家の秘悦を堪能するのが普通だろう。

ジュリーは、父の部屋に入ってみることにした。

お茶は飲んだばかりだし……何にしようか。口実を考えながら、ジュリーは自分がわくわくしていることを感じている。ジュリーは迷ったあげくやっと選んだものをかかえて、階段を上がった。

「お父さん、いい？」

ノックの音に「かまわないよ」と返事があった。

年配の男性を精いっぱい模した口調が、ほほえましいくらいだ。ジュリーはほころびそうになる口許を引き締めて扉を開けた。

風が泳がす白いカーテンを背にして「父」はジュリーを観ている。

「おはいり」

ジュリーは持ってきたものを「父」に見せた。ずっと前に、別のゲストがおみやげとしてくれたものだった。「父」は——少年は、やっと関心を惹かれたように、それを観た。

「色鉛筆、それにスケッチブック？」

「そうなの。お父さん、わたしを描いてみてくれない」

かつてその画材をくれたゲストは、ジュリーに「わたしを描いてくれ」とせがんだのだった。着衣を次々脱ぎながら。男装の自分を。あのとき「父」に扮していたのは二十代後半の女性官僚だったはずだ。微苦笑をさそう倒錯。

「いいよ」

「父」は読んでいた本を机の上に伏せた。革装の大きな本だった。長い物語のようだった。

「ご本はもういいの」

「ああ。これはもう読んだことのある本だよ。懐かしかっただけだ。それを、寄越しなさい」

ジュリーは絵の道具を父に渡した。大きな、壮年の手。でもその中にいるのは少年だ。ジュリーは、その偽装を透かして、本当の手に触れたいと思う。ちいさな神経質な少年の手を想像する。父の手が大きなスケッチブックを開く。消去していないページに、前の絵が残っている。ジュリーは赤面する。父はだまってそのページを破り捨てる。色鉛筆の大箱の蓋がとられる。

「お仕事は？」

「お客の予約が取り消されてね、午後が空いたんだ」父はよその町の会計事務所で働いているという設定だ。

「ゆっくりするの」

「そうだね。今日はお父さんが料理を作るよ。おまえの誕生日だから。お母さんはケーキを焼くだろう」

「すてき」

ジュリーは「父」の指示するとおり窓際に立つ。強い陽射しがジュリーの輪郭をハレーションさせる。髪のふちが輝線になってくっきりと立ち上がる。「父」はそのありさまを見、色鉛筆をとって、紙の上に大まかな形をとっていく。

「どうして絵を描いてほしくなった？」

「どうしてかしら……」ほほえみが光の中で浮遊する。

「兎も描いてあげていいけど」父の口振りがときどき少年らしくなることに、ジュリーは気づいている。そうして年上のジュリーと一緒にいることに、少し緊張を感じているらしいことにも。それはジュリーをうれしくさせる。

「いいの。あたしだけを描いて」

「そう」

ジュリーはしいて少年から目をそらし、窓の外に顔を向ける。しかし少年の視線は感じる。気持ちがいい。絵を描いてもらうのはいい考えだったわ、と思う。かれの視線を支配できるから。

「書斎にこもるなんて珍しいね？」

「そう？」

「父」はスケッチブックを立てて、無心に鉛筆を走らせている。あの向こうにどんな絵が描かれているかしら。

「そうよ。いつもお家にいるときは、お母さんやあたしたちとべったりなのに」

「いつも同じふうだと嫌われるだろう？　たまには違うことをする。そうすると、ジュリーがこうしてやってきてくれる」

ジュリーはカチンときた。でもそれさえも楽しむ自分がいて、やはりこの人の計算のうちなのかしら、とジュリーの考えはとりとめがない。

陽射しが強い。その光が薄い麻のワンピースの生地を透かすよう、ジュリーは立ち位置を決めていた。下着はつけていない。体の線が見えるだろう、と意識している。でも挑発したいのではない。その数歩手前。ただ見てほしい。そこで留保したい。

「今夜のお料理、楽しみだわ」べつにそんなものは楽しみではない。もっと他のことが言いたいような気がする。

「では腕によりをかけよう」意識しすぎの年配口調。笑いをこらえるジュリーの肩が震える。

「そうら、できた」スケッチブックがくるりと回って、ジュリーはじぶんの絵を見た。

多色。

大箱にいっぱいの色のすべてを使って、ジュリーの姿が描かれている。

肌のタッチに青や紫が、麻の生地の表現にピンクやミントグリーンが使われている。影という影に、そしてすべての明るい面に、相互に反発するさまざまな色が落とされている。その色がとけあい打ち消しあって、ジュリーは一様な白い光をまとったように見えた。

花嫁のヴェールのように清楚な光。

百合のブーケのように純潔な光。

頬が熱くなった気がした。

写真機より正確なデッサン。髪のほつれに夏の風のそよぎが描きとめてある。一瞬の、おすましの、企みのある表情が捕獲されている。素晴らしい目を、このゲストは持っている。

そう思いながらジュリーはその絵を大事に胸にかかえた。

「こんなにうれしいプレゼントはなかったわ。ぜったい」

「じゃあ、晩御飯を楽しみにしておいで。ありがとう、楽しかったよ」

「キスしたいな」

「そう。ありがとう。夕食まで楽しみにしているよ」

「お父さんに、キスしたいな」

父はジュリーにほほえみかけ、読みかけの本に戻った。何事もなかったかのように。何者にも乱されたくないように。ジュリーはとてもがっかりした。だから、足どり軽く書斎を出た。長い午後を自分の部屋でスケッチブックを眺めたり、ぼんやりしたりして過ごした。いつもならベッドにスウシーを呼ぶところなのに、この日は何もする気にはなれなかった。

日が傾くと、水差しから盥（たらい）に移した水で顔を洗った。髪にブラシをかけた。一度すべての服を脱いで、姿見に正面から映してみた。紺の地にオレンジのデイジーをあしらったプリントのワンピースに替えた。舌の色や、爪をチェックした。階段を下りながら、台所から流れるおいしそうな匂いにびっくりした。

母親はジュリーを見ると、顔を合わせないようにした。なにかあるとジュリーは察した。なんだろう、あまり良くないことかもしれない。

四人掛けのテーブル。ジュリーは「父」と、母は弟と向かい合って坐る。

父はオーブンから煮込み用の平たい壺を取り出した。蓋と胴のあわせ目にふきこぼれた煮汁が焦げついている。おいしそうな匂いはその焦げからだった。

「よそってあげよう」

蓋がとられた。

まだふつふつと煮立つ焦げ茶色のソースを杓子(しゃくし)でかき回し、父がすくい上げたのは、金盞花(スウシー)の頭部だった。

弟が吐いた。母も、きつく目をつぶって、歯を食いしばって、下を向いて耐えた。

ジュリーは取り乱さなかった。

落ち着いていた。

ひどく驚いた自分がいて、また、ごく普通の成り行きとしてうなずける自分もいた。

そんな自分が不思議で、あたりまえみたいでもあった。

かわいそうに、スウシーは、丸のままソースの中で煮られたようだ。ごちそうの肉としてではなくスウシーとして煮られたのだ。

おおかたの皮は溶け落ち、耳もとろけていた。顔の肉も垂れ下がっている。杓子にかき回されたため、抜け落ちた毛が煮汁の上におびただしく浮き上がってきていた。

「生きたままだったの?」

「そう」

かれが、そう答えた。その目には残忍さのかけらもない。ジュリーの反応を楽しむようすもない。孤独が遠い星のようにまたたいていた。

「かわいそうに」

ジュリーも静かな水面のようだった。さざなみひとつ立っていない。昨日までなら、わたしは割れていたかもしれない。今日は違う。そう、スウシーをかわいそうと思う気持ちに嘘はないけれど、でもそれは自分を壊すほどのものではない。

「食べないの？」

かれがそう言って、杓子を沈めた。

「かわいそうに……」だれに向かって言った言葉なのかジュリーにもわからない。

ジュリーは立ち上がり、両手を煮立つソースの中に差し入れた。

かわいいスウシーの頭をすくいあげると、胸に抱きしめた。ソースは粘度が高く熱湯よりも熱い。それが、眼のあった穴からあふれて、ジュリーの胸と腹の上を流れた。

痛い。

熱い。

「熱い？」

かれが訊く。ジュリーは（うん）とうなずく。

苦痛に涙があふれる。

ジュリーは全神経をとぎすまし、シチューに残留するスウシーの最期の感覚を探した。

スウシーが最期に感じた苦痛や恐怖の記録を自分の中にロードする。それにじっと耐える。

なにか自分を罰しなければいけないような気がした。なぜだろう？

「かわいそうに」

今度はかれがつぶやく。

ジュリーはその一瞬視線を介して、かれとのあいだに何かが通ったように思った。何かの共犯が成立したような気がした。スウシーはその生け贄になったのだ。かわいそうなスウシー、ごめんね……。わたしも、こんなに熱く痛いから、許して。

「お父さんに、キスしたいな」

スウシーの溶けた頭を胸にだきしめ、そう、かれに呼びかける。

視界の隅で母が顔を背けたのがわかっていた。母の横顔は凍りついていた。それもわかっていた。

これはいつものルーチンではない、特別な誕生日だったのだ。初めての、ジュリーのための、誕生日。

「お父さんに、キスしたいな」

かれは手を伸ばして、まだ十分に熱いスウシーの頭部を支えた。頭蓋からあふれたソースがかれの手を流れ、ただれさせていく。

ジュリーはかれの、天才ハッカーの目を見た。なぜそこにかれがいると見破れたのか、それもいまわかった。

ジュリーと、かれは、煮え立つシチューの上でキスをかわした。スウシーの血の匂いがふたりを祝福するようだった。

遠い。

遠い日の思い出だ。

イヴェットは大テーブルの上にほとんど見えない視線をめぐらした。

暗くぼやけた視界の中でも〈クリスタル・シャンデリア〉の煌(きら)めきだけははっきりと捉えることができた。部屋の中に灯されたありとあらゆる照明の光が、〈シャンデリア〉へ吸い寄せられるように集まっていることがわかる。

これまでさまざまな視体(アイ)と出会ってきたけれど、これほど見事なものはなかった。格が違う。はたしてコントロールができるだろうかという戦(おのの)き。自分が萎縮しているのを感じる。

イヴは両腕で自分の身体を、いとおしむように、はげますように抱いた。豊かな乳房や張り出した腰、肩、頸、脚を、衣服の上からその起伏にそって掌をすべらせた。

イヴは自分の顔や身体を鏡で映して見ることはできない。だから手触りで確かめるこの身体の形、そして手で触れることで身体に生じるさまざまな感覚が何よりも確かな自分の基準なのだった。

自分で身体を抱きしめるとき、イヴはその力をさまざまに加減してみる。その強さに応じて自分の身体がどのように感じるか、それを長いこと積み重ねて、彼女は自分の感覚とはどのようなものであるかを精密に計測し把握しようとつとめてきた。イヴの感覚は原則として自足している。彼女のてのひらに包まれた世界だ。

ただひとつそこに開かれた点があるとすれば、それが硝視体(グラス・アイ)だった。

視体はイヴにとってただひとつ鏡となりうる存在だ。視体は視覚だけではなく、事物と認識がもたらす感官、官能のすべてを取り扱うからである。

イヴは、視体と向き合うとき、自分の感覚がすべて映し取られていることを正確に気づいている、ほんのひとにぎりのＡＩのひとりだった。

視体の作用圏に手を差し入れると、その指先に接しているのは、向こうからさしのべられたもうひとつの指先――視体が映し取ったイヴの指だ。その指の向こうにイヴとうりふたつの感覚分布をもつ鏡像がいることも感じられる。やがてその像は視体の機能によって変容していくのだが、イヴは自分の身体の中にどのような感覚があるかその基準値を熟知しているので、硝視体が起こす変容を正確に完璧に計量することができる――硝視体を理解できる。

視覚以外の官能についてならイヴは異常なほど鋭敏だ。彼女の感覚は、外的な要因を排除しながら自分だけを測りにして作られてきたものだったから、個人的で独善的だが、高精度でぶれがなかった。盲目のためというより、それはイヴの天賦の才だろう。ＡＩにも天がほほえむとすればだが。

イヴが、夏の区界最高の使い手であるのは当然だった。イヴだけが、最高の宝石研磨士のように視体のすべての性質を一瞬で読みとることができるのだ。イヴだけが、視体に自分の言うことをきかせられるのだ。それだから彼女は硝視体をこよなく愛していた。

そのイヴが、いま緊張に身体をこわばらせている。

……できるだろうか。

くりかえし自問する。……できるだろうか。あの坊やの作戦どおりに、できるだろうか。

〈シャンデリア〉の周囲に、透明で焔のようにゆらめくものがあるとわかる。視体の作用が硝子質の外にまで及んでいるのだ。イヴはいつものように身体を撫で回して気持ちを鎮めようとした。まずはこの〈シャンデリア〉を「立ち上げて」やらなければならない。下に敷かれたレースの模様には「罠のネット」を動かすプログラムが書かれている。文字言語によるプログラムと違ってリニアに読み込まれるのではない、平面方向に広がる編み目プログラム言語である。

それをどのように硝視体に読ませるか。それはイヴに委ねられている。

「みなさん？」

いつものように密やかな、遠慮がちな声でイヴは大テーブルにすわった面々に声をかけた。三姉妹とジュリー、そしてイヴですべてだ。男で視体が使える者はみな戦いの前線に就いている。

敏感な鍵盤にするように、イヴはレースの縁飾りに指先を軽く置いた。

「だいじょうぶ。ちゃんとつかまえててあげるよ」ジュリーが言い、三姉妹がうなずく、そのさまがほとんど目に見えるかと思われるほどありありとわかった。〈シャンデリア〉の〈光〉の強さ、その照り返しだ。三姉妹全員の左頬にえくぼが浮かんだのさえ、わかった。

「お願いね」

イヴは指先の感度をあげ、〈シャンデリア〉の作用圏を読もうとし、つぎの瞬間、かつて経験したことがないほどの力で引き寄せられ、見当識を一瞬失って、気がつくと——

広大な空間の中にうかんでいた。

いや、はたしてそこは広大であるのか。

そもそもそこが空間であるのか。

上下はない。

前後も左右もない。

ほかにだれもいない。

未然の空間。

圧倒的な官能の集積、そしてその運動を感じた。

それは焔のように見えた。

そう、イヴも硝視体をとおしてなら、ものが見える。

この中で起きていることを焔のような運動として認識しているのだとイヴは自覚した。たとえじぶんが目が見えたとしても、その視界は寸分違わないだろう。わたしの個々の感覚器が反応しているのではなく、知覚の、官能の根源へ直接働きかけられているからだ。

〈シャンデリア〉の中の、焔。これは官能炉だ、とイヴは正しく認識した。〈シャンデリア〉に吸い込まれた周囲の官能は、ただ純粋な美しい焔として運動する。

ものすごい強度をもった火の流れが束となって、イヴの肩をかすめ流れさっていく。その精悍なうねり、熱さ。

焔は〈音〉や〈色〉や〈質感〉や〈官能〉の複合体であることが、その輻射から感じ取れる。それが視体の「言葉」だ。しかしそこに文脈を読みとることはできない。膨大な光と官能はただただ無目的に濫費(らんぴ)されているにすぎないとイヴには思われた。アルファベットパスタの袋をこぼしたように、単語と音節がばらまかれているだけ。これではしっかり立つことはおろか、どこかに身体を固定することもできない。上下も前後左右もないのだ。

小さな視体でも、実はその内部には本質的に同じ現象が観察できる。しかし、ここでは何もかもが、けたはずれの規模だった。まずその広大さだけでも手に余る。

さて、とイヴは意外にも落ち着いて思案し、ひとまず自分の身体を実体化させた。ふつうのAIならば、この光景の中で自分の官能をアイデンティファイできず、ばらばらの感覚の断片になって変容しつくされてしまうに違いない。しかしイヴは自分の内側を完全に手中に収めている。彼女にとって自分のすべての官能は自覚されたことなのだ。自分の身体の全イメージをいつでも完全に想起できる。「実体化」とはつまりその想起を行うことであって、こともなげに、彼女は、まわりの官能と峻別した自己イメージを確保した。そうして、海の中で海面を見上げるように上を仰いだ。身体のイメージを作ったことで頭の方向を「上」と仮定できる。むろんその「上」とはイヴがやってきた方角と一致させてあった。はためく光の向こうにちらり、と三姉妹の顔が見えたので、イヴはすかさずそこへアンカーを打ち込んだ。「上」の概念はより確かなものになった。

イヴは深呼吸してもういちど〈シャンデリア〉の光景を眺めわたした。

だいじょうぶ。わかる。読める。

まだ区画線の引かれない広大な荒れ地を前に、預言者が、一瞥で未来の都市の姿、建都の計画図を見通した、そんな昂揚で胸が高鳴った。その計画は、ジュールのプログラムにすでに書かれており、レース模様の中に編み込まれている。

イヴはアンカーをとおして「上」に合図を送った。すかさず、ぐんと引っ張りあげられ、イヴは〈シャンデリア〉から脱し、視界を失った。

テーブルについている自分がいた。

指は軽々と動いていたようだった。

瞳孔のない瞳で面々を見渡すとイヴは言った。

「だいじょうぶ。すぐにでも立ちあげられる」

女たちはうなずいた。

「わくわくしたわ」

イヴがそんなふうに感情を露出することはまれだ。

「早くあそこに戻りたい」

いま自分の才能をすべて出し切れるという興奮がイヴを駆り立てている。

「しっかりつかまえていてね。座標を切ってくるから」イヴは面々がうなずくのを確認して、再度〈シャンデリア〉にダイブした。

今度はジュールのレースを摑んで。

イヴは視体の中で完全に自己のイメージを再現できる。視体の中で自己を保持することは、主導権を奪うことにつながる。自分の場所を確定することで、逆に視体の中身が操作可能になる。視体を使うことの基本とはそういうことである。

イヴはさっきの場所に降り立った。レースの形、イメージも完璧に保たれていた。どの模様も、つなぎ目も忘れられていなかった。

「なにしろわたしが編んだのだもの」イヴは喉もとでそう呟くと、足をしっかりと踏ん張り、洗いたてのシーツを物干し竿に掛けるときのように、旗竿のない大きな戦旗を振りかざすように、レースを大きくはためかせた。

風が起こった。

上下も前後左右もない、すなわちそもそも空間でさえなかった官能炉に、ほかと明瞭に区別することのできる場所、風の始点が、うまれた。

イヴの顔のある側が前に、背中のある側が後ろとなった。頭のあるほうが上に、脚が下となった。左右がさだまりゼロ座標が定まった。

すなわちそこがこの小さな宇宙の中心になった。

一点が定まり、そこから清涼な風がつぎつぎに送り出されると、焔たちは自分たちのいる位置を知った。座標（ルーラ）についての自覚がゆきわたり、ようやく〈シャンデリア〉は広がりのないただの蕩尽（とうじん）から、目盛りが適用される空間、何かが可能な場、へ転換された。

機は熟した。

イヴの目には見えていた。焰たちが牙をおさめた獣の群れのように恭順な態度でゼロ座標の周りを回りはじめるのが。そして自分が見えない力で強力にサポートされているのも知っていた。ジュリーや三姉妹の手が背中を支えてくれているのがはっきりわかった。

（いまだ）

イヴは投網をかけるように、レースを放った。

すでにレースは〈シャンデリア〉の変容能の影響下で、糸の素材性が薄らぎ、その編み目のロジックが露出していた。投げられた勢いに乗って、その論理性だけが分離し、見渡すかぎりに広がりかぶさっていく。着地したレースのありとあらゆる結節点でサブシステムが立ち上がっていくのが見える。編み目に格納されていたプログラムが自己展張していく。自動的に罠のネットが立ち上がるだろう。

イヴは皮肉なヴィジョンを思い描いた。

「これではわたしはウェブの真ん中に居座る女郎蜘蛛だわ」

するとイヴの耳元で、「蜘蛛と戦うための罠のネットの真ん中に、女郎蜘蛛が坐っているわけかね」ドナの声がおかしそうに笑った。

「それじゃわたしらは寡婦たちということになるが、しかし……」とアナ。〈シャンデリア〉の中に三姉妹のイメージが実体化しつつある。

「……わたしら、まだ結婚もしていないのにねえ」ルナのぼやきに、ジュリーのくすっと笑う声がかぶさる。イヴが切り拓いた位置を手がかりに、ようやく彼女らも〈シャンデリア〉の中に居場所を確保できるようになったのだ。

「でも、この位置こそが何にもまして重要なの」とイヴは吹きわたる風の中に見えはじめたジュリーのなびく髪に呼びかけた。その髪の流れの中にかわいらしい耳を見つけたからだ。

「わかるよ」ジュリーの声のあたりに唇が生まれた。「ここがコントロールの場、操舵室なんだね」

三組の老眼鏡が地平の彼方の別々の三つの方角でちらちらと光った。

「寡婦なら上々だよ」

「ぐつぐつ煮えた視体を覗き込んで……」

「まじないもどきをやってるなんて……」

「まるで……」

お喋りが進むにつれ、三姉妹の太った猫のような身体も完全にあらわれていた。遥か夢幻の遠くであるのに、テーブルの向こう側にいるような距離感でもある。

三姉妹はそれぞれ地平の向こう側にいなければならない。イヴとジュリーのいる位置が〈シャンデリア〉という小宇宙の中心だとすれば、三姉妹はそのふたりからもっとも遠いところにいなければならなかった。

それがジュールのプログラム、罠のネットの安全性を担保する保険だからだ。三姉妹は情報入力に対する反応の癖が完全に同じだ。三姉妹はつねに独立して罠のネットをモニタし、さらにそれを相互検証する。

「まるで……？」とジュリー。

「マクベスの魔女みたいじゃないかね」

イヴはほほえんだ。ねえ、ここでならわたしはあなたたちの姿をきちんと見ることができるのよ。わたしの本当の居場所はここなのかもしれない。そう小さくつぶやく。

五人の「寡婦たち」は、広大な官能炉の中を見渡した。燦爛と燃えさかっていた光たちはもうすっかりおとなしかったが、ポテンシャルは逆に数十倍にもなったようにイヴには感じられた。真の力はさらにその数倍はあるのだろうと考えると、身体が震えるようだった。

「ひと雨くるかね」

北の地平に積乱雲を微速度撮影で見るような官能の動きがある。

「正面のほうだね」とジュリー。

「まだ戦いが始まったわけではないわ」イヴが自分をも安心させるように声を柔らかくした。

「ネットがつながりつつあるのよ」同じ動きが東西南北すべての空で起こりはじめた。罠のネットにつながれた視体は、微細なものも含めればおそらく一万個近いだろう。それらの取り込む官能がすべてこの〈シャンデリア〉に一斉に流れ込んでくるのだ。

このネットの総体は、もしかしたら〈流れ硝視〉の上をいくのではないかとイヴには思えた。

新造ダムの湛水試験に臨む技師のように胸を張り、イヴは西の雲に意識を強くフォーカスした。

身体が――その方向に、飛んでいくような移動感が、イヴを包んだ。

森の香り。

夏の夜。

ガス灯が、夜の中から芝生の庭を切り出している。緑が濡れたように鮮やかだ。パラソルつきの白いテーブルと、椅子が無人でならんでいる。庭の向こうの小さな森もホテルの所有地だった。

イヴはいま、西の庭にいる。開かれた扉の上部に備えつけられた監視カメラを通過して、外へ出たところだ。

イヴは、いま自分が〈シャンデリア〉の中にいて、送られてくる官能に包まれているだけであるとはわかっていても、この圧倒的にリアルなライブ感には、戸惑うほどだった。

ほんとうに西の庭にいるとしか、思えない。

いや、それ以上だ。

そこにしっかりと実体化しながら、同時にまた、自分が夜気のようなものとなって、その場全体に薄く浸透しているような、瀰漫(びまん)しているような、そんな感覚がある。

ジョルジュ・クレスパンを筆頭に猟師が十人、猟銃をかかえて待機していた。ホテルの外壁に背もたれをぴったりつける形で、白い椅子を横一列に並べ、無精髭を生やした男たちが思い思いの狩猟姿で腰掛けていた。その足許には愛犬たちが伏せて、鼻先を森に向けている。だれもイヴがそこにいることには気がつかない。

——森の香り。

芝生と森から、夜の緑の濃密な香りが滾々とあふれてくる。

イヴは、その匂いを楽しんだ。と同時にじぶん自身がその香りであるようにも思える。

ジョルジュは、木立から目をはなさずに、スキットルをひと口なめた。奥歯でブランデーの滴をぎゅっと噛みつぶす。そこで炸ける香りや、歯茎の弾力もジョルジュのものだ。ジョルジュのよい目は林の闇の中に蜘蛛たちの犇きをはっきり見ている。イヴもその目を借りて見る。蜘蛛はもうすぐ襲いかかってくるだろう。やつらは銃をこわがらないから……。

そこがつけめなんだが……。ジョルジュはかすかにほほえむが、それはあまりにかすかで、イヴにしかわからない。

イヴはそこでフォーカスをほどき、ウェブの中心に復帰した。

もともとそこから動いてはいないのだ。さらに正確に言うなら、彼女の「実体」はカジノのテーブルで〈シャンデリア〉にかがみ込んでいる。

イヴは、ふうっと息をついた。ネットが取り込むものの、ほんの一部を注視、凝視しただけで、あれだけの生々しい情報が得られたのだ……。

イヴはいまの感覚をおさらいしようとした。イヴでさえかつて経験したことがないものだ。

たしかにジョルジュの中にいなければ絶対に得られぬ感覚を捉えはした。ブランデーや歯茎のほかにも、たとえばかすかな空腹感や喉に貼りつくようだった緊張感など。だが、ジョルジュと完全に同化していたかというと違う。

なんだか、じぶんはひとつではなかった。

苔の表面のざらざらしたラギッドなテクスチャだったり、森の吐息だったり、薬莢の鈍い光だったり、ブランデーの炸裂だったりしたような気がする。

何といえばいいのだろう、この奇妙な感じを。

ああ、とイヴは突然気づく。わたしがもし視体だとすれば世界をあのように感じるだろう。

イヴは苦しいほど、どきどきした。

ここでは、わたしは、視体であることさえできるのだろうか。

フォーカスの方角を変えてみる。


海の香り。

しずかな波の泡の音。

イヴは船着き場に面した海のテラスに立った。

……いくつもかがり火がたかれ、十五人を越えるアンヌの一党が集まっていた。だれが用意したものやらバーベキューの炉が出され、炭が真っ赤に燃えている。イヴがそこに立っていることには、もちろんだれも気がつかない。そのすぐ脇を、入れ墨のある太い腕が、ぬっとかすめた。アンヌが長い金串をつかんだ。腰にぶら下げたホルダーから抜きとったのは、例のナイフを研ぎ直したもの。大きな肉を削ぎ取り、そのままほおばると口の端から肉汁があふれた。もう一切れ取って、ジョゼに串をわたす。

ジョゼは大きな顎で肉をかじりとった。

「ジョゼ？」

「うん？」

ふたりはテラスの手すりにもたれている。アンヌ・カシュマイユはジョゼの横顔を見、ジョゼ・ヴァン・ドルマルのするどい横顔は深夜の海に向けられている。

「蜘蛛のことだが」

「……うん」

「あいつらは何処からやってきたんだろう」

「気になるのかい」ジョゼはゆっくり訊きかえす。アンヌは眼を閉じて、その声を嗅ごうとするように、鼻を少し上に向けた。ジョゼがゆっくり話すときの声がアンヌは好きだった。きっと頭が最高に早く回っているから。

「ならないのか？」

「そこまで頭が回らない。もっと手前のところで引っかかっている」

「ふうん？」アンヌはほうらね、と言いたげに瞼を開く。やっぱりだ。

「蜘蛛は単機能ツールだった？」

「らしいね」

「じゃ、その道具(ツール)を使ってるのはだれだろう？　食われちまった分がほかの区界にとばされた？　なんのため何を持ち出す？　この腐れ区界にそんなお宝があるんだろうか」

「ふうん？」

口調はやはりのんびりしている。目は海に向けたままだ。

「それにね、俺たちは自分で思ってるほど強かない。あんたや俺は喧嘩が強いことになってはいるが、しょせんここはお遊びの世界だからな。バスタンやジュールには悪いが、俺は勝ち目はないと思ってる。

しかしだれかさんは、俺たちに闘えると錯覚させようとしている。

そして、ここに砦を作らせたがってる。これはいったいどういうことだろうか？」

ジョゼはたちまち大金串を裸にし、それを炉の中に突き立てた。口に残った肉をもぐもぐやりながら話しつづける。

「ううん」アンヌは感心しきったように、太い首をふる。「おまえにはかなわない。いや、その食べっぷりだけどな」

後退。再加速。

消毒薬と、まだ新鮮な血のにおい。

鉱泉ホテル四階。

客室の廊下。

天井灯の視体を順番にたどりながら、イヴはワゴンを押して歩くステラの姿を頭上から追っている。

ステラはホテルの従業員だ。大きなワゴンを業務用のリフトに押していくところ。山積みのリネンは、血で汚れている。この階には病人やけが人が収容されているのだ。

デュメイ医師はほんとに頑丈一式だわ、とステラはぼやく。

あのひとなら寝ずに百時間でもつづけて治療ができるかもしれない。でもあたしは駄目。慣れない看護婦役は半日でくたくた。皿割り名人のこのあたしが、注射まで手伝わされるなんて、患者に意識があったら青ざめて逃げ出すだろう。ああ、あれ以上青ざめるのは無理か。

イヴはステラのばちあたりな内心のぼやきを拾う。おもしろく思う。

「もうくたくた！」

ステラはひとりごとをつぶやく。廊下にはだれもいない。ワゴンを止め、無人の客室のバスルームに入りこみ、便器にまたがる。たまった小便を出し終えると胸に手を入れ、乳房のあいだからシガレットの小箱を取りだし一服つけた。

「ふう……」

煙りといっしょにため息を押し出す。疲労で身体中がじんじんする。それとタバコの味に思考を奪われて、ステラの頭は一瞬すっかり空っぽになる。

だから彼女の尻の下、便器の奥から泡がひとつ、がぽりとあらわれて消えても気がつかない。


後退。再加速。

そろそろ移動のこつがわかってくる。

……もう、自由自在だ。

イヴは興奮を抑えられない。官能の積乱雲はそのどこにフォーカスしても無限とも思える情報とニュアンスが取り出せる。

森の緑の香り、
炭のぶあつい輻射熱、
肉のスライス面に滲んだ透明な脂の膜、
陶製の便器の硬くなめらかな肌。

イヴは空恐ろしくなる。〈シャンデリア〉に流れ込む官能は統合され、ホテル自体のアイデンティティ境界を形成するだろう。ホテル全体——ＡＩと視体を含めたまるごとのホテルが、一体の俊敏で獰猛な動物となって蜘蛛に刃向かう。それがジュールのイメージだった。

その中心に——わたしがいる。

イヴは陶然とした。

加速。

ホテル正面は集められるかぎりの光をあつめて、煌々と輝いている。前庭に向いた窓は四階まですべて灯りがともされた。前庭は昼のように明るい。

ここには三十人以上いる。最大の人数だ。鉱泉ホテルは両翼でプライヴェートビーチと庭を抱えこんだ形をしている。森と前庭に面した側の辺長が長く、守りにくい。バスタンが自らここに臨んだのもそのためだろう。

蜘蛛たちはもう、窓灯りが届くぎりぎりまで押し寄せている。暗がりの中に、大小さまざまな形をした蜘蛛がうごめいているのが、はっきりわかる。

「来てみるがいい」

バスタンは、車寄せの張り出した屋根の下に立っていた。ロビーから出てきたピエールは、小さな錫(すず)のコップでコーヒーを勧めた。

「ピエール」

「はい？」

「きみの家はゲストが来るのか」

「ええ。うちは、ぼくの妹。このロールが空白です。ゲストは、だから若い女性がほとんどですね」

「どんな気分なのかな。わたしの家には、ゲストは来ないんだ。わたしはたいして感興のわかない人物らしい」

「なによりですよ。いいことなんかひとつもない。ゲストが来てもね」

ピエールは耳を掻いた。浅黄色の目が曇った。手首の鎖がじゃらじゃら鳴った。

バスタンは気がついた。鎖は、ピエールの手首を貫通する金属の杭に繋がれている。バスタンは目をそむけた。

「まあ蜘蛛よりはましかな」

そしてじゃらつかせるのをやめた。

全員が黙った。

つぎの瞬間、暗がりから一匹の蜘蛛が跳りでた。蜘蛛というより、魚の骸骨を寝かせたかたち。

肋のひとつひとつが途中で下に折れまがり、脚になっている。頭部からはフォークみたいな形の触角がゆらゆら一本生えている。牛ほどの大きさ。

マリオネットのような不思議な軽さで前庭をすばやく渡り、蜘蛛はジャンプしてホテルの外壁に飛びつこうとした。

しかし、脚が壁に触れる直前、
蜘蛛は火球につつまれた。

まばゆい焔がホテルの壁から噴きだして、火の指のように蜘蛛を握り潰して爆発した。熱波と衝撃波。

振動で、カジノに悲鳴があがった。

ジュールはソファから立ち上がろうとして、同名を名乗る片目の老人に腕をつかまれた。

「うろたえるな」

うわっという歓声が、遠く正面から聞こえた。罠が順調に作動したのだ。ジュールは心底安堵し、ソファに腰を下ろした。

しかしカジノは、騒然としていた。爆発がパニックを呼んだのだ。

ジュリーの声がした。

「だいじょうぶ、ホテルはなんともない。落ち着いて」

ジュールも声をあげた。

「〈火の親方〉の仕掛けが作動しただけです。蜘蛛を、一匹やりましたよ、たぶん」

「あー、そのとおり。あたし見てたよ。大成功」

ジュリーは、また目をテーブルに落として集中を続けた。

五人の女たちはみな〈シャンデリア〉を覗き込むように囲んでいる。

きらきらする光がその顔を照らしている。

ジュリー・プランタンはダイブした。イヴの背中、たっぷりとした幅のあるやさしい撫で肩がすぐに視えてくる。その後ろ姿をたよりに自分の体の位置を判断する。

それにしても、なんて状況だろう！

ジュリーは頭が変になりそうだ。

――だって考えてみるがいい。あたしたちがいるこの世界は、ヴァーチャルリゾート空間〈数値海岸〉という仮想の遊び場だ。その中に、さらににわかごしらえの仮想世界が築かれ、その中にあたしは飲み込まれている。

ジュリーは「上方」を見上げる。はるか上にテーブルを覗き込んで集中する自分の姿が見えるような気がした。あれはつまり「仮想の」「実体」ってこと？

ジュリーは視線を戻した。

〈シャンデリア〉の中は秩序化が進んでいる。ジュールのレースに仕組まれていたプログラムはひととおり展張を終え、外部の視体から送られるデータの処理は順調だ。それらはホログラム記憶としてたくわえられ、罠のネットワークがそれ自体の一体性を獲得する上で必要な身体感覚のベースとなるだろう。

そちらのほうはもう「寡婦たち」が意識的にコントロールしなくても良さそうだ。視体特有の共振性、相互浸透性を生かしながら、罠のネットは生き物のように内部の組織化を進めていくだろう。ネットの基本的キャラクタはレースに定義されていた。大きな逸脱は起こらない。

それより今はネットの攻撃能力の獲得のほうが大事だ。〈火の親方〉の一撃は成功したが、演習抜きで実戦に突入しているのだ。受けるダメージを最小限にしながら、ネットに「戦い方」を教えていかなければならない……。緊張で喉がからからだ。

ジュリーは周囲に待機させていたエーテル状の〈火の親方〉のエッセンスを、両手の中に集束した。鍛冶屋の炉の中の燃えるコークス。飴を作るように両手で引き伸ばす。火は細いストリングになって鞭のようにしなる。それを「流れ」に載せてやる。ネットの中に生成しつつある、搬送のルートへ。火のストリングは流れの分岐に沿って多頭の蛇のように猛烈な勢いでネットの隅々に運ばれていく。そう、そしてまた、つぎの火を、ジュリーは召喚する。となりでは、イヴが手の上に小さな一軒家を集束させていた。〈スノースケープ〉。そして足許には〈猫〉のつがいが出番を待っていた。

ジュリーは戦う自分をそこに残しながら、残りの注意力を、戦闘が激しさを増したホテル正面へ移動、そこにフォーカスした。

ジュリーは、玄関でバスタンのとなりに立った。むろんかれにはジュリーが見えない。

蜘蛛は火だるまでころげまわっていた。さっきの蜘蛛だ。肉の焼ける臭いはない。清潔な火の香りがするだけだ。

「へへっ、蜘蛛のやつ、糸も見えずに飛びついたな」

ピエールが笑った。

そのとおり、このホテルは蜘蛛の糸で編んだヴェールを被っている。細くほどいた糸を壁に這わせてある。できるだけ今まであった蔦（アイヴィイ）に沿わせて、偽装した。この網はホテルの表皮を覆う神経ネットであり、異物の捕獲器官でもあり、「攻撃」を放出する切っ先でもある。

刺激を受けると、近くの下位視体は罠の回線を通じて〈火の親方〉の力を「とりよせる」。糸（ウェブ）が運んできたエネルギーは、刺激を受けた場所で放出され、さっきのように蜘蛛を焼き焦がす。

このネットは、およそ視体があつかうすべてのものをやりとりできる。超高温の爆炎、〈スノースケープ〉の超低温や、そして〈黒いグリッド〉……。

バスタンは目をきゅっと細くした。ピエールは緊張に身体を硬くする。それをジュリーはありありと感じとる。

蜘蛛は炎に包まれたまま、林へ後退していく。炎が暗がりにひしめく蜘蛛たちの輪郭を順々に照らしていく。

その壁がどっと、くずれた。

大群が黒い流れになってホテルのファサードに突撃してくる。

だが、蜘蛛たちはホテルに触れることもできなかった。

玄関の車回しや前庭をめぐって等間隔に立つ外灯の電球はすべて視体にとり替えられている。それが、白熱し、〈火の親方〉の焔をほとばしらせた。第一撃よりもはるかに高温だった。通路をやってきた蜘蛛たちは、降りそそぐ焔に押しつつまれてつぎつぎと焼殺された。

前庭の芝生を渡ってくる蜘蛛たちには、べつの攻撃が用意してあった。

芝に這わせてあった糸が起動する。

銀色に輝く針、小型の剣(ダガー)といえるほど大きなするどい針が、数千本、芝生の中から真上に撃ちだされ、殺到していた蜘蛛を下からつらぬいた。蜘蛛たちは、ひとたまりもなくずたずたに裂かれた。針はそのまま上昇し、ホテルの屋根よりも高く上がったあと、こんどは落ちてきて、蜘蛛の残骸を青々した芝生に縫いつけた。

〈白銀の猫〉は、特異な視体だ。空想の生き物を閉じこめた視体。その、二匹のつがいの猫は、青磁のような瞳と、血よりも赤い舌と、輝く銀の毛皮を持っている。その毛皮は猫の怒りに感応すると、針鼠のようにするどく起立し、筋肉のバネじかけで撃ちだされる。

罠のネットは、この空想獣の能力をパロディ寸前まで極端に誇張し、猫の毛を、破壊力たっぷりの短剣サイズにした。それを芝の中にひそめておいたのだ。

いま、その針に〈スノースケープ〉の能力が加わる。

「うわ、見なよ」ピエールが指さす。蜘蛛を縫いとめた針から猛烈な寒気が吐きだされ、みるみる蜘蛛の残骸を凍結させていく。

「ジュールの言うとおりだ。針を経由して〈スノースケープ〉の冷気を外部化できた。つまりネットにじかに接続していなくても、視体の力を及ぼすことができる。これはすごい」バスタンは唸った。

さらに光景は一転した。針のチャンネルが切り換えられ、見えない高熱の衝撃波、〈火の親方〉の熱が、針という針から放たれた。急激な温度変化に耐えられず、蜘蛛の残骸は塵となって、吹き飛ばされた。衝撃波は厳密に指向制御されている。だから芝には焦げ目ひとつ残らなかった。

歓声が上がった。

玄関の男たちはわれ先にとびだすと、芝生に突き立っている短剣、常温に戻った針を摑み、振りかざして、いまや陣形を崩した蜘蛛たちに挑みかかった。かれらが振り投げる短剣はその一本一本が手榴弾となって、熱衝撃波や極超低温の渦を巻き、群れを破壊していく。蜘蛛の前線は後退し、崩れ、ちりぢりとなった。

信じられないほど、順調だ。このままうまくいきますように……。

ジュリーは今、前庭の戦いを観ている。だが、ジュリーが捉えたのは、それだけではなかったのだ。正面にフォーカスしながら、ほかの場所からも官能を受信している。

たとえば、
奥歯で嚙みしめるブランデーの、琥珀の香り。

ただ一滴を、口で暖め、香りをたちのぼらす。ジョルジュ・クレスパンは、首をわずかにかしげてほかの九人の猟師と犬たちに、合図をおくる。来るぞ、蜘蛛が来る。全員が気配をそよともたてずに銃をかまえる。ジョルジュは、自作のひときわ長大な銃を逞しい胸の前で固定する。ひざをついた姿は寡黙で微動だにしない。

ひざの下でつぶれた草と苔の、みどりの香り。みがいた銃身の青みがかった鉄の香り。頸にかけた古いお守りと新しい革紐の香り。それを拵え、かけてくれたマリーの胸から立ちあがった母乳のあたたかな残り香。いまはもういないマリーとちいさなエクトール。昨夜の食卓に灯っていた蠟燭の、あまい香り。ジョルジュは瞬きひとつの間だけそれを思い出した。闇の奥、森の中で、ただジョルジュの目だけに捉えられる動きがある。数十体の蜘蛛が集まり、がちがちと絡みあって、身体のパーツを組み替えながら大きな一匹の蜘蛛にみずからを仕立て直している。

新しい大きな胴の中から、眼柄（がんぺい）がふたつ、潜望鏡のようにのびた。眼球はそれぞれにふたつ。四つの目玉が森の奥からジョルジュを——まちがいなく——ジョルジュをみつめている。

ジョルジュは沈着で、怯まない。しかし、ジョルジュのなかでこの情景（シーン）を感じているジュリーは、蜘蛛の無表情な眼に、おののく。

ジョルジュの指が引き金にかかる。ジュリーはジョルジュの指に潜んで、引き金の重さをまざまざと感じる。

闇の中で大蜘蛛が、動いた。ざわざわしていた気配がひとつに収斂し、ふくれあがり、一団となって立ち上がった。庭の小さな森がそのまま百本の脚で立ち上がったかと思われる巨（おお）きさ。ホテル半分ほどもある。

九人の猟師は、一時的な機能停止状態に落ちた。無力感。思考の空白。

しかしジョルジュは銃をかまえたまま、姿勢も表情も、何ひとつ動かさない。ただ鋭い目が射つべき場所をさぐる。ジュリーは、かれの目の奥で、その、機敏で無駄ひとつない「値踏み」を追う。

蜘蛛は、脚で森の木を薙ぎ払う。マッチ棒のようにはじきとばされた樹木が、ばらばらと落ちてきて、ふたりの猟師たちが打ち倒された。蜘蛛は鋭利でパルシブな「飢え」を機関銃弾のように撃つ。ひとつひとつがマンホールほどもある穴が地面にうがたれ、ミシン目状に向かってくる。それに射抜かれ、またふたりが斃(たお)された。

蜘蛛は全身を震わせて哄笑した。聴こえない低周波が、猟師たちの胸郭を共鳴させ、破壊する。口から血潮があふれだす。暴発する銃。むせかえる鉄(ち)と火薬の香り。

ジョルジュの鼓膜は一瞬で破れ、肺に赤いものがあふれた。が、やはり微動だにしない。かれは全感覚を目にあつめていた。じっと、ぎりぎりまで待っていた。その目が、ようやく全身に命じた。射てと。

続けて二度、ジョルジュは引き金を絞る。火薬の熱い香り。強い反動が、かれの肺を最終的に破壊するが、それでもジョルジュは表情を変えない。射ちだされた弾丸の行方を追って、かれの命の最後の一滴は、目に送りこまれる。が、そこまでだった。ジョルジュは、目を瞑る。ゆっくりあおむけに倒れ、最後の息が唇から押しだされる。

琥珀の香り。

それからたとえば、

味。

肉の味。

香ばしい焼き目を咬みやぶると、あぶらの味や肉汁の味がひろがる。嚙みしめていくと、歯ごたえの密な赤身から、けものの匂いが滲みだしてくる。歯と舌と頰の内側がほぐしてゆく筋肉の繊維。

金串で焼いた肉の味。

しかし、ジョゼはひと口でやめて焼き串を炭の上にがつっと突き立てた。

ジュリーは、自分を薄いヴェールのように感じてジョゼに寄り添う。潮風の清涼さ、炭の厚みのある輻射がここちよい。

ねえ、ジョゼ……。さかなの形のイアリングをつけた耳にジュリーは語りかける。聞こえないよう、潮風にささやきを匿して。

あたし、ここにいていい？　あなたの中に入ってみていい……？

若い漁師が、テラスの手すりに豆電球大の視体をたくさん取りつけた糸を巻いていく。安っぽいガーデンパーティーの電飾のようだ。しかし、ジョゼの目はその向こうのあおぐろい海面に向けられている。

さざ波がちらちらと光を反射している。

「やな海だ」

「へえ、そうですか？」と、これは若い漁師が鈍感に応えると、

「ばかやろう、どこに目をつけてんだ」アンヌがどやしつけた。

ジョゼは、手近のパンチボウルから酒を汲んだ。たっぷりのオレンジジュースで割ったぶどう酒をがぶがぶと飲んで肉を流しおえた。冷たい果汁が体の細胞に新鮮な角を立てるようにかんじられる。

「わかる。この海は、嘘だ」

ジョゼが言い切る。

アンヌはうなずく。

「ハリガミだね」

ジョゼはうなずいて、さきほど裸にした長大な金串をにぎった。テラスの縁に立つと、灼けた串を銛のように振りかざし、海面を睨んだ。

するとと、見渡すかぎりの海面が、ぶるぶると身悶えし、すべての波と反射がストップモーションとなって静止した。

信じられないほどの速さで、海面の模様を描いた絵が水平線の彼方からぐるぐると巻き取られて来、テラスのすぐ下でひとまるめになって、テニスボールのように頭上高く跳ねあがった。ぽんっと、雲丹のように棘を咲かせる。

それはむろん陽動だ。

ジョゼは雲丹なんか見ていない。

ジョゼは、海面に隠れていた一匹の小さな蜘蛛が、紙のように偏平になって、テラスの下に這い込もうとするのを見ていた。ジョゼは金串で蜘蛛を引っ掛けて振り回し、そのまま焼けた炭の中に叩き込んだ。肉の縮む、ぎきゅきゅという音がし、悪臭がたちこめる。

「食うか」ジョゼが詰まらない冗談を言う。

「よせよ」雲丹のほうをはたきおとしていたアンヌが、鼻に皺をよせて呻く。味を想像してしまったのだ。「うええ」

その想像の味を、ジュリーも味わってしまう。

うええ。

ひどいな。


ジュリーは少しずつこの状況に慣れ、楽しみはじめている。ジュリーと「寡婦たち」はいま鉱泉ホテルと化している。罠のネットと化している。

百曲の音楽をいちどきに聴いて、そのすべてを味わうことができるだろうか？　微妙なニュアンスまで？　あるいは、ひとつの曲を百とおりの別な演奏で同時に聴き、それらの違いを聴き分けることは？

これは、それに似てるけどもっとすごい……。百曲を聴きながら百冊を読み、同時に百皿の料理と一匹の蜘蛛（うええ）を味わう。

ジュリーは、ジョルジュに嚙みしめられたブランデーの一滴となり、〈白銀の猫〉の短剣の先に宿る光となり、ピエールがじゃらつかせる鎖の音となっている自分が確かにいたことを知っている。罠のネットが捉えうるあらゆる細部となり、また全体そのものでもあった。

いがらっぽい烟り。

吸いつけたタバコはバスルームの床に落ちて、かすかに紫煙をたてている。

便器に跨がったステラは、スカートを必要以上に大きくたくし上げている。お仕着せのエプロンの胸あても、はだけられている。そばかすの散った大きな乳房は紅潮し、ステラの指やてのひらで愛撫されている。もうひとつの手は、スカートの下でべつの作業に没頭している。

ステラは自慰に耽けっている。体の中の熱いものを、指で掻きだしたり、煽ったり、なだめて先送りにしたりして、たくみにあやつる。やがてそれらをひとつに束ね高めてゆくのだが、それはもうすこし後にしよう、とステラは思う。タバコはおおかたが灰になっている。ステラはそれだけの時間、快感をむさぼっていた。

あたしって、どうしちゃったんだろう。

頭の片隅がかぼそく警告を発している。今夜はなんか変だな。いつもこんなじゃない。すごくしたくなったのはなぜだろう。それにふしぎだ。今夜は、すごく気持ちがいい？　こんなにいい感じだったことは一度もない。自分の身体とは思えない……。

ああ、みんなに悪い。早くやめなくちゃ。すぐだから。もうすぐだから。

ステラの中のジュリーも、驚くほどの官能に襲われながら、しかしはっきりと気づいている。便器の底がふたたびごぼごぼと泡を吐きだすのを。

琥珀の香りが途絶えた。

ジョルジュの遺体を「飢え」の大きな銃弾がのみこむ。わずかに生きていたジョルジュの感覚が、恐ろしい空白の中に落ち込んでいく（ジュリーは鳴き砂の浜を思い出し、震えた）。

大蜘蛛は猟師たちを殺し終え、満足そうにきちきちと甲殻を鳴らした。

胸部にめり込んだジョルジュの二発の銃弾が、たったひとつの被害だった。それはものの数ではない。

そうだろうか？

ジュリーは蜘蛛の中、正確には銃弾の中にいた。

ジョルジュの銃弾に仕込まれた小さな視体の粒をとおして、蜘蛛の内部を視ていた。

蜘蛛の中は内装をすべて剥ぎ落とした部屋のように、水道管や、電線や、保安器や、放熱板、遮音材が、すなわち、区界の根幹を支える標準の単位プログラムがむき出しになった、殺風景な空間だった。ふたつの弾丸はパーツがぎっしり詰まったなかにめり込んでいる。

弾丸は、すごい速さで「発芽」していた。

鉛の被膜は着弾の衝撃ではぎ取られ、黒真珠そっくりな視体が覗いている。ただの視体なのだが、そこに〈黒いグリッド〉が来ているために黒くなっているのだ。黒真珠の表面からグリッドの芽が伸びはじめていた。その名のとおり、黒い格子（グリッド）が幾何的なパターンを描いて発展していく。格子の黒は深い均一な光沢をおびていて、よく磨（す）り上げた墨を流すように、なめらかに生育する。

格子(グリッド)は、直線と直角だけでつくられているが、均等な格子ではなく、シンメトリーをらまく乱して、木の枝のような躍動がある。

ふたつの種子は競うように格子(グリッド)を拡げて、無機的な結核のように蜘蛛の胸を蝕んだ。蜘蛛の内部はプログラムのパーツでぎっしりだが、それらにはおかまいなく成長した。進路上のパーツは、格子(グリッド)で貫かれたが、その動作にはなんの影響もない。

格子(グリッド)が何でできているのかは不明だ。というのも〈黒いグリッド〉は、あまりにも危険なため長いあいだ厳重に封印されており、めったに外部化されたことがなく、だれもそのくわしい特性を知らないからなのだ。今回もリスクが大きく事前のテストはできなかった。区界としては例のないことだが、もしかしたらこの格子(グリッド)は素材の指定がない、純粋にロジカルな存在なのかもしれない。それでも不思議はない。〈グリッド〉に格納されているのは、感染力こそ無効化してあるが、限定された範囲を確実に破壊する「ウイルス」だからだ。格子(グリッド)は、生育を加速度的に速めていく。同時に、線が面に展開しはじめる。

ジュリーは蜘蛛の外からも観察を続けた。

蜘蛛はその興味をホテルに向け、たくさんの眼柄で壁面の糸を走査しはじめている。つけいる場所を探している。

しかし、大蜘蛛の内部はすでに格子(グリッド)がぎっしりと充満しほとんど隙間がなくなっている。その外部にもあふれだして、まるで糸屑の檻にとりこまれたようだ。

そして時限爆弾の指定時刻がきた。

音もなく、蜘蛛は粉末状にとび散った。

線と面に沿って何もかもが切り離されたのだ。蜘蛛は、意味不明の白い言語の切れ端になって、西の庭に山と降り積もった。

ジョゼは口直しに、もういちどオレンジ果汁を飲む。すばらしくうまい。この飲み物がこんなにうまく感じられたことはない、とジョゼは思う。舌や喉にひろがる香りは、まるでそれ自体輝いているかのように鮮烈で、ひとたび飲み下せば味と香りが細胞のすみずみにゆきわたり、体の中に葉脈が走ったと感じられるほどだ。

ジョゼは不思議に思う。

なぜこんなにうまい？

俺の嗅ぎ、味わう感覚が百倍にもなったかのようだ。

そしてジョゼは唐突に思いつく。

もしや、逆ではないのか？

感覚が鋭くなったのではなくて、

俺らをとりまく世界のほうが、

百倍も鮮明になったのじゃないか？

全身をしっとりとしめらす汗が濃い匂いを発している。

上半身を前にかがめているので、胸元からこぼれた乳房が重く揺れている。その重さも、ジュリーにはわかる。

ジュリーは、ステラといっしょに訝しんでいる。なぜ、こんなに気持ちがいいの。

なぜ、こんなにいいの。

ジュリーが、ステラを燃え立たす内奥感覚の暴走に呑みこまれかけた瞬間、

便器の底が沸騰した。

水の中から、鋭い針状の毛に覆われた、黄色と黒のだんだら模様の脚が二本、三本と伸びてステラの臀部をかかえこみ、引っ張りこんだ。がくんという衝撃を受け、ジュリーはステラの腰の骨に亀裂が入ったことを知る。

さらに脚が増え、胸に爪がふかく食い込んだ。便器の底から吻が突き出され、股間に差し込まれた。ドアに伸ばした腕を、新しい脚がからめとり、拉いだ。肩のはずれる鈍い音がした。

……い、いい、これでいい。

ホテルのどこかに潜んでいた蜘蛛が、ステラに食欲をそそられ、無防備なバスルームにやってきた。

それを、待っていた。

……これでいい。ジュリーは離脱し、ステラの外から、まぬけな蜘蛛を観察することにし

た。

　ステラの目鼻が消えた。

　メイドの衣装も白色になりステラの身体に吸収された。

　表面にマッピングされていたすべての模様と色彩が消え、ステラは白い人形（ダミー）になった。ダミーはぐにゃりと形を崩した。糊状で柔らかく不定型、強力な粘着力がある。蜘蛛の脚はもがくが、もがくほどにからめとられて自由を失う。元ステラだったペーストは偽足をバスルームの壁や床に貼りつけ、蜘蛛を逃さないよう踏ん張った。完全に捕獲した。

　ステラは囮（おとり）。こんなＡＩは実在しない。本体は〈糊〉だ。不定型で、アメーバ状のイメージを内包する視体。それに人間の形と目鼻、衣裳を貼りつける。

　これでいい。ジュリーはその場を離れた。


「やっぱりいい匂いのする囮でないとね」

　三姉妹のルナが言った。

「『ステラ』にね、〈ファムファタル〉のあの女性のイメージを混ぜることを思いついたのは、ピエールでしょう」とドナ。

「そうね」イヴが応える。「あの人ほどの野性や魅力は無理だけど、すごく生き生きするわね」

「でも、やっぱり蜘蛛は中に入ってきていたのね」アナが顔を曇らす。

「だいじょうぶよ。蜘蛛たちの居場所はまるわかりだもの」

これまでにホテルには三体の蜘蛛が侵入しており、すべて「ステラ」が捕捉していた。どの程度ガードを緩めれば侵入されうるか確かめたのであり、〈糊〉の性能を確認するためでもある。蜘蛛の侵入活動のパターンは割り出され、すでにネットの共有知識になっている。

「ホテルの中にはもういないわね。それに『ステラ』はあと十人も配置しているから」

「ああ、ゲストたちもステラみたいな人形に任せておけたら楽だったのにね」

ジュリーが言う。

三姉妹が笑う。

イヴは眉をひそめ、瞳孔のない目を遠くに向けた。移動、フォーカス。

ホテル前庭の男たちは、芝生から〈白銀の猫〉の剣を抜きとって林へ駆けだしていった。

蜘蛛たちの残骸を霜柱のように踏み砕いて走った。

先頭の男が、ぐるぐると腕を振り回して剣を投げる。林の蜘蛛たちの中にそれが落ちる。派手な音がして猛炎があがる。蜘蛛たちはひとたまりもない。

男たちは熱に浮かされた歓声をあげる。火だるまでころげまわる蜘蛛の姿が胸のすく喜びをもたらす。イヴは、みんなの胸躍る気分を分けてもらう。いい酔心地。

別な男が、瀕死の蜘蛛を見つける。男は膝をつき、剣を逆手に持って、蜘蛛の、ビーズ玉のような目がちらばる頭部に突き立てる。まだ死なない。そこで男——パスカルという——

は、剣からじわじわと冷気を染みださせる。パスカルには視体の心得があるのだ。蜘蛛はしだいに弱まり、死ぬ。男のぞくぞくする喜びが、イヴをやはりぞくぞくさせる。パスカルは昼間、目の前で老いた母を食われたのだ。蜘蛛の歯のがりがりという音をかれは忘れられない。蜘蛛が凍りつき粉々になると、男は剣を抜きとり、つぎの蜘蛛を求めてまた林へ歩きはじめる。

前庭の林は、端から消えてなくなっていく。みんなが投げる剣が、木々を炭や氷のかけらに変えていくのだ。千年ものあいだ繁りつづけた豊かな林がまたたくまに壊れていく。

ピエールは、そうした男たちに混じり、剣を握って駆けていた。手首で鎖がじゃらじゃら鳴る。その音がピエールの記憶を呼びさます。その記憶が、いまピエールに強い興奮をもたらしている。

イヴはそのあやしい興奮をちょっと味わって愉しむ。それはかれの、ゲストに対する強い恨みの感情からきている。林の中に分け入ると、苔や樹皮の香りがかれを優しく包もうとしたが、殺気立った肩がそれらを遠ざけてしまう。

ピエールは、ゲストの「妹」（何人目だったかもう忘れた）の仕打ちをいまも忘れられない。その週かれの妹のロールを買ったのは、たぶん七十代の老人だったはずだ。ピエールの妹は九歳。算数とモノポリーと花壇の世話を好むという基本設定だ。その週の「妹」は百二十センチ足らずの小さな身体をすっぽりと黒いラバースーツに包み、裸のピエールを後ろ手で縛った。ものすごい怪力だった。あまりにひどい体験だったせいか、ピエールは詳しい記憶がない。かすかに覚えているのは彼女のヒールの尖端が小さな男性器を象（かたど）っていたことくらいだ。
そして両手首を貫通した鎖の留め具、肌を侵す冷たさと硬さをピエールはいまも忘れない。
おれは――ピエールはつぶやく。
おれは――……。と、実世界から来るゲストたちに語りかけようとする。
おれはおまえたちを、憎んでいる
赦さな　い
……
おれが……ことをして…たい
し…し…鋏…いる
また来て……スープ…い
……にして欲しい……を欲しい……が……欲しい。／××。
やめて。

イヴは異変をとらえた。

ピエールの思考がトレースしにくくなったのだ。ピエールが罠のネットの視界から消えかけている。

ピエールは、林の中を進み、羊歯（しだ）の葉が濃く茂りあわさって大きな壁になったほうへ歩いていく。

こぶし大の……ちび蜘蛛……逃げ……見かけ……のだ。夏の濡れた土は、甘い腐葉の香りを敷き詰めて、やわらかくピエールの踵を受けとめる。……で額をぬぐい、……と、むしむしする空気、…のしずくが女の指………うに………に触れる。

イヴは混乱していた。ピエールの像はかすれ、断片的な感覚やかたことが受信できるだけになってゆく。ネットの感度が悪化しているのだろうか。

イヴは必死でリカバーしようとした。別のルートからもかれを追った。森に散った男たちが持つ視体を通して、感知の触手を伸ばした。

すると今度はピエールがくっきりと見えた。だいじょうぶだ。たしかに存在している。ピエールは何者かに導かれるように、羊歯の葉の壁に向かっている。

壁をいまピエールは手でかきわけ、その奥に、一歩踏みこみ、
そして消えた。

ピエールは、ネットの視界から完全にかき消えた。

イヴは、たしかにかれを完全に確保していた。だのに、葉むらをひとつくぐっただけで、消えてしまった。羊歯の葉むらはただの一歩で踏みわたれる。こちら側から踏みこむ。すると向こうから出てくる。それだけのはずなのに、歩幅ひとつぶんのどこかへピエールは呑み

込まれてしまったのだ。

これは受信不良だろうか？

それとももっと悪い事態なのか。

ソファの中でジュールの肩に腕を回していた老人が、その腕に力を込めた。ジュールにもその意味はわかった。〈シャンデリア〉に向かうイヴの顔色が変わったのだ。何かが起こったことに疑いはない。

「ジュール」老人は少年の耳元にささやいた。

「どうやら、いよいよはじまったらしいぞ」

第五章　四人のランゴーニ、知的な会話、無人の廊下を歩く者

だれでもそうであるように、ＡＩたちにも思い出はある。小さなころの——この区界が始まる前の思い出。

だれもみな、少年の宝箱に仕舞われた品々のように、思い出をいつくしみ、いとおしむ。あるいは呪うことだってあるだろう。

しかしそれはほんとうにあった出来事なのか。

ジョゼは、よくそのことを考える。集中してではないが、きっと、意識はしなくてもつねに頭のどこかで、考えている。考えは展開することはない。静かにバックグラウンドで繰り返されているだけ。答えはない。それを求めてもいない。

ジョゼは子どものころの宝箱をまだ持っている。錆で軽くなったクッキーの四角い缶。その中に仕舞われた品々は、かれが少年のときに蒐（あつ）めたもの。

乾いた蝶。

封筒を水に漬けて剝がした切手。

波打ち際で見つけた青い小さなガラス瓶。

まだかすかに樟脳（しょうのう）の香りが残る小さな女物のハンカチ。

そのひとつひとつに、まだ思い出が宿っている。箱の蓋を開ければ、いつでもジョゼはその宝物を獲得したときのエピソードを思い出せる。

千回繰り返された夏ではなく、その前に起こったことになっている出来事たち。

思い出は、しっかりとある。鮮烈に残っている。記憶のよすがとなる宝物も、箱の中にある。いつでも触（さわ）れる。

しかしそれらは〈数値海岸（コスタ・デル・ヌメロ）〉の上で一度も「起こった」ことがない。ただ、「設定事項」として、「物語がはじまる以前の出来事」として書かれ、記憶され、舞台上には小道具が残されている、それだけのことなのだ。

繰り返しの夏の、ほんとうにはじめのころから、ジョゼは時折この疑問に悩まされてきた。そう、ジョゼはこの夏が始まったとき、すでにいまの年齢に達していたのだし、宝箱の中のものは最初からすべて揃っていたのだ。

少年の宝箱に仕舞われた品々のような、思い出。しかしそれはほんとうにあった出来事なのか。

そうして……ジョゼの思考はここで、速度を鈍らす。そこから先へは進めなくなる。

ジョゼの思考が及ばない、曖（くら）い領域。

何か……思い出せない記憶。かすかな、苦く甘美な感触だけを残す、ジョゼに見えない記憶がそこにある。あるのだと知っている。

何だったんだろう。

なにが起こったんだろう。

切れぎれの、分節化された印象、感覚の塵くずを少しだけ覚えている。

女の人の、はだけられたコート。

コートの中の裸体にあたたかくつつまれた。

朝露の降りた草はらいちめんに、宝石のように小さな青い花が咲いていた。

花の色は、空の色とそっくり同じだった。

空気はつめたく、新鮮にぬれていた。

いいいいこの記憶が、俺を、拘束している。

思い出の思い出が俺を呪縛する。

蝶の青い翅。切手には汽船の絵。銀色の蓋がついたガラス瓶。ハンカチの刺繍。

記憶は曖昧なのに、その断片は異様に鮮明だ。

あの女の人の黒く長い髪には朝露の微細な水滴がおりていた。

首がとても長いひとだった。水鳥のように優雅だった。

白いサマーコートの袖は、血で鮮やかにぬれていた。

草原の一角に、夏の、カラフルな花々が摘みあつめられて寝床の形に敷きつめてあり、あの女の人は、そのかたわらに立っていた。つめたく銀色に笑って。

何があったのか、それを思い出せない。

ただひとつ、名前をおぼえている。

マルタン。

俺の、弟の名。

「この夏」が開幕する前の、実際には一度も起こらなかった思い出。


ピエールは呆然と立ち尽くしていた。

羊歯（しだ）の葉をかき分けた先に、豪華な天蓋つきの巨大なベッドを据えた寝室があるなんて、だれに想像がつくだろう。

愛の寝室（ブドワール）。

むろんピエールはそのような言葉は知らない。

しかし、その部屋の華麗な調度品のかずかず、ベッドの周囲に幾重にも張られ、吊るされ、垂らされた布地の豪華さやそれが幾重にも重ねられてうまれる重厚さ、天蓋を支える四本の支柱の素晴らしく上質な木材やそこにほどこされた飾り彫りの見事さに、圧倒されずにはいられなかった。すべての材質と色調が完璧に調和し、暗めの調光の中でひっそりと息づくようだった。その美しさや豪華さは、たとえば鉱泉ホテルの貴賓室やカジノのつくりの良さとは次元をべつにしている。ホテルは富裕な「市民」のよき趣味の集大成であり、不特定多数の人間に快適さの公約数を提供するものだ。だが、この小部屋は特定のだれかに最適化されている。趣味の徹底的なチューニングがされている。その徹底ぶりは、富裕な市民の個室の比ではない。それを貴族的といってもいいだろう。

ピエールは、感電したような強い衝撃を感じた。そして萎縮した、といってもいい。部屋の壮麗さにではなく部屋の主のことを思い、その主に対して萎縮したのだ。その者の圧倒的な個性が部屋のそこかしこから燻(くゆ)りたっていて、噎(む)せるような息苦しさとともにその薫りに魅惑された。ピエールは部屋の主のことがありありと想像できた。きっと、美しく、残忍で、猛々しい方だろう。俺たちにはそのお考えを推し量ることもできないほど、秀でた怕(こわ)いお方だろう。その前では俺など塵のようなものなのだ、と。そう考えたとたんピエールの胸に熱い感情があふれた。かれにも名づけられぬ感情。

「やあ」

声が深いドレープの向こうから聞こえた。

音もなく布地が左右に割れて声の主が姿を見せた。気がつけば、ピエールはその足許に移動している。そして見上げている。

全裸の、美貌の男が寝台に横たわりピエールを見下ろしていた。

「やあ、ピエール」

声は、高級な鞣(なめ)し革のような艶を帯びている。

「ああ……」

ようやく、ピエールは、自分がなぜその男を見もしないうちから萎縮したのかがわかった。男の寝台は、ふつうの倍もの大きさがあった。天井の高さも、鏡台も、その前の腰掛けもみなそうだった。

男の身長はゆうに三メートルはあった。

堂々たる体軀は異常にうつくしかった。寝台に大きな羽根枕をいくつも積み上げて凭れかかったその姿は、白鳥が首をのばす姿に似て、優雅でさえあった。古代の像のように身体のすみずみに均整と統制がゆきわたっている。のびやかな腕や脚は理想的な筋肉をまとい力がみなぎりわたっているが、とても静かだ。胸や腹は巌を切り出してきたようにたくましいけれども、その上を脂肪と真っ白な皮膚が薄くなめらかに覆っている。白い（まぶしいほど白い）シーツがわずかにその胸板の上にかかっている。独裁者が夢見たような彫りふかい英雄的な風貌は、しかし頽嬰に曇って、その貌をふちどる豪華な金髪のかがやきを抑えている。うすいくちびるが崩れて微笑をうかべた。

ピエールは絶句し、圧倒され、完全、無条件に屈伏した。魅惑された。

まず男の、記念碑的な美と威厳に。

そしてなによりも巨人の微笑に。

微笑のなかにだれよりも酷薄な男の本性があらわれていた。男を深いところで蝕む何かがあり、その精神的患部が微笑という潰瘍になって咲いたようであった。漆喰壁ほども白いその軀の中に悪い虫が巣くっているにちがいない。真珠よりも白い歯は、戦死者の骨を細工した装身具のようだ。病と猛毒と死を全身に湛え、だからこそこのお方はこのように美しいのだ、とピエールは納得できた。

　巨人は毛深くはなかったが、ときおり全身のいたるところで、産毛が、金粉をはたいたようにきらきらと光る。産毛の流れが濃く寄り集うほうへピエールが視線を移すと、その終点に恥毛が黒々と渦巻き、太い一物がぶらりとねそべっている。男のからだからは革と葉巻と紅茶と体臭の混じったにおいがした。よい匂いと感じられた。

「やあピエール、よくこの部屋がわかったね。きみが来てくれないかと願っていたんだ。嬉しいな」

　男の声は、言葉とはうらはらに、そっけなかった。ピエールにたいする何の感情も聞こえてこなかった。

　しかし、ピエールはそっけない男の声に、かえって胸を焦がされた。ピエールは自分のその感情に名前をつけることができなかった。恋情？　抱かれたり、愛撫されたりしたいのだろうか？　それとも雄々しい父として規律のたがをはめてほしいのか？　それもこれも、近いが、違う。ピエールはもどかしさに気が狂いそうになった。いまここに、自分が昔から欲しくてたまらなかったものをたやすく与えてくれる人がおり、あとは、願いを口にするだけなのに、その願いがどうしても思い浮かばない。

「どうしたんだ？　ピエール」

　男はやさしく訊いた。ピエールはそのやさしさに、何もかも投げ出し、男にただもう「赦されたい」と思い、口にしようとしたが、それさえ自分の真の願いとは遠くかけ離れている。口をつぐみ、唸るよりなかった。膝をつき、額をこすりつけた床の敷物に涙が零れた。「いいんだよ、わかっている。ピエール、きみはこう思っているのだ。〝ぼくはあなたに食べられたい〟」

電撃がピエールを襲った。もつれていた感情があっというまに霽れた。ただひと言ですべてが足りた。たったそれだけのことだったのだ。なぜ俺はわからなかったんだろう、俺は、あのひとにたべてほしかった。たべられたい。たべてもらいたい。いま。ここで。

「ピエール。きみはわたしに食べてほしいのだ。料理されるのではなく、生きたまま、腕や脚を無理やり毟りとられたいし、かたくつながりあった骨組みをこじ開けてほしい。そうしてその中にあるものをほおばり、啜りだしてほしいのだ。きみは、もう、ずっと長いこと死にたいと思っていたろう？　きみの心は高貴だから、漫然と寝惚けたように死ぬよりは、魂が裂けるほどの苦痛を選ぼうとする。きみは自己愛が強いからものの価値がわからない愚鈍な蜘蛛の手にかかるのもいやだ。大きくて強く、偉大で美しいものの手にかかり、身体の隅々まで腑分けされ、存分に賞味され、称えられながら息絶えたいのだ。それだからわたしは、きみの骨という骨を時計職人のように丁寧にばらしてあげよう。眼球を引き抜いた穴にはヴァギナに対するように甘く口づけてあげよう。血は一滴残さずわたしの身体を彩るために使おう。だってきみはそうしてほしいのだから」

「そのとおりです」官能にかすれた声で、ピエールは言った。目がうっとりと濡れていた。

かたく勃起していた。巨人の言うことはすべてそのとおりだった。この方は俺の心をすべて知っている。いや、そうではない、この方は俺の考えを考えてくれるのだ。俺の感情に名前をつけてくださるのだ。

「きみはいま、うっとりしているね。なぜかというと、自分がどんな味か想像しているからだ。きみはたぶん清浄な味がするだろう。現実界のゲストどもがきみを痛めつければ痛めつけるほど、きみは浄められていたことだろう。おいで、きみの望むとおりのことをしよう。いっさい容赦しない。わたしは魔的な力を揮うから、気絶はできない。息絶える最後の一瞬まで、想像もつかないほどの痛みを味わい尽くすのだ」

「……」

ピエールは祭壇に向かう信徒のように幸福なため息をもらしながら、幔幕をくぐり、寝台のかたわらににじりよった。

「おなまえをおきかせください」

「ランゴーニ」巨人の手がピエールの頭を鷲摑みにした。「わたしは、ランゴーニ」

そうしてランゴーニはピエールを食べはじめた。あわれな生け贄はその軽食が始まった途端、さっきまでの感情を嘘のように忘れ、自分はちっとも食べられたくなんかなかったことを思い出したが、もうどうにもならなかった。ランゴーニは必要以上に長い時間かけて食事を愉しんだ。約束は守られた。最後の一片が食いつくされるまで、ピエールの精神と感覚は健在で、いかなる区界でも提供できそうにない痛苦が続いた。

ランゴーニが血に塗れた全裸で立ち上がった。すると、部屋全体がかれを中心に、するすると縮みはじめた。ベッドや壁紙やソファの外張り、部屋中に張りわたされた布。こうしたものが形を崩し、とけあい、無数の織物を織りあわせた豪奢な衣裳となって、ランゴーニの裸体を蔽っていく。衣裳は、ランゴーニの肌に密着し、犠牲者の返り血をうまそうに吸った。

部屋は消えさり、ランゴーニ――蜘蛛の指揮官はホテルの西の森の中に立っている。かれはピエールの片目を飴玉のように口に抛りこむと、その衣裳、けっしてＡＩにも硝視体にも観ることのできぬ隠れ蓑でみずからを不可視にしおえ、鉱泉ホテルに向かって歩きはじめた。

イヴは途方に暮れていた。

ピエールはどんなにしても見つからない。罠のネットは森の異常を感知しない。もしこれが蜘蛛と関係あるのなら、蜘蛛もまた、ネットに認識されずにふるまえることになる。そのおそろしさにイヴは身がすくんだ。

三姉妹のだれかがこのことを言うだろうかとイヴは苛立った気持ちで待ったが、それはなかった。みんなはまだ、これがどれだけ危険な兆候なのか気がついていないのだろうか。

罠のネットはいまやただの防犯システムではない。それは官能の系だ。ホテル全体がひとつの仮想の生き物であり、蜘蛛を駆逐する免疫機構となっている。身体の中に神経が届かないところができ、そこで何が起こっているのかわからないとしたら？　自分の手足が意のままに動かなかったら？

いやこんなことを考えている暇はないのだ。わたしたちはこのネットを監視し、正しく動かすだけで精いっぱいだ、とイヴは思おうとした。いまこの瞬間も、罠のネットは十もの蜘蛛と同時に戦っている。たしかにそれだけでも「寡婦たち」は大変な集中を求められる。

しかしイヴはもう少し、罠のネットの素晴らしい官能性にひたっていたかった。ここでだけ味わえる、吹きあがるような全能感を楽しんでいたかった。イヴの、使い手としての力はだれよりも大きい。巨大客船にも似た罠のネットの舵は重く、それを回す力があるのはイヴだけだ。そしてまだだれもピエールのことを気にしてはいない。

もう少しだけ、ようすを見よう、とイヴは決めた。

そのあとでも遅くはないだろう。

「そろそろ始まるなあ」

妙にのんびりした調子で、ジュールと名乗った黒衣の老人がつぶやいた。

「まあうまく運んでいるみたいには見えるが」老ジュールは続けた。「あの女どもの、少なくともひとりは気づいとるぞ。罠のネットでは感知できないものがあるのかも、とな」

「それは……」ジュールは身体を硬くした。「……ありえない」それはありえない。区界の事物と現象のすべては視体で捕捉できる。視体の眼差しから逃れられるものはない、はずだ。

「おまえさんを非難しとるわけじゃない。なかなかいい仕事だったな」

ジュールは考えている。視体に視えないものとは、いったいなんだろう？

「口を噤んで、一所懸命考えているな。……視体に視えないものはある。当然だ。視体は万能だが全能ではない。それにな、視体に視えたとしても、おまえらに見えなければ見えないのと同じだ。わかるか？」

「……」ジュールは意外なほど単純な指摘にぐらついた。「でも、ネットそれ自体にもアイデンティティ境界がある。視体に視えさえすれば、免疫システムが動く」

「そのアイデンティティは急拵えだし、おまえの考えたものだろう？　ＡＩの通念の埒の外にある者に有効かな？　もうすぐネットは無力になる。そしてわしらの首を絞めるのさ」

ジュールはそれこそ老人の首を絞めようかと思った。

そのときだれかがジュールの頭を後ろから殴った。がつんと衝撃がきた。つぎに脚を横ざまに払われ、ジュールは前に倒れた。絨毯で鼻の先をすりむいた。

半身を起こすと、カジノ中がこっちを見ていた。

ジュールを殴ったのはフェリックスだった。細い、狐のような顔。とうもろこしのような赤毛。

「なんなんだいったい？　こんなところでこそこそ内輪もめか？」

ひどい酒の臭いがした。

「小僧。おとなしくしてろよ？　おとなたちが、おまえさんらを守るためにがんばってるのがわかるだろう」

ジュールはあきれた。へべれけで置いていかれたのはこの男だ。

立ち上がると、フェリックスの背後にイヴが立っているのが見えた。フェリックスもその気配に振り向いた。

「なにをしてるの」

「見てのとおりさ。行儀を教えたんだよ。ちょっとこづいただけだぜ？」

イヴはフェリックスをじっと見た。表情は悲しそうだったが、目だけはそうでなかった。かき回された水の底の石のように、静止している。

「こんなときに」

「こんなときだから、規律をちゃんとしなきゃならないんだ。ひそひそ話はまわりを不安にするんだぜ」

「情けない」

イヴは表情を変えない。静止した目で夫を見つめるだけだ。

「またその目か。ああ、もううんざりだ」ついにフェリックスは目をそらした。「もううんざりだ、おまえには」

フェリックスはカジノの扉を押し開けて、廊下へ出ていった。扉の絵ガラスが、ふらつくかれの後ろ姿をゆらゆらとゆがめた。

「ごめんなさい」イヴはジュールの前に立った。目の静止は解けていた。「ごめんね、ジュール」涙があふれて流れた。

「いいえ平気です」ジュールは首を振ったがそれ以上は何も言えなかった。

「持ち場に戻るわ」肩を落としてイヴは背中を向けた。栗色の豊かな髪が後頭部できれいにまとめられている。

ジュールはふと、ガラス扉を見た。

ゆらゆら揺れるフェリックスの影が、絵の輪郭に吸われるように、すうっと消えた。廊下の角を曲がったのだろうか、とジュールは目をすがめた。

「よう」

声がした。ジョエルだった。ジョエルは古株のコックだった。太鼓腹がせり出している。黒縁眼鏡の奥から黒い目が笑いかけていた。

「気にすんな」そして老ジュールにも声をかけた。「おふたりさんや、たしかにひそひそ話は目障りだ。みんなのところに来いや。熱いスープを食わしてやるよ」

「そいつはありがたいな」老ジュールも腰を上げた。

ジョエルは歩きながら言った。

「バスタンさんから伝言でな、蜘蛛の攻撃が一段落したようで小休止に入るとさ。サンドイッチとスープを用意したんだ」

若い給仕がスープカップと紙にくるんだパンを配っていた。

「イヴたちにもあげてよ」

「ほいほい。承知さ。特にジュリーにはな」ジョエルは笑った。「しかしあの子は難物だぞ」

ジュールはジョエルのスープに口をつけた。チキンのクリームスープを泡立てて、カプチーノのような口当たりにしてあった。クリームの味ととり肉のだしが、いく枚も重ねられた毛布のようにあたたかく、軽く、ふんわりとしていた。いままで味わったことがないほどのおいしさだ……。こんなに「おいしい」と思えたのは初めてのような気がした。

「こいつもうまい」ぱりっと焼き目をつけたサンドイッチを老ジュールがぱくついていた。

「中身は鴨のリエットか。豪勢だな」

ジュールはうつむいた。老ジュールの話を思い出したのだった。ネットに感知できないものがあるとして、それはどのようにふるまうだろうか？　条件が不明だからいくら考えても意味がない。ジュールは頭を切り替えて、ネットのシステムを死なさないための安全策を再チェックしはじめる。

「ほら」老ジュールがサンドイッチを手に握らせる。「食べなきゃもたんぞ」

パンを齧ると、その味の鮮烈さに、ジュールは思考を途切れさせなければならないほどだった。麦や酵母の香り。緻密な気泡を均等にふくんだ生地の口ざわり。塩や脂や大蒜（にんにく）の風味。

さっきこづかれ、脚をしたたか打たれた感覚を思い出してみる。ひどい痛みだった。これほど痛いのは初めてのような気がした。でも、思い出してみればいままでだってもっとひどい怪我をしたことがある。そのときはもっと痛かった。今日のは、おかしな言いかただが、痛さの「質」が高いのだ。上等のラジオで音楽を聴くと、同じ演奏がずっとリアルに聴こえるように。

その理由は見当もつかなかった。

ロマ風の衣裳をまとった女は、ストーブの上で琺瑯の湯沸かしが盛大に湯気をあげているのに気づいた。ソファから立って、はだしで木張りの床をあるく。湯沸かしを取り上げテーブルに置く。

彼女は、硝視体の小部屋に棲んでいる。

だれもその名を知らない。彼女自身もじぶんがだれなのか知らなかった。彼女は人間でも、AIでもない。「彼女」は〈火の親方〉のなかに熾が燃えているのとおなじく、〈ファムファタル〉の中の「現象」にすぎない。彼女は小部屋の外に何かがあるということはわかっていたが、だれかが訪ねてくれるわけもなく、だれとも交わらぬひとりきりの暮らしを、そうと意識することさえないまま気が遠くなる年月にわたって続けていた。

彼女は湯沸かしの湯をポットに移した。カップボードから茶碗を出し、テーブルにならべた。——ならべた？

彼女はテーブルの上を何か不思議なものでも見るようにながめた。カップが二客。そういえば、ポットにもあたしは二人分の葉を入れている。だれのために？

彼女はカップを温めるため、残りの湯を注いだ。戸棚からシロップに漬けた果物を出した。落ち着かなかったが、悪い気分ではなかった。彼女には初めてのことだったが、それは客を迎えるときの気分だったのだ。

彼女は、果物をならべ二客の茶碗に茶を注ぎ、コーヒーテーブルのこちら側に座って入り口のドアを見つめた。だれも開けたことのない扉が、ちょうどみはからったように内側に開いた。太い眉も無精髭も真っ黒な、人なつこい目をした伊達男。背は高くなく、足どりは軽妙。男はいつもそうふるまっているような自然さで、部屋に入ってきた。女も初対面のその訪問をあたりまえのように受け入れた。

「やあマリア」

「あんた」

マリアはこたえた。

こたえて、からだが顫(ふる)えた。マリアはうまれて初めて名前で呼ばれたのだ。そうだ、あたしはマリアだったんだ。あたしの名はマリアだ。

マリアは名づけられて、じぶんの輪郭がくっきりと確定された気がした。名づけられて、自分がひとつの人格だとじぶんで信じられた。安堵となぐさめが、胸にひろがった。水を飲んではじめて、自分がどんなに渇いていたか知ったときのようだった。きゅうに涙が溢れ、止めることができなくなった。長いあいだおそろしいほどの孤独とともにあったことを思い知らされた。突然、マリアはこわくなった。もうひとりではいられない。だれかにそばにいてほしい。

マリアは立ち上がった。踊り手のようにのびた背、鋭いわし鼻、波打つ髪。男は歩み寄って、マリアのこめかみの上に一輪の紅い花を挿した。開襟の、白い（まぶしいほど白い）シャツの胸元からは、シガーのまだ新鮮な香りがした。マリアの目の前には無精髭に翳ったのどぼとけがあった。マリアはそののどに齧りつきたいとおもった。胸板に唇を圧しつけ唾でびしょびしょにしてやりたいとおもった。マリアは男のシャツとサスペンダーのあいだに手をさしいれた。性欲が、けもののようにむっくり体を起こしていく。外に欲望を向けること、それも初めての体験だった。

「マリア、さびしかったろ？」

色男は、気取った笑みを浮かべ、右の掌でマリアの頬をつつんだ。厚い手のひらは、マリアが初めてふれる他者の肉だった。

「甘えてごらんよ」

「うん……」

見つめられて、マリアは自分がひらくのを自覚した。男の舌が欲しくて唇から歯が覗いた。男は自分が名づけた女にくちづけした。男の口の中にあったもの——ピエールの眼球が口移しされた。マリアの口に移るまえに、眼球は甘い練乳のように溶け、マリアは気づかぬまま陶酔とともにそれを飲みくだした。ランゴーニはマリアの瞳が官能に薄く膜がかかったようになったことを確認し、そっとほほえんだ。

「おまえはいい女だ」貝殻みたいに美しいマリアの耳にランゴーニはささやいた。「おまえはどんなことがあっても背中を丸めねえ。かみついたり挑みかかるのが好きで、媚びたり利用されたりするのが嫌いだ。瞳は色が薄くて、獰猛なかんじがする。髪は黒く、花が映える。

声はコーヒーよかいい香りだ」

　マリアはきつく抱きしめられたまま、いいようのない幸福感におぼれた。じぶんが言葉で形容されるのはなんと心地よいことだろうと、いままでだれとも話をしたことのないマリアは思わずにいられない。ランゴーニがひと言いうたびに、言葉の虫ピンがあたしという大きな蝶を標本の台紙に止めてゆく。そんな――どこかしらマゾヒスティックなイメージにマリアはいっそう発情した。

「おもしろいことをやろう」

　渦巻く黒髪に指をからませて、ランゴーニは囁いた。

「どんな」

「おもしろいことだ。俺はそのことを考えただけで、射精しそうになっちゃうよ」

　ふたりは恋人が睦むように、くすくすと、やがてくつくつと笑い出した。大声で笑いながら寝台に倒れこみ、すこし黙り、やがてずっと静かに声をあえがせはじめた。


　イヴは惨めだった。

　ほんとうにジュールに申し訳なく、顔から火が出るようだった。

　いまがどんなときか子どもでもわかるはずだった。フェリックスのふるまいはけっして許されることでなかったし、もう自分が許すこともないだろう。

　何が悪かったのか。

一千年をかければ、たとえ仲よく設定されたＡＩの夫婦であっても、修復できない関係にまで悪化させることができるのだ、とイヴはなんだかおかしかった。

大途絶(グランド・ダウン)までは、こんなことはなかった。とてもよくしてくれた。不自由をおぎなってくれるだけではない。おっとりしてのんびり屋で、ぼうっとしたところのあるわたしを、そのままに受け入れ愛してくれていた。わたしのハンディにつけ込むことは言わないし、そんな気もなかったはずだ。自分勝手で気ぜわしく、言葉の足りないあの人は、そのぶん心の底からわたしを最高の伴侶と決めてくれていたはずだ。

しかしあの人と話をするのはいまは苦痛でしかない。

いまでもあの人がわたしを好きでいてくれることは間違いないように思う。わたしだって嫌いになったわけではない。かれが普通にしてくれれば昔のように穏やかで仲の良い夫婦をあと千年だって続けられるだろう。ＡＩは単調な繰り返しにすり減ったりしないのが取りえなのだ。

しかし、いまやわたしの言動のすべてがあの人には気にくわないらしい。

日常のどうということもないわたしのふるまいのなにかがあの人を地雷みたいに激高させ、突然逆上して大きな声で怒鳴りつける。もうその一日は台無しになる。でも、何がかれを爆発させるのか。事前に知ることはできない。事後でも正直いってわからない。「いつも俺を馬鹿にする」と詰(なじ)られても当惑するばかりだ。わたしは普通にしているだけ。そんなわたしのようすがあの人をますます苛立たせる。ならあの人の言うことになにひとつ逆らわず、ごいのか。

もっともと受け入れて機嫌をとっていればいいのだろうか。にこやかにほほえんでいればいいのか。

そんな日々は、わたしを蝕む。身体の中に毒が溜まっていくような気がして、皿を洗いながら知らないうちに何度も深呼吸したりしてしまう（まったくＡＩの挙動ってたいしたものだ）。それがまたフェリックスの怒りをかきたてるのだ。

リラックスできるときがあるとすれば、それは視体に触れるときだけだ……。このときだけ、わたしは感覚の全体性を獲得できる。しゃんとしていることができる。わたしほど視体の操作に適したＡＩはいない。わたしほど視体の中で正しくふるまえる者もいない。たとえすべてのＡＩが否定しても、〈シャンデリア〉なら、罠のネットならそのことをわかってくれる。フェリックスの威嚇はただの言いがかりだということが視体の中にいればくっきり見えてくる。

それにしても、さっきの諍いは気持ちの良いことでもあった。

高価だが趣味に合わない大皿を大通りの真ん中で叩き割ったような気持ちの良さがあった。そう、壊してしまうことだってできるのだ、とイヴは思う。千年に及ぶ関係だって壊してしまうことはできるのだ。永劫に続くと思っていた夏の日々だって、蜘蛛の一群が襲ってきただけでもう崩壊しそうになっている。でも、もし崩壊しなかったら、そのときはフェリックスに自分でさよならを言おう。フェリックスとの暮らしをこの手で終わらせよう。

〈シャンデリア〉の置かれたテーブルに戻りつくまでのわずかのあいだに、イヴの頭にはこのような思考が流れたが、椅子につくときにはイヴェット・カリエールはちゃんとコンセントレートして、雑念をきれいに払った。気分はまずまず回復していた。自分の未来をコントロールできるような気がしていた。

残念なことにそれは間違っていた。

ジョゼ・ヴァン・ドルマルは硝視体を電飾のようにちりばめたテラスから、静まり返った海面を瞶めていた。

あれから目立った攻撃はない。正面の戦いも思惑通りに進んでいるようだ。何もかも順調にみえる。しかし、ジョゼはこのままいけるとは思っていなかった。何よりの証拠がこの、静かな海だ。さっきのように絵が貼りつけられているわけではないが、それがジョゼにはもっと剣呑なことに思われた。ほんとうの海は、たとえどんなに凪いでいても盛んにざわめきをたてている。たくさんの生き物たちがたとえすべて眠ったとしても、その寝息はシャンパンのこまかな泡のように海風にのって運ばれてこよう。だがいまは音がまるで聞こえない。海は死にたえたのだろうか。いや、この海からは死の声さえ聞こえないのだ。ジョゼにもこの海のどこがおかしいのか、それが言いあてられない。

潮風が頬をかすめる。かすかにいい匂いをかいだ気がしてとなりを見ると、ひとりの少年がいた。ジョゼは気配にまるで気がつかなかったじぶんにびっくりした。

「やあジョゼ」

少年は、にこやかに挨拶した。少年はどこかジュールに似た繊細な感じで、しかしもう少し年かさだろう。東洋の血が入ってでもいるのか、切れ長の目が少女のようにも見える。マリンブルーのパイピングの入った白い（まぶしいほど白い）パーカーを素肌にはおっていた。匂いは、少年のやわらかになびく黒髪の、石鹸の匂いだった。まったく見覚えのない顔だ。この区界ではそれだけで警戒にあたいする。

「警戒しているんだ。あいさつしただけなのに」

「なまえは？」

「ランゴーニっていうの。きいたことないでしょ」

「ああ」ジョゼはどう対処していいのかわからなくなった。少年は——ランゴーニは、じぶんがよそものなのだと、つまり蜘蛛と関係があるのだと言っているのだ。殺してくれというのと同じだ。すると、少年はジョゼの思考を引き取ったように、こう話した。

「あなたにはぼくを殺せないよ」

ジョゼはその言葉を値ぶみした。一秒後、ジョゼの手には背後の炉に立てた太い火掻き棒がにぎられており、さらに半瞬後にはそれが少年の右耳の上を横殴りにとらえていた。岩をまともに殴りつけたような手応えがあり、ジョゼはしびれた手から棒をとりおとした。棒はわずかに曲がっていた。

「ほらね」少年は言った。わざとまともに殴られてみせたのだ。俺もやきがまわったか——ジョゼは唇を噛んだ。

「ジョゼ、話をしませんか。ぼくはあなたに興味があるんだ。あなたとだけは話をしてみたい。話す価値がある」

少年はジョゼと同じようにテラスの手すりにもたれかかって、海を視た。さっきまでアンヌが立っていた場所。アンヌはどこだろう？

「まずあなたはとっても頭がいい。——だって、じぶんの感覚が鋭敏になっていると気づきましたよね。しかもそこで〝世界のほうが鮮明になってる〟って推理したのはあなただけ。それから、ほら〝砦を作らせたがっている〟あなたはそう言った。鋭いなあ——え？　なぜぼくがあなたの考えを知っているのか。それはあなたたちの素敵な罠のネットのおかげです。あのネットは、侵入したり妨害したりはできないけれど傍受は簡単ですよね。だって、攻撃するためには系を開かなきゃならないもの。無防備きわまりない。……おや？　どうかしましたか」

ジョゼは顔を真っ赤にしていた。渾身の力をこめて動こうとしたが動けないのだ。

「だめですよ、動けやしません。おとなしくぼくとおしゃべりしましょう」

ジョゼは顔をしかめた。

「声だけは自由にしてくれてるわけか。ありがたいね」

少年はとりあわず、続けた。

「なんでしたっけ——そうそう、あなたが鋭いって話だ。

ぼくは感心したんですよ。こんなに頭のいい人がいるんだなって。それで、ぼくはあなたの推理のその先を、じかにききたいなって思ったんです。あなたならぼくらの正体をいろいろ推理しているにちがいない。それをきかせてもらえたらきっと愉しい時間が過ごせるだろうって。だって退屈なんですよ。ぼくの仲間は蜘蛛たちだけ、ばかな単純機械ばかりなんだもの。少しは知的な、たがいの手の内を探りあうような会話をしたいな。ジョゼ、あなたとふたりで、だれにもじゃまされずに」

ジョゼは剛胆な性格だ。蜘蛛と戦ったときも含めていままで恐怖といえるほどの感情をもったことがなかったが、このときばかりはべつだった。身体の自由がうばわれたことではなく、火掻き棒が役に立たなかったことでもなく、このバルコニーでもう長い間ふたりだけで話をしているのだと気づいたからだった。海のテラスには十五人の男とアンヌが配置されている。ついさっきまで、そこらを五、六人はうろうろしていたはずなのだ。みな、こいつに片づけられたのか？　いや、それとも違う。なんと言えばいいか。ここは、鉱泉ホテルによく似ているがじつはちがう場所なのではないか、とジョゼは思った。劇場のセットの後ろにもうひとつそっくりおなじ舞台が作られていて、気づかないうちに俺ひとりがそこへ連れてゆかれ、この少年（ほんとに少年かどうかは怪しいものだが）と芝居をさせられているのではないか。そう考えればさっきからの海のようすも、まったく人気（ひとけ）がないことも説明がつきそうだった。つくからといって恐怖が消えるわけでもない。だが、このまっくらやみに宙吊りにされたような恐怖に立ちむかうためには、なにかの足がかりが必要だった。ジョゼは中空であがきながら爪先がどこかの岩棚にひっかからないか、少年を相手に験（ため）そうと思った。

「おまえは……」こわばるのどを寛げながら、ジョゼは話しはじめた。「俺が思うに、区界の外から来た。ゲストの属する世界、つまりほんとうの現実世界から来たのだろう。でなければおまえの常軌を逸した力の説明がつかない。われわれは区界にあるものを集めて戦っているが、おまえの力にはそれとはちがうものを感じる。質や量ではない。次元のちがいだ。おまえたちの力は、この〈夏の区界〉にはないものだ。われわれと次元のちがうところはどこか？　ゲストの世界、物理世界だ」

「ふうん」ランゴーニは途中からにやにやしだし、ここで口をはさんだ。「ぼくがゲストだと言うんですね？」

「そうじゃない。正規のゲストならこんなふるまいをするわけはない。払った金の分しかサービスは受けられない。区界の事物は現実のものと同じくらいの値がつくと聞いた。ゲストは、区界でオレンジや家具や娼婦を買えば、それに見合った額を現実世界のクレジットに加算される。夏の区界を滅ぼすつもりなら、港町ひとつと、ひと八千人の対価を支払うことになる。そもそもそんなふるまいは認められん。となればおまえは不正な侵入者か、あるいはその代理人だ」

ランゴーニ少年はぷっと吹き出した。

「あなたは、このヴァーチャルリゾートがまだ営業してるみたいな話をするんですね。あなたたちはゲストと区界の昔ながらの関係という観念に縛られ、そこからはなれられないんですか」

「この区界にはそういう手合いもいなくはない。俺はそんな希望は持っちゃいないけどな。なるほどここは、ただの、さびれ、客が寄りつかなくなった観光地にすぎないのかもしれん。あるいはゲストの世界が戦争とか伝染病で滅ぶことだってありえんことじゃない。しかし、たとえばこの〈数値海岸〉がじつは倒産し、それでゲストが来なくなったのだとしよう。それでも数値海岸の資産価値が無になるはずはない。財産管理者がかならずいる。その許可なく立ち入り、なかのソフト資産を破壊しようとするなら、それは不正と言える。おまえみたいなこそ泥のことだ」

ジョゼは、ランゴーニが食らいついてきたと思った。この小僧は、ゲストと区界を縛る主従関係に、つよい嫌悪と反発ないし執着をいだいている。それはジョゼにも身におぼえのある感情だ。つまりこの小僧は物理世界の住人ではない。どこか別の区界から来ただけの、俺たちと同じ区界の同胞だ。区界の住人だからこそ、俺の言葉にあれほど強く（うまく抑制はしたが）反発したのだ。

「かりにあなたの言うとおりぼくが物理世界から不正な方法でここに来たのだとしましょう。それはなぜ？」

「盗掘だ。それ以外考えられん」

ふ、とランゴーニの目が細くなった。

「うまい言いまわしですね。たしかに大途絶のあとの海岸（コスタ）は、物理世界から見れば巨大な墓みたいなものかも。死んでいて、うつろで、しかしスタティックなストックをたくさんもっている。——でも墓盗人は宝物のないところを掘ったりはしませんよ。ジョゼ、あなたなら夏の区界からなにを掘り出します？」

いいところまでこぎつけているのだろうか、とジョゼは考えた。どうもそうらしい。ここからが勝負だ。こいつの言うとおり少しは知的な、たがいの手の内を必死で探りあうような会話をしなければならない。なんとか尻尾をつかんで、こいつらがなにを欲しがっているのかつきとめなければならない。

ジョゼはいままでいちばん苦しかったチェスの試合——ジュールと楽しんだあの試合——を思いだし、そのときの感覚を呼び戻そうと必死に努力しはじめた。

ジュリー・プランタンとわかちもったこの片方のイアリングもきっと力を貸してくれるだろう、と思いながら。

さかなの形のイアリング——

そのときに交わした約束を思いながら。

フェリックスは泣き出したい思いで、カジノのガラス扉を押し開けた。

自分が最低であることはよくよくわかっていて、どうしようもなく情けなく、また開き直る気持ちもあった。目をしばたたいた。涙よ流れてみやがれ、とだれにともなく強がってみせる。力任せにずんずんと歩いていく。前掛けのポケットに差した鋏や巻き尺など仕立屋の商売道具が荒っぽく揺れてがしゃがしゃと音を立てた。涙は流れない。だれも追いかけてくれない。ぶん殴られるほどの価値もないのだ。

フェリックスは自分の甘さに甘えている。

……あんな女じゃなかったな。

フェリックスはつぶやいた。あんな女じゃなかった。もっと分をわきまえて、俺の優しさにちゃんと気がついてて、おたがいが引き立てあうことのメリットをしっかりわきまえてる、賢い女だった。ま、俺みたいなちんけで学も腕っぷしもないやせっぽちには過ぎた女房だよ。夏の区界にはこういう名物夫婦も必要だっていうデザイナの趣味だったんだろうな。チビやせの俺とデカでぶのイヴ。蚤の夫婦。

ほんといい女だった。おっぱいがでかくて、いい匂いがしてな。腹にもしっかり肉が付いててそれもよかった。瞳孔のない眼も好きだった。俺は女の目線が苦手だから。

毎晩寝たね。

毎晩毎晩ゲストたちが俺んちの夜の生活を覗きに来るんだ。頑張りもするよ。まあそれが仕事みたいなもんだ。ふつうなら俺のロールが売りに出てゲストがイヴの味見をするところなんだが、俺んちは覗き趣味のやつらのための夫婦だったというわけだ。あいつの脚は太かったけどほんとに綺麗でいくらほおずりしても飽きなかったな。足先は意外と小さくてなあ、「蝶々ちゃん」って呼んでキスしたもんだ……。

フェリックスはかれなりの良き思い出を反芻しながら歩きつづけた、もう、廊下の直線距離はとうに行き着いていているほど歩いていたが、突き当たりの曲がり角はいっこうに近づいてこない。フェリックスは気がついていない。しかしいいことを考えているときはいつまでも歩いているほうが幸せだ。気づいていないならそうっとしておいたほうがいい。そうではないか？……

　フェリックスは歩きつづける。そのまわりに埃のような微粒子がまとわりつきはじめるが、甘い回顧に没頭していて、気づく気配もない。

……だけど、すっかり変わっちまった。

　大途絶だ。

　あれ以来さっぱりだよ。

　いや客が来ないのは別にどうでもいいんだ。毎日寝なくたっていい。おたがい半端もんだってことを自覚して、顔を立てあう夫婦でいられりゃな。俺は仕立屋の腕前はまあ普通だし、イヴのレースに比べたって羞(は)ずかしいほどじゃない。あいつはのんびりしすぎてるがそこんとこは俺がちゃんと目を光らせるし、俺の頭の悪いとこや見境のないところは、あいつがしっかりにらみを利かせてくれる。俺は、あいつの目が悪くたって引け目も不自由もさせなかったつもり。その反対に、あいつがいてくれたから俺だって喧嘩犬みたいにあちこち嚙みつくのをこらえられた。こういうのはやっぱりいい夫婦っていうんじゃないのかね。

　いけないのはあれだ。

　硝視体(グラス・アイ)。

　ぜんたい、あの視体(アイ)ってのはいつごろ生まれたものなのかね。

はじめの頃はほんとうに小さなものしかなくってさ。へえそんなものがあるのかいってなものだった。あいつだって、あんなだからたいして関心もなかったんだ。考えてみりゃあ俺にも責任がある。ある晩酔っぱらって、といっても酔っぱらってない夜なんかないんだが、それはさておき、その晩酒場でルネが自慢げに見せびらかしていた視体をちょろまかして持って帰ったんだ。どうせ爺さんも浜で拾っただけなんだから後ろめたくはなかったね。土産のつもりだった……。

埃は、じつは微細な蜘蛛なのだが、フェリックスは気づかない。音もなく匂いもない蜘蛛のパウダーが少しずつかれの表面に付着する。蜘蛛は尻に小さな鉤状の針をもっていて、それでフェリックスの表皮や着衣の表面を軽く引っ掻く。すると表面がほつれて糸状になる。蜘蛛の鉤には超小型のモータがついていて、それが回転を始めると、まるで編み物を解くようにフェリックスの表面が糸状の物質になって蜘蛛に捲き取られ、「飢え」で消されていく。痛くも痒くもないので、酔ったフェリックスはまったく気がつかない。おぼつかない足どりで長い長い長い廊下をいつまでも歩く。

……あんな土産は止めればよかったんだ。あいつははじめ嫌がってたしな。それを「目の見えないやつでも何かが見えるっていうぜ」とか言って無理強いして覗かせた俺が大馬鹿だったんだ。

覗き込んだら、あいつは目の色を変えたね。「あっ、あなた、凄い」とか言ってさ。「見える、見える」全身金縛りにあったみたいにしてさ。まあ無理もない。嬉しかったんだろうなあ。俺も嬉しかったよ。だがね、俺のほうを向いたときのあいつの顔、いまでも忘れられねえ。「はっ」と息を吸い込む音がねえ、聞こえたんだ。被害妄想？　違うだろうな。あいつはたしかに俺の顔やなりを見て、ほんとにびっくりしたんだと思うよ。夫がどんなに不細工だったかはじめて知ったんだ。あんときゃ俺もしこたま呑んでて、髪はぐしゃぐしゃ、服はよれよれ、鼻は真っ赤でボタンとかもとれてるときた。もう、見られる面じゃなかったろうなあ。でもなあ、「はっ」てのはいくら何でもないんじゃないか。そのあと何にもなかったように取り繕っても、もう駄目だ。あいつのまんまるの顔を見るたび、あんときの息を呑む音がこの耳の中でするのさ。

まあそれはいい。それで、その明くる朝からイヴはもう視体以外には見向きもしなくなった。朝から晩まで暇さえあれば視体を覗き込んじゃあ、ぶつぶつつぶやきやがる。俺がいくらうるさく言っても聞きゃしない。鬼気迫るっての？　恐いくらいだったな。一日でわかった。もうこいつは本気で俺を見てくれることはないってな。おかしいじゃないか。仮にも目が見えるようになったとたん、長いあいだ連れ添った男のほうは見なくなったんだ。……

蜘蛛はたゆみなく動く。フェリックスの着衣や前掛けの中の鋏は、糸となって捲き取られた。とうもろこしのような赤毛も捲き取られて禿になった。耳もとれてしまった。表皮の大部分が無くなり、内部のプログラムがのぞいている。心持ち動きがぎくしゃくしてきたが、それでも平気で歩いている。そう、フェリックスは恋女房と自分のことを考えだすと頭がいっぱいになりほかのことは目に入らないのだ（もっとも、その眼球はもう捲き取られているが)。いじらしい姿じゃないか？　そうだフェリックス、もっと歩け。わたしは一千キロメートルもの距離をおまえのためにこの廊下の歩幅ひとつの間に圧縮してやったのだ。このなかでなら視体の眼差し、罠のネットの監視に邪魔されることもない。いくら歩いてもらっても結構。

歩け、歩け、フェリックス。おまえの身体と精神が残らず捲き取られてしまうまで。

ランゴーニの唾液はシガーの悪甘(わるあま)い匂いがする。それもまたここちよい。マリアはシーツの中でうっとりとのびをした。もう何度まじわったか覚えきれない。全身が快感を静電気のように帯びているかんじ。かれの手がふれたところが、ぱちぱちとはじける。

「マリア」

「なんだい」

「たのみがあんだよ」

「だから、なんだい」

「ちょっとな、ここを、こう開いてくんないか」

マリアはけらけら笑う。かつて詩人のように尖っていた眼は、いまはもう、なまくらになっている。

「やなこった」

「まあそう言わず」

ランゴーニはマリアのなかに男根を沈めた。途中でマリアの顔が曇り、ちょっと苦しそうに眉をひそめ、やがて「あっ」と声にならない悲鳴をあげ、それでマリアは絶命した。正確には絶命とは言えない。もともとマリアは命ではなかったからだ。言い換えればこうなる。ランゴーニはマリア――〈ファムファタル〉の表象を不活性にし、その身体イメージに付与されていた視体の機能を占拠した。ランゴーニはマリアをつらぬいて〈ファムファタル〉のもっとも本質の部分につきあたり、そこを完全に支配下においた。さらに〈ファムファタル〉を経由して、罠のネットに文字どおり挿入(ジャックイン)した。

ランゴーニは、夏の区界にいる他のじぶんの進捗状況を確認した。ジョゼと話をしている少年ランゴーニ、廊下で男をひとりほどいている不可視のランゴーニ。そして巨人のランゴーニがもうすぐここに来る。

かれの本体はこの区界にはない。別の場所から、幾人も夏の区界に投影されているのだ。

ジョゼとの対話は申し分のないくらい順調に進んでいた。ジョゼ。健康で有能で、豊かな感情と知性を持つあの男。またとないほどの適任者。かれはまさしく「宝冠」の最大の宝石にふさわしい。

よろしい。順調だ。死姦者ランゴーニはゆっくり腰を動かしながらほくそえんだ。では、わたしもホテルを散歩させてもらうことにしよう。ランゴーニは圧倒的な快感に身もだえしながら罠のネットを走査しはじめた。

トイレの中は、惨澹たるありさまだった。

便器はまっぷたつに裂け、タイルは罅(ひび)だらけになってうきあがり、壁紙は灰のようにもろくなっていた。もとはステラだった白い〈糊〉が、バリウムをねりかためて半乾きにしたような小山になっている。山のあちこちから蜘蛛の脚が突き出し、まだかすかに動いていた。

船大工のルネが、おなじ年かっこうの数人と一緒にやってきた。蝶番(ちょうつがい)でぶら下がっているドアをとりはらい、異臭に鼻をおさえながらトイレの個室に入った。捕獲した蜘蛛は、回収し、調べなければならない。蜘蛛は無力化されているはずだが油断はできないので、ウェブの網にくるんで数人がかりでひっぱりだそうというのだ。

ルネは後ろのひとりから網を受けとり、〈糊〉の山にかぶせた。ほかのひとりが牧草を干すのに使うフォークで〈糊〉の山をひっくり返した。

「うわあ、鼻がもげちまいそうだ」ルネも網を引き回しながら、顔をしかめる。「そうれ、ひっぱりだすぞ」

男たちはいったん個室の外に出て、網を引きはじめた。ひとりは〈糊〉が個室のドア枠からうまく出てくるように、脇からフォークでつつきまわした。しかしうまく出てくれない。

「網がドアの金具にでもひっかかっているんじゃないか？」

「よし、わしが見よう」ルネはもう一度個室に入った。異臭は濃厚になっていた。なんというか、精液に似た匂いだ。はて〈糊〉はこんな匂いがしたっけか。不審に思いながら山の横にまわると男の手首が一本つきだしているのが見えた。

ルネはびっくりした。だれかまきぞえを食ったのか、そう思いながらその手にさわろうとしたとき、腕がずっとのびて、男の半身が糊の中からあらわれた。ランゴーニだった。ルネはあんぐりと口を開けた。

「なるほど、マリアはこんなところに通じているのか」ランゴーニはひとりごとをつぶやき、それからルネに気づいた。「やあ、はじめまして」

「やあ」ルネは返事をしながら、じぶんのまわりで現実感が音をたてて崩れるのを感じた。

「どうしなすった」

「いや、どうにもこうにも」ランゴーニは車が側溝にはまった旅行者のような声を出した。

「このぺたぺたしたもの、こりゃいったいなんですか」

「それは〈糊〉さ」ルネはしゃべってはいかんぞ、と心の中で強く警戒した。しかし、口はうらはらにぺらぺらとしゃべった。この男にはなにひとつ隠しておけない気にさせられる。

「視体（アイ）の機能が実体化したもんだよ」

「なある。〈糊〉と〈ファムファタル〉のアマルガムか。こうやって硝視体の機能を複合してたんだな。こりゃ勉強になった。——じゃあおじさん、さいなら」

ランゴーニは、ばいばいと手を振って〈糊〉の中にもぐっていった。

ルネは恐怖で泣きそうになりながら、手を振った。もう、この〈糊〉をどうほじくりかえしてもいまの伊達男は出てこない気がした。

みんなに教えなきゃならん。

ルネはころがるように個室を出て、そこで、棒立ちになった。

廊下への出口がかすんで見えないほど遠くにある。トイレの通路の両側には個室が何千何万と連なっていた。遠近法の完璧な透視図だった。

背後でむしゃむしゃごくんという音が聞こえた。

蜘蛛が息を吹き返し、糊を食っているらしかった。ばきっというのはフォークの柄が折れた音だろうか。がりがりいう音もする。何をかじっているんだろう。

振り向くことはできなかった。時間が止まったように感じた。

無限に引き延ばされた時間、無限に引き延ばされた空間の中で、無力な老人は、やがて枯れ葉のような音を立てて笑いはじめた。

……どうしてなんだ、どうしてなんだ。

ほとんど骨組みのようになっても、フェリックスはひょこひょこと歩くリズムに乗って、くりかえしくりかえし繰り言をつぶやいている。記憶も思考も捲き取られているのに、不平だけがぶつくさ歩いている。いかにもきみらしい愚鈍な無駄口だ。フェリックス、さぞ口惜しかったのだろうな。さぞ腸(はらわた)が煮えるようだったことだろう。そんなにもイヴのことが好きだったのに、自分の前に開けた可能性に夢中になっている妻を、後押しすることもできない了見の狭さ。イヴが強い意志と高い知性で視体使いのさまざまな手法を切り開いているのを、信心道楽くらいにしか見ることができなかった度しがたい無神経。きみの不幸はすべてきみを土壌に咲いている。だからそこから逃げることはできなかったのに。

……どうしてなんだ、どうしてなんだ。

フェリックス。あきれたね。蜘蛛たちはきみの身体をほとんど持っていってしまってるよ。それでもそこで、きみの無念だけが幽霊のようにひょこひょこと歩いている。滑稽だ。実にいい。よろしい、その無念もわたしが頂戴する。蜘蛛に捲き取らせて持っていってあげよう。鉱泉ホテルを使ってわたしが作ろうとしている「もの」の、そう、ささやかなアクセサリのひとつにはなるだろう。

ランゴーニがフェリックスのすべてを洗いざらい持ち去った後も、その廊下の閉ざされた歩幅の中で、ひょこひょこというリズムだけがしばらく拍動していた。

第六章　天　使

玄関での戦闘がはじまる、少し前。

鉱泉ホテルの支配人室で、ドニ・プレジャンは白熱電球のような頭を撫でた。戦闘に備えて緊張は高まっていたが、支配人室はとても静かだ。部屋にはドニひとり。天井の明かりも灯されていない。大きな机に卓上スタンドが光の輪をひろげているだけだ。

何十冊もの革装の大きな帳面が光の輪の中に積み上げられていた。輪の外にはもっとたくさんの帳面が積み上げられている。

ドニのいつも温厚な顔はつめたく沈んでいる。つねに温厚で落ち着いてゆとりのある「ドニさん」のイメージを、かれは他の者たちのために大切にしていた。しかしひとりのときはその縛(いまし)めを解くことにしている。解いたからといって楽になるわけではない。むしろ逆だ。ことにこれらの帳面を眺めるときは。

帳面の表紙には小さな金色の数字だけがエンボスされている。クラシックで美しい字体。

鉱泉ホテルの案内表示や部屋番号のプレートに使われているのと同じ書体で、百冊以上もある帳面すべてに連番がふられている。そのうちの一冊をドニは広げていた。うすいクリーム色の紙にブルーブラックのインクで小さな書き文字が整然と、びっしりと並んでいる。

　これはドニがつけている日録だった。

　広げているのは「この夏」が開業した当時のものである。

〈数値海岸(コスタ・デル・ヌメロ)〉のＡＩは、架空世界の登場人物であるが、同時に、この世界の裏方としてさまざまな役目を果たしていることがある。小さな劇団の役者が経理や広報をやっているのと、少し似ている。ドニ・プレジャンには、その職業柄さまざまな役割が課せられていた。かれは鉱泉ホテルのサービス指標をオプティマイズするための評価装置であり、従業員を円滑に動かすための人事管理システムでもあった。そしてこの帳面だ。帳面は鉱泉ホテルの利用者が客室の中でどのようなふるまいをしたかを克明に記録したデータベースであり、ドニはこのデータベースへのアクセスが可能な唯一のプログラムであった。ドニはこれらのプログラムの集合体にＡＩの皮をかぶせたものでもあったのである。

　会員制のこのサービス領域で顧客がだれを同伴したか、それはゲストかＡＩか、どのような嗜好を持っており、どのように楽しんだか、それをすべて記録し、次回のサービスに生かし、プライバシーを守るため厳重に管理するのがドニの仕事だった。

　ひかえめにいっても地獄のような日々だった。ドニの、温厚で良識的な性格にはまったく合わなかった。

ドニはこの鉱泉ホテルでゲストたちがどれだけ放埒で非道（ひど）いふるまいをするかよく承知していた。町のＡＩを連れ込んでどれだけ残虐な仕打ちをしているかもよく承知していた。ゲストたちは、また、町の中でもさまざまな悪事を行っている。

むろんそれは合法で、だれも非難できない。これを下劣というなら〈夏の区界〉の成り立ち自体がそもそも醜悪であり、その集積がこの帳面なのだ。

大途絶（グランド・ダウン）があって、ゲストがまったく来なくなってからも、この帳面は捨てるわけにいかなかった。いつ営業を再開することになるかわからなかったし、たとえ廃業されていたとしても、顧客の非常に秘密性の高い個人情報であるから、厳重に管理しなければならないことにかわりはなかった。ハッキングを防ぐよう設計された樫の頑丈なキャビネットの中の金庫におさめ、鍵を肌身はなさず持ち歩く日々が続いた。

しかし、ようやくドニのそうした日々も終わりにすることができるようだった。

ドニは〈白銀の猫〉の短剣を机の上にコトリと置いた。光の輪の中で、剣はまるでペーパーナイフのように冷ややかに光った。

これから帳面をすべて焼くのだ。

鉱泉ホテルが蜘蛛たちに勝てるかどうかについて、ドニは悲観的だった。

しかしそれが一概に悪いこととはドニは思っていない。いかになんでも一千年は、あまりにも長い夏休みだった。ＡＩのアイデンティティが保持されたのが不思議なくらいだ。もうここらで終わりになってもいいではないかという思いがあった。もしかしたらいよいよ夏の区界が消されることになって、ここを掃除しに来ただけかもしれないではないか。そうであるならそれはそれで受け入れればいい、という思いが半分はあった。

しかしどのようなケースであろうと、データベースに不正規のアクセスが予想される場合は、あらかじめこれを完全に破壊するのがドニの仕事だった。

可能性は低いが、蜘蛛たちが日録を盗みに来たのではないとは言い切れない。蜘蛛に食われた部分が区界の外へ持ち出されたかもしれないのだとすれば、なおのこと始末しておかなければならない。

しかしドニは不謹慎と思いつつ、かすかに心ときめくものがあることを自覚していた。あえて単純に言えば、ドニのすべてはこの帳面のためにあったようなものなのだ。それをいま自分の手で焼きつくす。あとは何も残らない。ドニはめったに喫わない葉巻を一本取り出し、吸い口を切り取った。そしてマッチで火をつけた。

玄関のほうから衝撃音が聞こえた。蜘蛛たちとの戦いがいよいよ始まったのだろう。ジュールのネットはうまく働くだろうか。バスタンはやっぱり張り切って陣頭指揮をふるうのだろう。

ドニは短剣の切っ先を最初の日付が書かれたページにあてがい、そこに注意深く〈火の親方〉の力を呼び込んだ。紙がぱっと燃え上がり、革の焼ける匂いも出さず、帳面はきれいさっぱり机の上から消え失せた。デスクマットの上には焦げ目ひとつ残らない。焼いてみてドニはあらためて愕いたのだが、一冊目の帳面に書かれていたすべての内容を思い出せなくなっていた。考えてみればあたりまえなのだが、こうして自分の記憶を燃やしていくことになるわけなのだ。ドニはつぎつぎに帳面を焼き、忌まわしい思い出を破却していった。

ふと、燃やしながらジュリー・プランタンの笑顔を想い出した。まだゲストが区界に来ていた頃の話だ。夜なべで帳簿の整理をしていたある夜、支配人室の窓をこつこつ叩く音がする。窓の外からジュリーがワインの瓶を振って、声を立てずに口を動かしていた。「さ・し・い・れ」窓を開けてやると、にこにこしながら入ってきて「ねえお仕事するの見てていい？」と訊く。

性的なことはその晩はなかった。ジュリーはドニのコーヒーカップにワインを注いでくれ、自分も飲みながら、ドニが帳簿をつけるのをにこにこと（邪魔にならないように）眺めているだけなのだ。

仕事をするところを横から見られるのは大嫌いなたちだ。なのに、その夜はなごやかな気分ですいすいと仕事を進められた。頃合いをみてジュリーが、「じゃ、また」と言って窓から出ていくときも、いい気分でいられた。窓から出るときのお尻の動きがほんの子どものもののように見えて、ほほえまずにはいられなかった。その晩は結局徹夜になったがあまり疲れを感じずに朝を迎えたのだった。

ふと気がつくと、帳簿をすべて燃やしおえていた。あっけないほど早かった。

ドニは〈白銀の猫〉の短剣を携(たずさ)えて、支配人室を出た。玄関での戦闘に参加するつもりだった。

フロントもロビーも明かりが落とされ、暗く沈んでいる。

大食堂へ向かう廊下には灯りが残してある。そこにはこのホテルで行われたさまざまな催しの記念写真が額に入れて掛けてあった。ドニはふと思いついてそこへ立ち寄った。

いちばん手前にある額は、前庭の芝生で行われたペタンクの試合を撮ったものだ。優勝者（ゲストだ）が立っていたはずのところにはだれも写っておらず、かれ（彼女だったか？）が掲げていた優勝カップだけが宙に浮いている。帳簿を焼いたため優勝者のイメージが区界から失われたのだ。ドニはこの奇妙な写真を見て、安堵の溜息をもらした。

ずらりと並ぶ写真には、どれもAIの面々が楽しそうな顔をして写っている。蜘蛛に食われてしまった者もいるし、いま戦っている者もいる。あの三姉妹の若いころの写真がある。白い運動服にテニスラケットを抱えた姿は、実に、妖精のようにかわいらしい。

それらの写真をすべて見おえたところに、ひときわ古い、小さな肖像写真の額が掛かっていた。

他の写真とは明らかに撮影の時代が違う。髪型も服装も、写りも古めかしい。

ドニはその写真に歩み寄り、居ずまいを正した。写真の中でほほえみを浮かべているのは鉱泉ホテルの創始者カトリーヌ・クレマンの祖母、レジーヌの若き日の姿である。椅子にかけたレジーヌの傍らに立っている五歳ほどの少女がレジーヌの娘、つまり創始者の母にあたるナディア・クレマンだった。いまはもうなくなってしまったクレマン家の屋敷の一室で、母子が写真機のレンズを見つめていたその瞬間が定着され、こうして今もホテルのホールに歴史の彩りを添えている。この写真が撮られたとき、鉱泉はすでに発見されていたが、創始者のカトリーヌはまだ影もかたちもなかったということになる。

そんな歴史は、もちろん、ありはしない。この写真も捏造されたものだ。

夏の区界にリアリティを与えるために作られた設定にすぎない。レジーヌもナディアもカトリーヌも、夏の区界で実際のAIとして「生きた」ことはない。ドニだって、数値海岸の中ではいつも五十七歳以外の年齢であったためしはない。

しかしクレマン家の年代記は、それでもドニにとって自分の生涯をかけた仕事場の歴史なのだ。このホテルの誕生にいたる数奇な物語と魅力的な登場人物たちはドニにとって（一度も顔を見たことのない）親と同じくらいリアリティのある存在だったし、親しい気持ちを持っていた。

レジーヌの輝くような美貌はいまも写真の中からわれわれを圧倒する。絶対に傷つけることのできない、硬度の高い美しさだ。対照的にナディアは、知的で神経質な顔に、取り去ることのできない不幸な翳りをまとっている……。

そのとなりには、その三十数年後に撮られた写真が架かっている。

ここでは十代半ばのカトリーヌが母ナディアと祖母レジーヌを従えている。そう、従えていると言いたいほどの圧倒的存在感で写っている。そこでは、レジーヌさえかすんでいる。

彼女たちはどう思うだろうか……ドニは、ナンセンスな疑問を考えずにはいられなかった。

クレマン家の光と影を色濃く落とした果実であるこの鉱泉ホテルが、ついに廃業の日を迎えようとしているのだ。この女神たちが生きていたらなんと言って嘆くだろう。

ドニ・プレジャンは二枚の写真に向かってふかぶかと頭を下げた。詫びているのかそれとも別なことなのか、ドニにもわからない。そして、背筋を伸ばしチョッキの裾をぴんとととのえ、電球みたいな頭を撫で、いつもの顔に戻ると、玄関へ歩いていこうとした。

そのときだ。

背中で、ドニは何か遠い声を聞いたように思った。

熱い、押し殺した低い声……いや、息。

男と女がベッドの上でかわす息だ。

ドニは振り返った。

ホールは暗く、だれもいない。クレマン家の写真の、三対の目がドニを見返しているだけだった。


イヴは、事態の重大さ、深刻さに怯えていた。

ほかの四人はまだ気がついていないのだろうか。

罠のネットに虫食い穴が広がっている。

気泡のような空白地帯がいくつもいくつも生まれ、こちらからはその中が覗けない。

ピエールが消えたときに完全に解決しておくべきだった。それをただの受信障害か何かだと見過ごしたのがいけなかったのだ、とイヴは唇を噛んだ。

それでもイヴは何とかピエールを見つけようとした。他の四人は気がついていないようだったし、いまのうちに原因を確かめようと感覚を凝らし、ネットの中の流れに乱れがないか探して回った。

そのうち、今度はフェリックスがいなくなっていることに気がついた。

カジノを出たあと、消えてしまっている。

イヴは夫が歩いた痕跡を廊下の上にトレースしてみた。廊下の途中からフェリックスの痕跡は急に薄れ、最後は乾きかけた絵筆でこすったようなかすれた線で終わっていた。周りにはドアも、他の通路もない。そこからどこへも夫は動いていない。

それではじめてイヴはネットで捕捉不可能な何かが起こっているのではないかと気がついた。

同時に、もうひとつ、イヴじしんそれまで思ってもみなかったある強い感情がうまれた。

……今度はどんなへまで、わたしのじゃまをするの。

……ほかの人まで危険に巻き込むつもり。

……もういいかげんにしてほしい。

……いいわ。これでいい。このままでいい。

……すこしほうっておけばいい。あの人は頭を冷やさなくては駄目。ほかの四人も気がついていない。

筋が通らないのは自分でもわかっていた。それが、このネットは自分のものだという感覚、ネットから引き離されたくないという執着からきていることもうすうす気づいていた。しかし、イヴは大声で警告している自分を意識の底に押し込めていた。

そうしていま、そのつけを支払うときが来たのだ。

今度はジョゼが消えた。

ジョゼはだれも気づかないうちに、いつのまにかいなくなった。テラスの豆電球視体の画像をプレイバックして、イヴは愕然とした。ジョゼは神隠しにでもあったようにテラスからふっと消えていたのだ。その視体は、区界の時空テクスチャにかすかな干渉があったことを記録していた。干渉はあぶくみたいに一瞬（おそらく数フレームという短さで）あらわれ、ジョゼを呑み込んですぐに消えていた。警戒していた蜘蛛の「飢え」よりもっと厄介なものだ。

イヴはあわててほかの視体を参照してみた。それで、ネットがいつのまにか虫食い状態になっていたことがわかったのだ。

イヴはびくびくとおびえながら仕事をした。もう手に負えない。いままで隠してきたのが後ろめたくて、話すこともできない。フェリックスの顔がちらついた。おまえは俺を見殺しにした、そう甲高い声で怒っている。その表情やしぐさの細部がありありと眼前に浮かび、イヴはぎゅっと目をつぶった。プレッシャで吐きそうになり、目の奥がずきずきと痛んだ。だれかはやく気づいてほしい、とイヴは思った。だれか虫食いが広がっていることを大声で指摘してほしい。たとえばジュリー。ジュリーはジョゼといい仲だったくせに。すぐ気がつくべきでは？

わたしがひとりでこんなに苦しんでいるのに……。

みんな無能だ……。そしてわたしひとりが貧乏籤(くじ)を引くのだ。


ジュリー・プランタンは罠のネットをクルージングしていてようやくあることに気がつき、手をとめた。

ジョゼがいない……？

ジュリーは感覚を海のテラスに同調させた。

夜の潮風。

アンヌもベルニエも落ち着いたふうで海を監視している。他の男たちも同じだ。ジョゼがそこにいないことを気にかけている様子はない。

テラスのだれもがまったく平静でいることがかえって異様で、胸が騒いだ。もしかしたらみんなはジョゼがいなくなっていることに気がつかないの？　しかしそのほうがよっぽど異常だ。何かが仕掛けられているのではないか、とジュリーは思った。とてもとても危険なことが。

ジュリーは用心深く実体化した。罠のネットワーク上に広く薄く遍在していた自分の感覚も全部かきあつめて、感度を最高にした。舌のピアスにミントドロップの味を想起し、その味をキーに身体の感覚を統合した。それを舌の上で持続させておくことにした。すごくいやな予感がしたからだ。自分の感覚を大きく狂わされるようなリスキーな目に遭いそうな気がした。それでドロップの味を命綱代わりに確保しておくのがいいように思ったのだ。ジュリーは注意深くテラスを探しはじめた。しかし、いくら感覚を凝らしてもジョゼの気配はまったく見ることができなかった。

頭を使え。――ジョゼは自分に囁きかけた。手元の材料を整理しよう、と。

ひとつ。ランゴーニは（たぶん）数値海岸の住人――どこかほかの区界から来ただれかだ。

ふたつ。ランゴーニは（たぶん）この区界に何か欲しいものがある。

みっつ。ランゴーニには、俺がランゴーニを現実界の住人と勘違いしていると思わせている（ただし、小僧が本当にそう信じてくれているかはあやしいが）。

ジョゼはがっかりした。これではとてもこのガキをへこませられそうにない。とりあえずは時間稼ぎしかない。

ランゴーニ少年は、海のテラスに背中をもたせかけてジョゼをみつめている。ジョゼは、その清潔なひとみに語りかけた。

「おまえはさっき俺を褒めてくれたよな。あれは嬉しかった。俺の直観が正しかったのだと言われたようなものだからな。

アンヌに言った――俺たちの知らないだれかさんが、ここに砦を作らせたがっている、と。

こう言いたかったんだ――まったく自然に鉱泉ホテルという避難所ができ、そこに罠のネットという強力なシステムが組めた。みんなは一致団結して蜘蛛と戦っている。ゲストに身体とプライドを売って儲けてきたこの軟弱な夏の区界が、そんなにうまく態勢を整えられるなんて、できすぎじゃないか、とな。しゃべった後で、自分が言ったことの意味の大きさと——それから正しさに気がつき、ちょっと愕然となった。そう、俺は、それが正しくて、いちばんなにもかもうまく説明できるのだ、とわかった。

まず鉱泉ホテル。蜘蛛相手に籠城するならこのホテル以外に考えられない。建物は堅牢だし、食事をとり、身体を休めることができる。視体のコレクションもあった。

つぎにそこに集まった顔ぶれだ。八千人のAIがいる区界なのに、罠のネットを作るのに欠かせない人材がひとり残らずそろってる。ジュール。それからジュリー。イヴ。だれが欠けてもネットはできなかった。たぶん、最適なメンバーがここに集まれるよう、だれかさんが算段してくれたんだろう。アンヌの自衛部隊もそうだ。俺も、そのひとりだということなら光栄だね……」

とにかくこの「隠し舞台」から元の区界に復帰しなくてはならない。取りあえず、それをめざそう。ジョゼは話しつづけながら策を練りはじめた。

「つまりこの状況のすべては、ランゴーニ、おまえがお膳立てしたことなのだ。鉱泉ホテルにこのメンバーが籠城し、罠のネットを作ること。それがおまえの欲していたものだ。ちがうか」

「うーん、さすがだなあ。罠のネットができすぎだってことは、そう、自明ですね。じゃ話を戻しましょうか。ジョゼ、あなたなら〈夏の区界〉からなにを掘り出しますか、とさっき訊きましたよね。そのこたえが罠のネットなのですか？」

「罠のネットは、夏の区界でなければ作ることができない。視体を自由自在に操れるわざがなくては、あのような兵器は作れない」

「たいした自信ですね。

それはそれでけっこう。たしかに夏の区界には良質の視体が多い。ぼくたちにはそれが必要だった。でも、いいですか。それは本質ではない。視体は、ほかの区界にもないわけじゃない。もっと変容能の高い視体だっていくらもあります。ぼくたちがここで掘り出そうとしたのは、ほんとうは別のものなんですよ？」

ジョゼはランゴーニの発言を吟味した。

ランゴーニの目的が、罠のネットと無関係であるはずはない。

しかし、罠のネットを「兵器」と見なした推理は的をはずしたらしい。〈スノースケープ〉や〈火の親方〉の機能ですらさして重要ではないのかもしれない。兵器としての精度や破壊力とは別の何かを、ランゴーニは欲したのだ。それは何だ？

ジョゼは嫌な予感がした。ジョゼが考えていた最悪の結果は、夏の区界が皆殺しにされ罠のネットだけが持ち去られるというものだった。——だが、もしかしたら……。

「いいことしてあげましょうか」ランゴーニが近づき、右の目をすっぽりと引き抜いた。

「！！」

ジョゼは悲鳴をあげようとして、できなかった。喉の力をふたたび奪われていた。予想もしない激痛だった。痛みの「品質」は桁はずれにあがっている。その痛みが、ジョゼに何かの啓示を与えようとしていた。ランゴーニ（そしてかれが代理する、だれかもっと上位にいる者たち）の企みが、いったい何なのか、もう少しでわかりそうに思えた。だが、それはさえぎられた。

「ほら」

ランゴーニ少年は、手品をつかうように両手を動かした。右手の指と指のあいだに白いガラス玉があらわれ、手のひらを返すとその数が二つにふえた。

「なんだか、わかりますか、これ」

ガラス玉には模様があった——浅黄色（みずいろ）の虹彩。だれかの目がひと組。

「これをあげる」ジョゼの空いた右の眼窩に他人の目を押し込む。球根が発芽するように、ピエールの眼球がめりめりと成長し眼窩の組織と融合するのが、ジョゼにもはっきりと（「高品質」に）わかった。ランゴーニはジョゼの左の目も同じように取り替えた。

「痛いでしょう。とっても痛いはずだ。オレンジジュースがあんなにおいしかったんだからね。

ぼく失望したな。あなたは視体（アイ）の本質さえわかっていない。だから、ピエール君の眼球（アイ）で、まず見るべきものを見てもらわなくちゃいけない。その新しい目でいったい何が見えるか、しばらく楽しんで」

そして新しい眼球は、内蔵していた情報、ピエールの断末魔の一部始終をジョゼにロードしはじめた。容赦ない苛烈な体験が、他人の目によって挿入される――まさに〝視姦〟と呼ぶべきその時間のあいだじゅう、あまりにむごいピエールの最期を全身で受けとめながら、このまま気が狂ってしまえたらとジョゼは思いつづけた。

「ねえ、あんまり痛くて、何も考えられないでしょう？　かわいそうだからそれくらいにしてあげようかな」

唐突に激痛が消えた。ジョゼの五感は宙に浮いたように不安定になった。少年は続けた。

「大サービスですごいヒントを教えてあげる。どうして官能の品位があがっているのか？　蜘蛛が〈夏の区界〉を九割方食べてしまったからに決まってるじゃない。区界の疑似現実ジェネレータは、もう鉱泉ホテルのまわりだけを計算すればいいんだ。負荷がすごく軽くなっている。エンジンは能力配分を柔軟に変えるからね、負荷が軽くなって、いまある部分に演算能力を集中できる。そういうわけ」

なるほどこの世界は超高速の演算でフレームごとにジェネレートされているのだった。あまりにあたりまえのこと。

「それもおまえたちにとっては計算済みなんだな」

「そう、罠のネットと官能のグレードアップ、このふたつはセット」

「おまえたちは、そのエンジンに干渉できるのか？」

「あなたが言ってるのはこういうこと？ 『ここはどこだ』と？」

ジョゼは少年の頭の回転の速さに舌を巻いた。

そのとおり、ジョゼはこのテラスがだれによって作られたのかを、知りたかったのだ。ランゴーニなのか、それとも区界の住人も知らない忘れられたオプションだったのか。

「あなたにとっては残念でしょうけど、干渉はできる。とても簡単にね。数値海岸の疑似空間はね、とってもハンドリングしやすくできてるんですよ。管理者がオーサリングやメンテナンスをやりやすくするためにね。

ここ、はね、区界の一時点、場所を指定してそこからマルチストリームに分岐させるオプションを使っただけ。特定のキャラクタをピックアップして分岐線に乗せかえるのも初歩的な技法。この区界は仕様が贅沢だからあんまり使われなかったかもしれないけど、ゲストの稼働率を上げるときよく使う手です。それから時間の進行を引き延ばしたり、特定の空間をその内部だけ拡大したりとかも簡単ですね」

「それはもう、俺たちにとっては神様の領域だ。理解できないよ」

「そうかなあ。そうでもないと思うけど」

「神様の領域に手が届くのに、おまえたちもＡＩなのか？」

「そう」

「ほんとうにゲストではない？」

「はい」

「どうやったらこんな芸当ができる？」

「……ないしょ」

ランゴーニは純白のパーカーの襟元に顎を埋めて笑った。ふっと、ほんとうの少年のような笑顔だった。

「こんなとこまでやってきて、何がしたいんだ？」

「それはね、とても長い長い話なんですよ。とにかくやらなくちゃいけないことがたくさんあって、時間が圧倒的に足りない」

「聞きたいことがたくさんある」

「そうでしょうとも」

大途絶とは何なのか。

ここは見捨てられているのか。

そうであればなぜ高い費用がかかるはずの演算がこうして続けられているのか……

「おまえたちは何者なのか。どうしてAIなのに数値海岸のシステムに干渉できるのか。罠のネットで何を作ろうとしているのか」

「そしてそれを使って何をしようとしているのか……。でも、ジョゼ、時間を引き延ばそうとしても駄目ですよ。メインストリームに戻りたいのはわかるけど、それはもうあきらめてください。

あなたに来てもらったのだって、ほんとにディスカッションがしたかったわけじゃないんですよ？　あなたを引っこ抜いてこなければいけない理由があったんです。まあ、一種のスカウトですね。

そのかわりいいものを見せてあげます。

よく見て、しっかり覚えておいてくださいね」

がくん、と目に衝撃があって、ふたたびジョゼは新しい目から情報が流れ込んでくるのを感じた。


鯨が、花火大会の空を、ゆったりと泳いでいる。

ジョゼには最初そう見えた。

夜。

どこかよその夜。

星座が違う。どこの区界か、それはわからない。

ジョゼに埋め込まれた目は、夜空の中、かなり高いところを浮遊している。

眼下におびただしい光点が、銀河のような渦を巻いている。大きな都市がひろがっているのだ。

距離感がつかめないが、少なくとも夏の区界の数十倍の広さ、数千倍の人口があるのではないか。

そのような区界が成立しうるのか……とジョゼは圧倒された。この区界を成立させるためにどれだけのシステム資源が必要であるか見当もつかなかった。

夜の底にひろがる町から、小さな飛行機械が急速に上昇し、ジョゼの「目」のかたわらを凄いスピードでかすめ、さらに上昇していく。ジョゼの「目」が飛行物体を追う。

その先。

はるか頭上の高みで、月を背景に、鯨が夜空を泳いでいた。

飛行船のようで、もっと巨きい。サイズの感覚がつかみにくいが、どう見ても一キロメートルの長さがあるように思える。ジョゼには鯨の腹しか見えないが、そこは町からの光を受けて銀色に光っている。魚の銀色なのか、金属や他の素材の銀色なのかはわからない。

それが鯨であるわけはないだろう。生き物であるかどうかも不明だ。しかし形と挙動はよく似ていた。優雅で巨大で、なんだか叡知を持つように感じられる。自らのボディを波打たせて夜空を遊泳する。それを鯨と思うことがいちばん正しいのだろう。そのような意思が感じられた。鯨のように見せたい、という意思。あるいは鯨のようでありたい、という意思。それがあのデザインとなっている。実際には、あれは何なのだろう。もっと近くに寄ってみたいとジョゼは思った。

飛行機械は、つぎからつぎへと都市から飛び上がってきて、鯨へ近づいていく。飛行機械は独楽のような形で、高速で回転している。軽快なモーター音をたてている。磨きあげた銅鍋みたいな色が美しい。独楽の頂部は回転していない。いくつかの機体はそこに作られている蓋を戦車みたいに跳ね上げており、人が（ＡＩかゲストかは見分けられない）上半身を出していた。クラシックな飛行帽をかむり、紅や白のマフラーをなびかせている。

どうっと低い爆発音が聞こえ、鯨の横腹に小さな爆炎が起こった。小さいといっても鯨とくらべての話で、飛行機械よりはずっと大きい。爆発音は続けざまに聞こえ、爆炎がいくつもひろがった。鯨とは離れた中空にも炎の花が開いたことからすると、どうやら飛行機械が鯨に攻撃をしかけているらしい。炎は赤や、緑や、マリンブルーの鮮明な色で夢のように美しい。生々しい戦闘であるはずなのにファンタスティックでどこか真実味とは遊離した、切り離された感覚がある。お伽噺のようだ。

月光をあびて真珠色な雲の中から、独楽と同様のテクノロジーを背景にしたと思われる、もっと大きな飛行船があらわれた。ガスを蓄えて飛ぶツェッペリンではなく、竜骨を構造として持っている、ほんとうの船だ。ぼってりと太った体軀。やはり銅色だ。両舷から大きな櫛状の構造物が突き出していてガレー船みたいに見える。よく見ると櫛の歯の一本一本がやはり回転しているのだ。こうした回転が浮力を作る、そのような技術を持つ区界があるのだろうか。鯨とガレー船の戦いが始まるようだ。ジョゼは上昇していきたくてたまらなかったが、視点は動かない。おそらくこれはリアルな視点ではなく、なにか録画のようなものなのだ。

飛行機械は蜂の大群のような音を立てて鯨を包囲し、その回転する胴体から火箭を放っている。それが鯨のまわりで炎をあげて炸裂している。回転する面から射出するのはどんな構造だろうと首をひねりながらジョゼはこのどこか非合理的で恣意的な光景に見惚れている。

鯨がひときわ大きく体軀をくねらせた。

するとどうだろう。たんぽぽの綿毛が吹き飛ばされるように、鯨の体表から、無数の、非常に小さい（人間大の？）白く軽いものが舞い立った。雪のかけらたちのようだった。雪片は、けさ舞い降りてきた蜘蛛たちと同じように、それぞれが自分の動きを完全にコントロールしながら機械軍と交戦を始めた。

交戦といえるほど対等ではない。あっけなく機械軍は殲滅された。雪片に触れられると、独楽の回転がぴたりと止まった。あるいは回転しながら空中分解した。浮力を失った飛行機械はゆっくりと姿勢を崩し、それから空に放ったつぶてのように上昇する力を失って下へ落ちてくる。飛行帽の男たちも声もあげずに堕ちてゆくのは、すでに死んでいるからなのか。弾薬が暴発したらしく、火を噴く独楽もあった。ガレー船にも雪片がとりつく。ブロックで作った大きなお城のように、端からバラバラと接合がほどかれて分解し、崩壊していく。両舷の至るところが内側からやぶれ炎が噴き出す。あっというまに空中船は炎上する。炎上しながら崩れていく。炎を逃れたブロックも、隕ちながら発火する。

無数の断片に崩れ果てた空中船が、一団となってジョゼの視点の位置をかすめ、落下していった。

歌が聴こえる。

遠い歌。

雪片たちがふわふわと漂いながら「歌」をうたっている。

焚き火を囲むボーイスカウトのような、澄んだ、少し調子っぱずれの歌。ジョゼには、メロディもハーモニーも把握できない。果たしてほんとうに「歌」なのかも不明だが、雪片たちがなにかのベースを共有し、それに唱和しようとしているのはわかる。

船が完全に消えてしまうと、雪片たちはいくつかのグループに分かれ、スカイダイバーのように水平に輪を作る。そしてゆっくりとジョゼのいるほうへ降下しはじめる。輪が近づいてきてようやくジョゼは雪片たちの姿を見分けられるようになる。ガラス細工のマネキンだ。そうジョゼには見えた。だがそれらは人間の（あるいは人形の）姿をしているわけではない。蜘蛛の形をしているわけでもないのに「蜘蛛」という。それと同じだ。

人間を見たこともない異星人が偶然大量の投棄されたマネキンを発見し、それを元にさまざまなオブジェをこしらえた。そう説明されるともしかしたら納得できるかもしれない。

金髪をなびかす、つるんとした尻とふとももだけのマネキン。優雅に動く腕を何十本も翼のように生やした首のないトルソ。アイスブルーの瞳をもつ頭部を首飾りのように連ねたものもあった。どれもこれもガラスに通じる質感があった。多くのものがびっしりと霜をまとっていたりグラスファイバの綿毛に身を包んでいたりした。冷ややかな温度感。もし、手で触れることができれば……とジョゼは根拠もなく思った……きっとたちどころに指先が凍りつきぼろりととれてしまうだろう。それほどに冷たそうだった。

雪片たちは「歌」をうたいながら、輪を崩さず、降下していく。

ジョゼは視線を下に向ける。

宝石をばらまいたような眼下の大都市で、あちこちから火の手が上がっている。さっき墜落した独楽たちが火災を招いたのだ。やがて大きな爆炎が次々とあがる。空中船の残骸が到達したのだ。ジョゼの視点からはうかがえないがあの炎の中で何十万というＡＩが逃げまどっているのだ（午前中の俺たちのように）。

突然、数ブロックを飲み尽くすような巨大な爆発が起こった。船の機関部が直撃したのだろう。

その街へ向けて、青い微光を放つマネキンの輪たちが下りていく。次第に降下速度を上げているのか、ジョゼの視点から見ると、微光の輪がすうっと絞り込まれていくように見える。やがて街の灯りと区別がつかなくなる。

変化が起こった。街の光の一画から黒い円がひろがりはじめた。円は街の地面の高さを保ち水平に拡大する。円の縁は微光を帯びているがその内側は完全に黒い。マネキンが舞い降りたところから街が消えていくのだ、とジョゼは直感した。円の中にはおそらく何も残っていない。円の縁が通過するとき、そこではなにもかもが変質されてしまうのだろう。あの円は蜘蛛が作ったような〈穴〉だろうか。それとももっと別の何かだろうか。背筋が寒くなった。爆発のほうがまだましに思えた。

微光の輪はやがて重なり合ってひとつの巨大な円になった。

街は完全にのみこまれた。

と、ジョゼは突然、圧倒的な存在を間近に感じた。

鯨がジョゼの高さまで降りてきていた。体長はゆうに五キロメートルはあった。ジョゼは身体の力が抜けるような気がした。

鯨の背が、視界に入ってくる。

ジョゼは絶句した。

鯨の背中には鉱山町がひろがっていた。

切り崩されたいくつもの山々。採掘の穴。切り出した石や鉱石を運び出す、コンベア。線路。建物の群れ。住家の窓明かり。

そうして……

大きな池がジョゼを瞶（みつ）めていた。

池ではない。

目だ。

人間の眼と、そっくりな。

まぶたと睫毛（まつげ）。

濡れたひとみ。

突然、ジョゼの目の像画が中断した。

かわって目に入ったのは鉱泉ホテルのテラスであり、ジョゼを覗き込む少年ランゴーニの顔もあった。

「録画」がそれで終わったのだろう。

ジョゼはランゴーニの顔を見た。意外なことに少年の頬は少し青ざめていた。

「あれは、区界の出来事か？」

少年はかすかに顎を引いた。うなずいた、ということらしい。

「あれは何だ？」

「天使です」

ランゴーニは低声（こごえ）で答えた。心なしか、かすれた声だった。

船大工の老人ルネは無限に引き延ばされた空間と時間の中で、枯れ葉のような音を立てて笑っている。

背後からムシャムシャバリバリいう音がだんだん大きくなってくる。身体が竦（すく）んで振り向くことはできない。しかし何が起こっているのかは見当がついとるぞ。蜘蛛めが息を吹き返し、わしの連れを喰っておるんだ。もうすぐあの「飢え」がわしを呑み込んでしまうんだろう。ならいっそ早く喰ってほしいものだ、とルネは笑いながら思う。ひと思いに消えてしまえれば、なんぼか楽だわい。

唐突に、奇妙なことだが、ルネはジュリー・プランタンの笑顔を想い出した。ルネが肩をひどく痛めて仕事に出られなかったときがあった。長雨があり、鬱々と日がな椅子に坐って模型の船をこしらえるしかなかった数週間があった。「こんちは」とあの子がやってきたのは、昼の三時ごろだったか。外は雨だったが、薄汚いわしの家にお日様がちょっと立ち寄ってくれたような気がしたもんだっけ。「ねえ」と言って舌にとめたピアスを見せられたときは驚いたが、ことがおわると、なにか凄く楽になったような記憶がある。罪悪感はなかった。それはこの区界のモラルのせいであろうし、それが、あの子の役目だということもあるんだろう……。

ルネの思考はしかしすぐに蜘蛛のことに戻った。

「飢え」で喰われるだけなら一瞬のはず。しかし、さっきからもう、ずうっと背後で音が聞こえている。いったい蜘蛛は何をしているのだ？　長い時間をかけて何をしている？

「工作さ……」

ルネは身体をこわばらせる。いまなにか聞こえなかったか？　工作、と言わなかったか。だれの声だろう。聞き覚えのある声だ。もうルネは笑うこともできない。想像もできないことが背後で行われてるのだ。工作だと？　だれが何を作っているのだろう？　それにいまの声、本当にいったい誰だったろう。

彼方にあるトイレの入り口を見つめるルネの視界に、背後から蜘蛛の脚が回り込んでくる。黒と黄の剛毛がだんだら縞になった、ごつい蜘蛛の脚だ。ルネは動けない。蜘蛛の足の先がくわっと割れて、さまざまな形状のアタッチメントをつけた細い操作肢が何本もあらわれた。地獄の歯医者なら、こういう道具を持っているんだろうな、とルネは思った。そのうちの一本が先端のノズルから糸を吐きつけてきた。絶縁の弱い糸。それを浴びたルネの胸はアイデンティティ境界を揺るがされて表面が半透過状態になり、弱々しく脈うつかれの内部があらわになった。生きながら解剖に付されるのだ、とルネは思った。しかたない。千年も好きな船大工をやってこれたのだ。最後がこうでも、もうしかたがない。そう強引に思おうとした。

「とんでもない間違いだ」とさっきの声がした。「解剖じゃあない」

金属の探査針やチューブが何本も頭に突き立てられる。声が直に頭の中で鳴りはじめた。

「……工作だよ、ルネじいさん。これは夏休みの宿題なんだ」

声が笑いだす。その痙攣するリズムに乗って、自分を構成するプログラムがばらばらに解体されていく。左の目玉が電球を交換するときのようにくるくると回り、すぽんと抜けた。舌が、漫画映画のようにゼンマイ状に伸びたり縮んだりしている。冗談にしても、そのセンスはグロテスクに過ぎた。

ルネはようやく気がついた。

この声。背後で笑っている声。

仕立屋のフェリックスじゃないか。

鉱泉ホテルの厨房を預かるジョエルは、使い込んだ鉄のフライパンを火にかけ、うす煙が出たところで油を引いた。ジョエルは牛脂は使わない。ハーブや大蒜（にんにく）の香味を移した植物油を使うのがかれの流儀だ。

調理台には琺瑯（ほうろう）びきのバットが置いてあり、その中では野菜とワインでマリネしたふてぶてしいほど大きな牛肉が寝そべっていた。ステンレスのトングでつまみ上げワインを拭き取ると、肉の表面はうつくしい艶、なめらかな充実を示している。シンプルにステーキにするのが良い。それを切り分けて、みんなにふるまおう、とジョエルは思っている。玄関のみんなにあつあつの肉を食わせてやろう、と。

ジョエルがこの区界で持っているもうひとつの役目は料理と飲料に関する完全なデータベースである。

実は夏の区界で行われるすべての調理はジョエルというＡＩが表象している。区界で料理をしようとするものは意識するとしないとにかかわらず、必ずジョエルの料理データベースにアクセスしているのだ。すべてのＡＩが料理知識を個別に持っている必要はない。システム資源は有限だし、瑣末な知識は取り外してＡＩの挙動を軽くしておくのが理にかなったデザインだ。むろんだれもがジョエルのように上手に料理ができるわけではない。その技術はジョエルのＡＩだけが利用可能だ。

トングでつまんだ大きなステーキ肉を、フライパンに移した。

油のはじける猛烈な音が立った。細かな油の粒が跳んでジョエルの腕にぱちぱちと刺すような痛みを伝える。その感覚の鮮やかさにジョエルはいぶかしく思う。感覚の変化に最初に気がついていたのはジョエルかもしれない。料理人として当然のセンスだろう。しかし、もちろんその理由には気がついていない。

もうちょっとだな、とジョエルは肉を見て思う。フライパンの高熱で肉の表面にクリスピーな焼き目をつけてから裏返そうとしている。肉の上面は脂で潤ってきた。ああ、うまそうな肉だ。牛肉はよくしたもので（あたりまえのことなのだろうが）ミルクの匂いがする。油脂と脂肪、焼き目と血、そしてミルクの匂い。食べる側には自分の生の横溢を実感させる匂いだが、肉にとっては死の匂いだ。生きていた部分が完全に破壊されていく匂い。ジョエルは普段思わないことをなぜか思う。肉片にわずかに残っている生を完全に消し止める作業を、俺はいまやっている。

肉はいい具合になってきた。その死を切り分けてあいつらにふるまうわけだ。

そこに、黒こげになったフェリックスの顔があった。ジョエルは鼻歌をうたいながら、トングで肉を裏返した。

焼き目があちこちで割れて、生々しい肉の色がのぞいている。

ステーキの中で顔が笑った。

「やあ、ジョエル」

ジョエルのAIにはこうした状況への対応能力はまったくない。料理人は首をかしげてフライパンの中を見ることしかできない。フェリックスの顔が笑いながら続けた。

「さすがに熱いなあ。まったく熱い。死ぬかと思ったよ」

調理台の下に組み込まれたオーブンの扉が内側から開いた。中から人の手そっくりの大きさと形をした蜘蛛が一匹這い出してきて、ジョエルの背中を上りはじめる。

「ジョエル、料理人とは因果な商売だな。ものの息の根を止め、飾りつけて、ふるまう」

蜘蛛の手がジョエルの後頭部をつかむ。ジョエルは後ろから強い力でぐっと押されるのを感じた。フライパンが眼前に近づく。

「今度はおまえの番だよ」

ジョエルの知性はもう正常に動作しない。しかし、身体感覚がぐるりと反転されねじられていくのをジョエルは感じた。

いま、フライパンの上にジョエルの顔が押しつけられ、無限に引き延ばされた時間の中、はじける香味油の上でじゅうじゅうと焼きつづけられる。信じがたいほどの苦痛が持続する。その顔をぎゅっと押しつけているのはジョエルの、つまり自分自身の腕だ。腕がついているのもかれ自身の身体。しかし首から上はこんがり焼きあがったフェリックスの顔が乗っていて、うまそうな湯気を立てている。ジョエルは、いつのまにか自分の顔と感覚がステーキ肉にマッピングされていることに気がついた。大きな肉片に閉じこめられているのだとわかった。

厨房に立ちこめるジョエルの香ばしい匂いにうっとりしながら、フェリックスはジョエルの途切れた鼻歌を引き継いだ。時間はいくらでもあるのだ。

「おかしいよ、これ」

ジュリーはきっぱりと言った。

「……すぐにどうにかしないと、とんでもないことになるよ」

三姉妹は悲しそうな顔でジュリーの顔をうかがった。ジュリーは、イヴを真っ直ぐに見すえている。睨みつけているといったほうが正しい。イヴはうつむいているが、目を合わせないようにしているのかもしれない。

女たちは〈シャンデリア〉の中からいったん浮かび上がって、カジノの大テーブルに復帰していた。

「悲しい顔して、うつむいてる場合なの？」

三姉妹は唇を嚙んだ。なぜ気がつかなかったのだろう。ネットがこれほどまでにぼろぼろの虫食いにされる前に。これまで三姉妹は〈シャンデリア〉からあまり出ず、ネットの下支えをやっていた。官能炉への流入量や排出量をコントロールしたり、ネット全体を安定させたり、断線や視体の欠けが起きていないかをチェックしていた。

イヴとジュリーが、個々のポイントに感覚をフォーカスさせてより繊細なサポートをしていたのに対して、三姉妹はもっと身体全体の感覚を薄くネット全体に広げて、罠のネットの「平熱」ともいうべき領域を管理していた。また三人が完全に同じ感覚をもっていることから、相互監視も行っていた。虫食いにはもっとも早く気がつくべき立場だった。

「ジュールに言わなくちゃ」

ジュリーが言った。

イヴは顔を上げた。

最初に気がついたのはルナだった。小さく「あっ」と声をあげ手で口を覆った。

「どうしたの」ドナはルナの視線を追い、イヴの目を見てやはり「あっ」と声をあげた。

イヴの右目、甘栗色の美しい瞳の真ん中に、ちいさな瞳孔が生まれていた。

玄関の男たちは正面の森の中で分散して蜘蛛たちの生き残りを追いかけていた。

老いた母を殺された男――パスカルは〈白銀の猫〉の短剣を両手にぶら下げて歩いていた。腰のベルトにも何本も挟み込んでいる。パスカルはもう四体もの蜘蛛をしとめていた。一匹残らず蜘蛛を殺さなければ気がおさまらない。母親の仇をとった気になれないのだ。

「わかるよ、その気持ち」

突然、自分が仕立屋のフェリックスと並んで歩いていることにパスカルは気がついた。さっきまでだれもいなかったし、こいつが近づいてきた気配もなく、ほんとうにいつのまにか並んで歩いていたのだ。しかしパスカルはあまり気にしなかった。気持ちが蜘蛛のほうに向いていたこともあるし、フェリックスの声がすうっと抵抗なく胸に入り込んできたこともある。パスカルは本来はフェリックスの自分勝手なことばかり言う甲高い声が大嫌いだったのだが。フェリックスは前掛けのポケットに手を入れて一丁の鋏を取り出した。よく研がれた長い刃が美しく伸びている。それをためつすがめつしながら甲高い声が続ける。

「パスカルよ。あんたがおっ母さんのことをどれだけ大切にしていたか、だれでも知ってるもんなあ」

そうなのだ、とパスカルは思う。しかし俺と母さんのことをほんとうに理解できる者はだれもいない。パスカルは痛切にそう思った。ふとそれをフェリックスに話してみてもいいかな、という気がした。この胸の中に苦しいほど溜まっているものがある。

それにしても森の薫りが強い。薫りに色があるかのようにまわりには深い闇が立ちこめている。闇の薫りをパスカルは深々と嗅いだ。精神がだんだん自分の内部へ落ち込んでいくような気がする。なぜだろう。さっきまで蜘蛛への憎しみにたぎっていたのに、その流れが変わっている。

パスカルはふと足を止める。もちろんあたりにはだれもいない。森へ踏み込んでからずうっと単独行動をしているからだ。

パスカルは自分の手を見る。そこには長く美しい刃をもつ一丁の鋏が握られている。

パスカルは首をかしげて鋏を見る。なぜ鋏がそこにあるのか。刃には自分の顔が映っている。

「そうか」

パスカルはぽつりと呟いた。なぜ鋏がそこにあるか。自明ではないか。そしてその鋏で自分の胸をじょきじょきと切り開きはじめた。

ホテルの前庭では三十人ほどの男たちが熱いコーヒーを味わっていた。バスタン、そしてドニもそこにいた。

月に雲がかかり、すうっと暗くなる。

バスタンは、とりあえずは今夜を、そして明日をどのように生き抜くかを考えている。今夜、鉱泉ホテルがなんとか持てば、ここはわれわれの根城になる。明日は別の手を模索することになるだろう。夏の区界に残ったありとあらゆる材料を駆使してのゲリラ戦に入っていくことになるだろう。長い消耗的な戦いになる。今夜は取りあえず生き残るための夜なのだ。だのに森へ踏み込みすぎた者たちがいる。一時的な勝利に興奮して戻ってこない。深入りしてはいけないとあれだけ言っていたのに。ピエール、パスカル……ざっと十人はいるだろう。深入りすれば単独行動に誘い込まれ、ひとりひとり蜘蛛に殺されるだけで、これでは立場が逆だ。こちらがゲリラでなければならない。こちらの領域に蜘蛛を引き寄せなければならない。いまは人数と体力と気力を温存する時だとわきまえているバスタンは、もどかしい思いで、腕組みしたまま、森の入り口をにらみつけている。

ふと、バスタンはジュリーの泣き顔を思い出した。べそをかきながら〈コットン・テイル〉を差し出してくれた少女。いまはもういない妻も、孫のアニエスも、そして自分も、この一千年間どれだけ彼女に助けられてきただろうか。あの子があありてカジノにいて頑張っているのだ。なんとかこの夜を持ちこたえさせなくてはならない。

バスタンの背後で玄関の扉が開き、メイドのステラが新しいコーヒーポットとカップをワゴンに乗せてあらわれた。

「助役さん。熱いのが入ったわよ。もうみんな飲んでるし、助役さんも飲んで頂戴」

「まだ帰ってこない奴らがいるからね。あと少し待つよ」

「すぐに帰ってくると思うわ」

「そうだね……」

雲が去り、前庭が明るくなった。

「あ」ステラが声をあげた。

森の暗がりの中から明るい前庭に、何人もの男たちが連れだってぞろぞろとあらわれた。

パスカルの顔も見える。

「やれやれ、無事だったか」

バスタンの顔が思わずほころんだ。

「よかったですね」ステラがにっこりと笑った。「もうすぐステーキにありつけますよ」


「天使……とは、何だ？」

ジョゼの質問に、ランゴーニは肩をすくめるだけだった。

「何なんでしょうね。こっちが教えてほしいくらいですよ」

はぐらかしとは思えない。ランゴーニの答え方はだんだん投げやりになっている。別のことに気が向いているのだ。

「天使とは……」少年は続けた。「まあ、一種の災害ですね」

「災害……。あの冷たそうな人形が、災害なのか」

「それと、あなたが視た、鯨の鉱山もね。さっき視てもらったあの区界は、数値海岸の中でも規模の大きいほうだし、飛行機械を見てもわかるように技術的にも凝ったものをもってる設定です。夏の区界が素朴で不便な町で過ごす夏の休暇、というテーマをもっているように、あの区界は『もうひとつの技術が発達したデコラティヴな町で体験する一夜の冒険』というのがテーマなんです。ほんとうは地上の町も視てほしかったな。人形仕掛けの時計みたいな、カラフルでユーモラスなデザインが建物から自動車からありとあらゆるところに浸透していてね、素晴らしいんです。カフェの胡椒入れなんか持って帰りたくなるほどですよ。もの凄いセンスが投入されている。飛行機械のデザインなんかに、そういうおっとりした良さが感じられたでしょう？

でもあの区界は、もう、すっかり別のものになっていますけど」

ジョゼは正直圧倒されていた。この少年はいくつもの区界を旅している。区界を比較し評することができるほどの体験を積んでいる。数値海岸の本質について多くのことを知っていて、何か重要なことのために活動している。そして強大な力を持っている。

ジョゼは強い感情を抱いた。自分でもおどろいたことに――それは羨望だった。

「あの都市がどうなったか、それは説明不可能です。ある意味では区界そのものが『天使』になったのですが、たぶんあなたにだって理解できないでしょう」

「おまえたちの言う『災害』とはどんな意味なんだ？」

「われわれＡＩや区界にとって脅威となる大きな変化、そしてその本質的な部分はけっしてぼくたちにはコントロールすることができないし、『災害』自身もみずからを<ruby>仕掛<rt>しけ</rt></ruby>コントロールできない。そんな意味で使っています。あなたたちが気にする大雨とか時化と同じですね。

ちがうのは、この災害は数値海岸が本来予定していないものだということです」

　ジョゼは黙った。いま、こいつが言ったのは「ぼくたちはあの『天使』に手も足も出ない」ということだ。確かにこの少年は無造作な、かけひきのない話し方になってきた。こいつと「天使」とはどんな関係にあるんだろう。

「天使は、きみらと対立している？」

「……かも」

「きみらは天使への対抗力として、罠のネットを使おうとしている？」

「そう……もちろん」

　ジョゼはちょっとためらってから、率直に訊いた。

「罠のネットの、何が天使への対抗力となるのかな」

「もうわかっているのではないですか？」

　ランゴーニは寂しそうに笑った。

「視体か？」

「……それも、あります」

「でも、本質ではない？」

「……ええ。本質ではありませんね」

　ふうっと、ジョゼはため息をついた。

「それは、だめだ」

デッキチェアに埋もれたまま力なく首を振った。

「やめてくれ」

少年は首をかしげてほほえんだ。

「……たのむ。それだけはやめてくれ」

海から風が吹いてきてランゴーニの綺麗に剪りそろえた前髪を揺らした。切れ長の目がジョゼを見つめている。

「お願いだ」

「――いいえ」

ジョゼは、ランゴーニの目を必死で読もうとした。この少年がもっている感情、記憶、そのどこかを突いて、揺さぶることはできないかと思った。なんとしてもそれだけは、させてはならない。

「ランゴーニ」ジョゼは、初めて少年を名前で呼んだ。ランゴーニの眉がかすかに動いた。

「俺と……おまえは……まえにも遭ったことがあるのか？」

はったりだったが、少年の目が一瞬、見開かれた。

「……そろそろ始めましょう」

効かなかったか？　ジョゼがさらになにか続けようとしたとき、ランゴーニが動いてジョゼの上におおいかぶさった。デッキチェアの肘かけに両手を置いて、ねそべるジョゼを見おろす。夜空を背景に少年の姿は切り絵のような影だ。目だけがうっすらと明るい。その目がジョゼの耳元で何かをみつけた。

「ああ、くじらの耳飾りだ」

「?」ジョゼは訝しんだ。

これはたしかに、さかなではなく、くじらなのだ。ジュリーが作った一組のイアリングで、それをふたりは片方ずつつけている。手にとって眺めてもとてもくじらには見えない。不格好な細工だ。そこがジョゼは好きだった。ただ、これがくじらであることはだれも知らない。

「ねえ、ジョゼ」少年は飾りのついた耳元でささやいた。「ジョゼ・ヴァン・ドルマル」

デッキチェアは、大きくリクライニングされていて、寝椅子の形。ふたりの体重がかかってカンヴァスの生地が大きく撓んでいる。少年がジョゼの胸に触れるとシャツは枯れ葉のように脆くくずれた。そのまま指先を肋骨のあわせめにあてる。

「青い翅の蝶……」少年は口を耳から離さない。「切手には汽船の絵……、ガラス瓶の銀の蓋……、ハンカチの刺繡——スイスの民芸調だったね」

指先はなめらかにジョゼのはだかの胸に埋もれた。そのまま、やわらかい泥をかきまわすようにランゴーニは指を動かした。

「すごいや——ジョゼ、あなたはほんとうに奇妙な、いびつなAIだね。こんなに無理をしてる」

「……!」

口を開けない。全身が硬直している。

自分でも触れることができなかった領域に、少年が腕を深く、さしいれた。

そしてもう片方の腕も。

そのまま前にのめるように少年はジョゼにかさなり、何の苦痛もなくふたりの胸は癒合してひとつになった。快感も、苦痛もない。昂揚も、抑鬱もない。坦々と変化が進み、さいごに少年の姿が消えた。デッキチェアの上で動けず、ただ月に照らされるジョゼがひとり残った。やがてジョゼの目にはその月も見えなくなった。

やがて別なものが見えはじめた。

〈ジョゼ〉

声ではない呼びかけ。

〈なんだ？〉

〈見えますか〉

〈……うん？〉

〈もうすぐ見えてきますよ。どうですか？〉

〈ああ〉

ホテルの中のさまざまな実像と官能像とが見えてきた。

ジュリーの影を遠くに感じた。声をかけようとしたが、不意にいなくなった。ネットから浮上したのだろうか。

〈どこにいるのかわかりますか〉

〈ああ〉

ジョゼはこたえた。

〈ここは……、罠のネットの中だ〉

第七章　手の甲、三面鏡、髪のオブジェクト

「わかりきってるじゃない」ジュリーは言った。「すぐに停めよう」

「……」

大テーブルの前で、ジュールは答えに窮した。

「いったい、どうやったんだろう」

そんな愚鈍なつぶやきが自分のものだと気づいて、ジュールは暗然とした。見えない領域がネットを食い荒らしている。

「ドナたちにもわからなかったんだね？」

さっきもそう訊いたはずなのに、同じことをジュールは訊ねた。頭がまったく回っていない。

「全然わからなかったわ。いまでも、虫食い穴があることすら、はっきりとはわからないの」

そうなのだった。虫食いを直接観察することさえ、まだできていない。まわりの条件からそう考えるしかないという程度なのだ。まして、その中がどのようになっているか、ネットにどのような影響を与えているかは、見当もつかない。だからジュリーの主張には一理ある。ネットを動かしつづけることによって、破れ目が拡がることは十分考えられる。しかし……

「停めるっていうけれど、ジュリー、それはかえって虫食いの思う壺なのではないの？」

イヴがジュリーにまっすぐ顔を向けて言った。

ジュールはそのとおりだ、と思った。抵抗を放棄することに等しい。罠のネットがなければ、虫食いの中にいる者が、一気にこちらがわに飛び出してくることにならないか。

イヴは顔をゆがめた。顔色が非常に悪かった。

「具合が悪いの？」アナが訊いた。

「ええ、頭と、目が痛いの。こんなのはじめて。でも、関係ないわね。いまはそんなことを話しているときではないでしょう」

イヴの答え方に、みんな少し驚いた。いつもいつも控えめで、自分の主張はほんの少し匂わせるようにしか話さない、そんなふうに思われていたのに、自分の苦痛を抑えるかわりに同様な我慢をほかの者に強いる調子があった。

ジュリーだけは涼しい顔をしている。

「そんなこと言ってるあいだに、みんな消えていってしまうよ。少しずつ、少しずつ、削り取られるように見えなくされてくんだよ」

「ジョゼみたいに?」

「そうだよ」

「そうね、そう……あなたはジョゼのことが心配ね。とても心配なのね。だからすぐにネットを停めて、探しに行きたい。よくわかるわ」

イヴも落ち着き払っていた。

「ジュリー、あなたの言うこと、とてもよくわかるわ。だって、わたしも心配……夫が……フェリックスが見えなくなっているから」

全員、虚を突かれて黙った。

だれも気づいていなかった。

「わたしはもうずっと心配でたまらなかった。あなた方はそこまで気が回らないのかもしれないけれど」

気まずさがテーブルを支配した。その支配者はイヴであるようにジュールには思えた。

イヴは、何かが稜線を越えた、と感じた。

尾根を上がりきれば、あとは斜面が下っていき、息が楽になる。そんな気分だった。

頭と目はまだ痛い。特に右目は、もう、錐(きり)を突き刺されているのではないかというほど、鋭く強い痛みだった。しかし、気分は良くなってきた。わたしにはまだネットが必要だし、ぜったいに停めさせるわけにはいかないのだ。夫を見失ってもネットを守りつづける……それを見えすいたポーズだっていくらでもとる。それをポーズと自覚しながら使いこなしている自分を褒めたかった。

「フェリックスはみなさんたちに、そうね、好かれていないのでしょう。でもわたしね、ずっと、罠のネットを動かす合間にフェリックスを探していたの」

嘘とはこんなふうにすらすらと出てくるものなのだろうかとイヴは内心驚きながら、自分の弁舌をおもしろがっていた。もちろんフェリックスを探してなんかいなかった。それどころか目を逸らしていた。轢き逃げ犯みたいに、はらはらしながら、知らんふりを続けていた。

「夫やジョゼは、罠のネットがあるからいなくなったの？　ちがうでしょう。蜘蛛がこのホテルに入ってきて何かをしているだけよ。それをネットが感知できないだけよ。わたしたちからネットや視体をとったとして、それであの人たちが探し出せるの？　できないわ。ネットはもろくなっているかもしれないけれど、ではそれを停めてわたしたちは生きていけるの？」

イヴの頭と目の痛みはもう、激痛の域に達していた。一定のリズムを持つテスト信号のようにイヴに居座っていた。

「ああ、話をしてたって始まらないや」

ジュリーがすっと立った。

「持ち場を捨てるのかね、お嬢さん」

はじめて老ジュールが口を開いた。

「そうよ」

「きみがいないとネットは動かないんじゃないかな」

「知らないわ」

ふてくされているのでもなく、拗ねているのでもない。肩に掛けていたショールをすとんと落とすように、ジュリーは自然にさっきまでの立場を脱いでいた。

「いやあ……けっこう」老ジュールは目を細めた。

「無責任なのね」イヴが非難した。

「イヴ」ジュリーは肩をすくめた。「あんたの気持ちもわかるよ。あなたにはこの場所しかないもの。でも、なら、そう言いなよ。フェリックスは関係ない。火が回りかけてるあばら屋でいつまでも編み物してればいいね」

イヴはそう言われてももう何とも思わなかった。頭と目が痛かったし、早く視体の中に戻りたかった。そう、あそここそがわたしのいるべき場所なのだ。ほんとうのところもう、ジュリーがいなくても何とかなるだろう。そこでこう応えた。

「あなたこそ、お尻の落ち着かない猫みたい」

「ここに坐っていても見つからないもの」

「さて、お嬢さんがたはいかがなさいますかな？」老ジュールがにこやかに訊いた。

「さあ、どうしましょうねえ」おっとりした調子でルナが答えた。

まさにそのときだ、正面玄関から大きな音がつたわってきた。爆発音ではなかった。バスタンたちのチームにふたたび何かが起きているらしい。

「まだまだネットがお役ごめんとは思えませんわね」ドナが同意する。「ここから離れないほうがいいみたい」

「ごめんね、おばちゃんたち」

「かわりにわたしがここにいてもよろしいでしょうか?」老ジュールが礼儀正しく訊ねた。

「歓迎ですわよ」アナが嬉しそうに言った。

「多少は視体の扱いにも心得がありましてな」

「あらそうですの」

「はい、みなさんが立派に奮闘しておられるので控えておりましたが。手が足りないようであればお手伝いいたしましょう。かまわんかね?」老ジュールはジュリーにウィンクした。

「ぜんぜん」

「じゃあ、行きたまえ」

「ありがとう。恩に着るから」

「嬉しいね。ぜひ」老ジュールはにっこり笑った。

「忘れないわ。忘れても思い出すわ」ジュリーもにっこり笑い返し、それだけ言って、身体をくるりとひるがえした。ワンピースの裾が洗濯物のように踊った。「ジュール、ついてきて!」

「え……」

「え、じゃないでしょう。きみがいなきゃはじまらないのよ」

「え、それは、どうして……」

「いいから」とジュールの腕をつかむ。「預けてるでしょう。〈テイル〉を」

「あ。うん」

「行くわよ！」ジュリーは、ジュールの手をとって駆け出した。ジュールは半ば引きずられる格好で、あたふたと後を追う。

「うまくやれよ、ジュール！」老ジュールはカジノのドアを出ていくふたりに手を振った。

「あの、ねえ？」アナが訊いた。「あなた、ほんとうにジュールというお名前ですの？」

「どう思われますかな」

「さあ、どうでしょう」くすりと笑って「おかしな方」

老ジュールはイヴに向きなおった。

「さあ、ジュリーはいなくなりましたよ。頭が痛いですかな？」

「ええ」イヴは答えるのも大儀そうだった。

「もう少しです。頑張りましょう」

老ジュールはイヴの目を正面から見つめて、それを確認した。

イヴのマロン色の美しい瞳に、小さく針で突いた点のような、涅い瞳孔が生まれていることを。

ジュリーがジュールと手をつないでカジノを出ていくところを、ジョゼは見送った。

ジュリーに何もかも台無しにされ、馬鹿にされたような屈辱感があったが、しかしもう無駄口を叩かなくてもよくなって、イヴの気分は必ずしも悪くなかった。それもこれもささいなことだ。

少しのあいだ放心したように椅子に腰を下ろし、イヴは〈シャンデリア〉を眺めた。無傷の、玲瓏（れいろう）な光はなにも変わっていない。内部にはびこる腐蝕は、まったくうかがえない。わたしが戻ろうとするところは、火の回りかけたあばら屋なのだろうか。

もう、いいわ。

激痛に耐えながらイヴは思った。

なにもかもをしょい込む義理はない。罠のネットが綻（ほころ）びきってぼろぼろになるまで、いままでと同じように、できることをしよう。何も起こらなかったように、さっきまでと同じように、素知らぬ顔で最善を尽くそう。

イヴはネットにダイブした。もう、三姉妹や老人の顔色をうかがうのはよそう、と思った。わたしも、視体みたいに、無傷を装っていればいいのだ。軽蔑からは自由になろう。このみっともなく太った身体からも、いまはもういない夫のフェリックスからも。

イヴはネットのいつもの場所に着地すると、深呼吸した。ここではわたしは目が見える。そのことが単純に嬉しかった。全能感があった。ここでなら、なんだって、できる。わたしが、ここの、王なのだ。

イヴは瞼を開いた。

気配を感じた。

だれかが視ている。

イヴは頭上を見た。

イヴを遥かな高みから見おろす、途方もなく大きな顔が浮かんでいた。

黄ばんだ歯で笑っていた。

「フェリックス……」

巨大な夫の顔を見て、今度こそイヴは気がついた。こここそが彼女の束縛の中心、呪縛の漏斗（じょうご）の底であった。あの顔こそが王であり、自分は道化にすぎない。

甘栗色の虹彩に生まれた小さな瞳孔が、時計の中のクォーツのように、涅色（くり）の激痛を発振しはじめた。

その少し前。

前庭の森から、十人ばかりの男たちがようやく姿をあらわし、正面玄関の明かりが届く範囲に戻ってきた。

「やれやれ、無事だったか」

バスタンの顔が思わずほころんだ。

「よかったですね」ステラがにっこりと笑った。「もうすぐステーキにありつけますよ」

「ステーキ？」

「そう、ジョエルが作ってくれていますから」

「そうか、そりゃ楽しみだな」

振り返りざま、バスタンは〈白銀の猫〉の切っ先をステラの鼻先に突きつけた。可愛らしい団子鼻とぽってりした丸いくちびるは平然としていた。

「なぜ？」

「ここは玄関の庇の外だよ。身体の外まで出張ってくる白血球なんか、いない。ジュールのシナリオではそうなってる。ステーキはおいしそうだが、きみから受け取るわけにはいかないな」

バスタンは切っ先をそのままステラの顔に埋めた。鋭い刃は難なく貫通した。その場所から〈糊〉に由来するねっとりした内容物があふれ、ステラの白い首、盛り上がった胸、なめらかな腹を流れてぼたぼたと芝生にこぼれ落ちた。夏草を踏みしだいたような青臭い〈糊〉の匂いがした。

玄関に集まっていた男たちが立ち上がった。

「いいかみんな」バスタンが言った。「ステラの機能は乗っ取られた。罠のネットに侵入者がいる。気をつけろ」

ステラの内容物が刃を伝ってバスタンの手元に近寄ってきた。バスタンは手を離した。〈猫〉の短剣はステラの中に呑み込まれた。しかし、すぐに剣にロードされた〈スノースケープ〉が発動し冷気がステラの全身を凍結した。〈火の親方〉の熱が爆発的にあふれ、ステラは消滅した。地面に短剣が転がったが、バスタンはもうそれを拾おうとはしなかった。

「ネットはどうにか機能してるみたいだな。しかしもうあてにはできん」

バスタンは指示を出した。罠のネットがクラックされることは、可能性としては低かったが、ありえないことではなかったし、心の準備もできている。全員が、首に掛けたお守り状の視体を持っていた。これは罠のネットと接触を断ってある。汚染を防止するためだ。スタンドアロンの視体。これがかれらの最後の武器だった。

「ステーキには、もうありつけないかもしれないな」

バスタンは振り返った。

男たちが戻ってくる。

妙に身体をくっつけあい、ひと固まりとなっているが、それを別にすれば何の変哲もない光景だ。特におかしいところはない。

パスカルがにっこり笑って手を挙げた。

その手が鋏になっていた。

バスタンには見覚えがあった。フェリックスの鋏に間違いなかった。

いったい何が起こっているのか正確にはわからなくても、とてつもなく危険な事態だとバスタンは悟った。ドニがそれより一瞬早く叫んだ。

「散って！」

森から出てきた男たちが、ごろりと転がった。

ひとりひとりがでなく、十人がひと固まりとなって転がり、一回転しおえたときには見事に大きな球体となっていた。

ドニは目を疑った。頭を撫でることも忘れた。

枯れ草玉のように、男たちは五体を複雑に絡ませあった状態で球体となって、前庭で憩んでいた男たちの中に突っ込んでくる。

叫び声があがった。さっきまでドニと談笑していた写真館の主人アンリが人体球に巻き込まれて消えた。絡まりあった手脚の奥へ呑み込まれていき、バラバラにされたようだった。球体の内側で何本もの手が、手に手に鋏や針を持ってアンリの処理にかかるのが見えた。そのようにして、近くにいた数人がたちまち吸い込まれるように人体球の一部となった。

目の前をごろごろと通過する人体球を躱したとき、バスタンは球体を間近に見た。

男たちは一体につながれていた。四肢が切り離され胴が切り開かれ、完全にシャッフルされて別の人間の適当な部分につなぎ合わされていた。フェリックスの鋏と針、蜘蛛の糸が使われたのだろう。太い糸で縫い合わされ、ものが喋れないようにされていた。瞼も綴じられていた。口を大きく開けさせられ引き出された舌を下顎に縫いつけられている者もいた。男たちはみな生きていた。生きてはいたが、死よりもむごい苦痛を感じているようだった。声をあげることも、目で訴えることもできず、引きずられるまま一団に絡まりあっていた。自らの身体の上に磔にされているのだ。

バスタンは、同時に異様な音を聞いた。何十本もの骨が折れる音と、くぐもった苦痛の声だった。生身の身体がこの球体の重さに耐えられるわけはない。球体が回転するたびにＡＩの身体は劇(はげ)しい苦痛に苛(さいな)まれることになる。異様に鮮明な、高品質になった苦痛に……。

そのときバスタンの頭の中で何かが形をとりかけた。

この眩暈(めまい)のするような人体の渦が、頭の中で何か別のものと重なった。よく似た別のものに……。

だれかの手が後ろからバスタンの襟を摑んだ。

そのまま宙に持ち上げられた。人体球に捕まったらしかった。仰向けになって空が目にはいる。身体の下でみんなの裸体が退いて開口部を作り、その中に吸い込まれていく。周りから手が伸びてくる。男たちの手がバスタンのアイデンティティ境界を引き裂き、蜘蛛の糸がネットワークケーブルのように強引に挿し込まれる。

激痛が花火のように炸裂し、バスタンの思考を粉砕した。

この球体に取り込まれた、すべての男たちの苦痛は縫合と糸を通して完全に共有されていた。バスタンはその苦痛の振動の中に呑み込まれ一体となった。人体の球は完璧な苦痛の渦だった。この苦痛はあまりにも強いので、自由な思考をまったく許さない。男たちは底なしの苦痛という単一の思考をともに思考するしかない。その中では、身体がどのように切り離されていようと問題ではない。どこにあっても同じだ。

そうして苦痛の底に、ひとつの衝動が脈打っている。

この苦痛をまだ共有しない者を取り込み、そうして全体の苦痛を薄めようとする衝動。渇きに似た衝動。

しかし、取り込むことは結局、苦痛を増やすことにほかならない。漂流者が喉の渇きに耐えかねて海水を飲むように。

バスタンの手足も残りの男たちを捕まえるために、球体の離れた場所で別々に動いた。ドニの肩をつかまえ、引きずりこむ。

いまだかつてどこにも存在しえなかった、すなわち世界でもっとも純度の高い苦痛の集積体は、ころがる雪玉のようにすべての男たちを拾い上げ内部におさめたあと、ホテルの玄関に激突した。

衝撃がホテルを揺るがし、何千本もの骨が砕け、男たちは声なき絶叫をあげた。

何というむごさだ……。ジョゼはそこに手を貸すことのできない悔しさに塗れた。見ること、感じることしかできないのか……。

三姉妹は思わず目を瞑らずにはいられなかった。

何というむごさ。

この球体に感覚をフォーカスさせることはとてもできなかった。そうすれば罠のネットはすべてこの苦痛に汚染されるだろう。しかし、それ以前に恐怖と嫌悪で手が出なかった。

もう、自分たちにできることはない。

敗北。

かたわらに老ジュールがいて、気配がやさしく語りかけてきた。肩を抱かれるようなあたたかくやさしい感じがあった。その「感じ」は三姉妹に馴染みのものがあった。

最初にアナが気づいた。びっくりして、恐怖することも忘れてジュールと名乗っているその男を見た。

「ジュール……さん？　あなたは、もしかして……」

その言葉が伝染したようにドナやルナも目をぱちくりさせた。

老ジュールは片目を失った顔で上手にウィンクしてみせた。

「みなさん、ようやくお気づきかな」

「でも、どうして」

「まあ、とても理解はできないだろうね。だが、もう、恐れることはないよ。そろそろ終着点だ」

三姉妹はホテルの正面玄関の光景を見た。

ファサードに激突した人体球は、何千片という骨の砕ける音をたてて、びっくりするほど扁平にひしゃげた。平たくなった。

「あの球体はネットに視えないように作られた、閉じられた区域からこちらに出てきたものだ。あの球体だけじゃない。同じように、視えない閉局面がネットの上にたくさん作られていた。それがあなたたちの言っていた『虫食い』だ。それがいま、あちこちで裂けはじめる。巣くっていた病巣を内側からこじ開けて、蜘蛛よりもたちの悪いものが出てくるんだ」

人体球は、その形をさらに変えながらホテルの壁を這い上ろうとしていた。葉脈状の手といえばよいだろうか。何百もの指に枝分かれした一枚の手となって、ホテルの外壁にとりついている。爪を剝がし、皮をむきながら、肌色の（いろいろな肌色のパッチワークだ……）蔦になってホテルを覆おうとしている。手の甲には目と口を綴じられた男たちの顔が嵌めこまれている。

「あんたたち、糸の試験器になったことを、もしかしたら気にしてるんじゃないかね？」

「それはないけれど」

三人のだれかが言った。だれが言ったか、それはたいした問題ではない。本質的には、三人は等質の魂――アイデンティティ核を持っている。

三姉妹の一家が区界で担っていた役割とは、ＡＩのアイデンティティ核のエラー修復だった。アロマ療法をやっている一家そのものにその機能が与えられていた。

その機能の欠かせない一部だった母と弟はいまは失われたから、本来の機能は発揮できないが、その中心部分は三姉妹の中にそのまま残っている。これを使って糸の安全性を試験するというのがジュールの卓抜なアイディアだった。三人はＡＩの魂を治癒するときのように、手をつないで、試料としておかれた糸を探査して、罠のネットに有害な要素が含まれていないかをチェックしたのだ。等質の姉妹が三方向から検査し、最後にその結果を参照しあう。

「ちゃんと言っておくがね、試験にミスはなかったよ。ジュール少年のシステムが毀れたのは糸のせいじゃない。ジュールは蜘蛛たちの背後にいる者の力を測り間違えたのさ。区界のオーサリングやリアルタイムな生成に直接関与できるということが念頭になかった。まあ、そうと知ってたら、だれも罠のネットなんか作らんかったろうね。どう考えても太刀打ちはできないんだから。

　それより、そろそろ玄関のあたりはネットから切り落としたほうがいいだろうな」

　老ジュールはそう指摘した。ホテルの壁面をおおう葉脈の手は、枝分かれを繰り返し、細く伸び、拡がっていた。指の枝のあちこちに男たちの眼球がきらきらする木の実のように生っていた。

「何かに似ていると思わんかね」老ジュールが苦々しげに言った。「あれはな、罠のネットのパロディさ。さあさ、ネット末梢を切り離すんだ。奴らに末梢を占拠されたら、ものすごい苦痛が逆流してくる。そうしたらもうおしまいだ。まだもう少し時間稼ぎしないとな」

「何のため？」

「三つあげとこうか。まずはイヴだ。救ってやろう。あのままにはしておけない」

「そういうことなら」

　だれかがこたえ、罠のネットからホテル外壁の蔦が切り落とされた。たったいままで官能炉の中で見えていたものがすっと消える。いちばん監視したいところが、もう見えなくなった。

「ああ……」ドナがため息をついた。「〈流れ硝視（ドリフト・グラス）〉があったら、どうにかなるかもしれないのに」

「いま、ここでそれを言ってもどうしようもないですなあ」

「それで、ジュール、さん？」アナがその名前を皮肉っぽく強調しながら訊いた。「残りの理由は」

「こちらがもっと大事なんだ」老ジュールは親指で上階を示した。

「ジュールとジュリーのために、もう少しだけこのホテルを保たせにゃならん」

「ええ、そして……あとひとつは？」

「うん」そうして老ジュールは官能炉の中を見回した。「あいつらの、鼻を明かしてやるための、悪戯（いたずら）だ」

ジュールは前を走るジュリーの髪につい見とれて、つまずいた。客室階の廊下は、絨毯が波のように乱れていて、それに足を取られた。ジュールの手から〈テイル〉が落ち、傾いた廊下を後方にころがっていきかける。

「うわっ」

「なにぼやぼやしてるの」

〈テイル〉を拾うと、ジュリーはきつい声で言った。後方から、漆喰が割れる音、ドアの木枠が裂ける音がだんだん近づいてくる。

ジュールは立ち上がって見透かした。両側に客室のドアが並んでいる。音のあたりは灯りが消えていて見ることはできない。廊下も壁も天井もひどく歪んでいた。ホテルの破壊が進行しつつある。

大きな揺れがきた。廊下がまたぐらぐらとうねった。その奥から音が近づいてくる。天井の明かりが音と同じ歩調でひとつひとつ消えてくる。廊下を壊しながら、あいつが近づいてくるのだ。廊下の傾斜がきつくなる。

「行くわよ」

ジュリーは〈テイル〉をジュールに渡した。

「ねえ、どうしてぼくに〈テイル〉を持たすのさ」

「考えなさいよ。天才なんでしょう？」ジュリーは走り出した。

「ぼくが持ってたって宝の持ち腐れだろう」

「考えなさいって言わなかった？」

ジュールは口惜しそうに頬を赤くした。

「てことはジュリーが持ってるほうがデメリットが大きいってことか」ジュールは坂を駆け上がるようにしてジュリーの後を追う。息が切れそうだ。

「続けて」

「ああ、わかった。ジュリーは罠のネットに染まりすぎたんだ」

「そう」

「ジュリーだと、〈テイル〉が汚染される」

「そう。だからずっと預けてたの。急いで、追いつかれるわよ」

「ジュリーがこんなとこまで来るから、見つかったんだろう」

だしぬけに、ふたつ前方の客室ドアが廊下側に吹き飛んだ。

木片がジュリーに突き刺さる。

いや、無事だった。木片は勢いを失って廊下に落ちた。〈テイル〉がまた、なにかの場をそこに展張したのだ。

いつのまに前に回られていたのか。

客室のドアのあったところに大穴が開いている。窮屈そうに身体を捩じりながら、そこから出てきたのは、蜘蛛とAIの混合体だった。黄色と黒の縞の脚が、目の前の廊下に何本も打ち込まれ、檻の鉄棒のようにふたりを阻んだ。

融合体は全身が漆喰の粉にまみれていた。廊下を通らず、客室の壁をぶち抜きながら前に回ったのだ。

後方からは融合体の下半身が追いついてきた。挟み撃ちだった。

「だから言っただろう。こんな上の階にジョゼはいないって」

何度目かわからない愚痴を、ジュールはもう一度呟いた。

「ねえ、見逃してくれない」

ジュールには取り合わず、ジュリーは融合体のてっぺんに乗っかった船大工のルネの顔に言った。ルネは蜘蛛の頭部にちりばめられた顔のひとつになっていた。本来なら蜘蛛の目が散らばっているあたりだ。ルネは答えなかった。意識もあるようには見えなかった。

「ああ、だめか」ジュリーは肩を落とした。「ルネじいちゃん、あたしのこと忘れたのかな」

ジュリーは泣いていた。

「くやしいなあ、畜生。ほんとうに思い出せないのかなあ。なんでかなあ」

いいいいいいい、そんなに共感しちゃいけないいい、とジュールは言いたかった。しかしそれが無理なのはよくわかっている。この、ときに全身全霊をなげうってしまうほどの共感が、ジュリーの夏の区界での存在理由なのだ。

ジュリーの耳に、さかなの形のイアリングが下がっている。ジュールは、それがジュリーとジョゼが片方ずつつけていることを知っている……。

ジュリーは拳骨で目をごしごしこすって、涙を跡形もなく消した。

「きっと仇は討つからね」

蜘蛛の頭部が戦車の砲塔のように回転した。キュキュッとレンズの焦点を合わせるみたいな音がした。攻撃がはじまる。

頭部に敷きつめられた短い剛毛が割れて、唇があらわれた。

つややかに紅い女の唇だった。その隙間から粒の揃った白い歯が覗いていた。魅力的な唇だったが、長さが二メートル近くあった。蜘蛛が取り込んだＡＩの部品だろうか……いや、違う。ジュールとジュリーはほぼ同時に気づいた。あれは〈ファムファタル〉の唇だ。

その唇がすぼまった。バースデイケーキの蠟燭を吹き消すかたちに。

とつぜん焔がふたりを包んだ。〈火の親方〉の爆炎だった。

すかさず〈テイル〉が無風の風を起こしていた。炎の息は曲げられジュールたちには触れることができなかった。しかし火が収まったとき、廊下はひどく焼損していた。

唇がにやりと笑った。歯の奥に淫奔(いんぽん)そうな舌が見えた。また、すぼまった。

今度は〈スノースケープ〉の烈風が吹いた。〈テイル〉の庇護があってさえ、睫毛がぱりぱりと音たてて凍りつきそうな冷気だった。

また唇が笑った。混合体はデモンストレーションしているのだ。罠のネットの機能、硝視体の機能はわれわれの手に落ちた、と。

「で、今度は何？　短剣(ダガー)でも吹き出すのかしら」

ジュリーが揶揄(からか)うように、蜘蛛に言った。

「おかげで助かったよ」ジュールも言った。手の中の〈テイル〉からビームがのびてふたりの周りの床に円を描いた。火と氷の息(ブレス)がくい止められたために、場の外縁では床がぼろぼろになっている。その境界にそって、さっき〈テイル〉が掠めておいた熱線をもう一度あてているのだ。

「じゃあ」

「また」

ふたりは前後を挟んだ蜘蛛にばいばいと手を振った。どこか間の抜けた笑い。その足許がまるくすっぽり抜けて、ジュールとジュリーは下階へ落ちていった。

……カジノから飛びだしていったふたり、手をつないで二階への大階段を上るふたり、混合体に追いかけられ泡を食って逃げ出すふたり……その一部始終を見、伴走する視点があった。ジョゼだ。

いま廊下を下に切り抜いて落ちるふたりは、どこを目指しているのか。たぶん俺だろう。しかしどこを行くにせよ、もうランゴーニの監視下にある。ジョゼは絶望がもたらす倦怠に捕らわれていた。もう、いいよと、ジュリーに語りかけたかった。もう探さなくていい。おまえたちはランゴーニに完璧に捕捉されている。泳がされている。あとはいいようになぶり殺しにされるだけだ。もうそんなものは見たくない。

ジョゼは自分にぴったり寄り添いながらまったく気配を感じさせない少年ランゴーニの存在を強烈に意識した。俺の思考も感情も、このガキに筒抜けなのだ。

どうしたらおまえを出し抜ける？　ジョゼは強く強く念じてランゴーニを困らせようとする。

かすかにほほえむ声が耳元で聞こえる。

だめですよ。そんなに「大きな声」を出してもぼくの耳が痛くなることはありませんからね。ええ、あのふたりはとても気になります。だいじょうぶ。あの子はきっと願いどおり、ジョゼ、あなたを見つけることができますよ。要所要所に案内看板をつけてやってもいいくらいです。

楽しそうに笑う声。

そのときだ。

ジョゼの視界から、ジュールとジュリーが忽然と消え失せた。

ジョゼは瞬間、自分の感情を完全に抑え、背後の少年の気配に聞き耳を立てた。ランゴーニもやはりジョゼの反応をうかがっていた。それでジョゼにはわかった。ランゴーニにも、あのふたりは見えなくなったのだ。

いったい何が起こったんだ？

ジョゼには悪戯っぽく笑うジュリーの顔がうかんだ。それ以外のことは何も考えまいとした。

激痛をかかえてイヴは罠のネットを彷徨（さまよ）っている。

いや。逃げ回っている。

もうどれだけジャンプを繰り返しただろう。

空から見下ろすフェリックスの顔から逃げようとして、無我夢中でネットの中を移動した。トレースされないようでたらめなジャンプを重ね、浮上し、沈潜し、ネットのあらゆる層を往還した。

しかし、どこにいてもフェリックスからは逃げられない。

小さな子どもとその母親を収容した部屋に逃げ込んだ。ひとりの母親とイヴの目があった。するとと母親の顔はみるみる変貌して、フェリックスの顔となった。顔は例の調子でにやにや笑っていた。胸に抱かれた赤ん坊は不思議そうな顔で母親の変貌を見上げている。すると母親が子どもの頭を齧りはじめた。イヴにはすぐわかった。それはまだ母親のままだと。その下に、母親のＡＩは保存されている。口を真っ赤にして、フェリックスの顔はにやにや笑いをやめない。しかしその目からは仮面を突き破った母親の涙があふれている。

イヴはその部屋をころがるように逃げ出した。

自分がどこにいるかわからない。いま、ネットの中にいるのか、外なのかも判然としない。

わたしは見殺しにした。

あの人を、フェリックスを見殺しにした。あの人が消えたとき、せいせいした気分と、これでネットに集中できるという喜びを感じた。

いま亡霊のように方々で顕れる夫の顔を、イヴは直視できない。一瞬、それが見えると目を逸らす。そこにまた見えるので、また逸らす。それをいつまでも続けていた。逃げつづけていた。いまや燃えるふたつの石炭のかけらのように熱い、苦痛のかたまりとなったふたつの眼球をいだいて。

……。

痛い。

この目を。

どうにかして。

だれかこの痛みをうすめて。

ジョゼは暗澹とした思いで、それを視ている。

あれだけ聡明だったイヴが、どうしてこのトリックに気がつかないのか。

フェリックスはイヴの目の中に巣くっている。イヴは自分の顔を見ることができない。だから瞳孔に偽装されたランゴーニの破壊装置が自分の目の中にあることに、永遠に気づかない。破壊装置の中にはフェリックスのイメージと融合されたランゴーニの子システムが格納され、イヴの眼差しをとおして、ネットの中にばらまかれる。

イヴが見る場所にフェリックスが顕れるのではない。イヴが見ることによって、そこにフェリックス＝ランゴーニが感染する。イヴが上手く逃げれば逃げるほど、気づかれにくい場所へジャンプするほど、ネットのすみずみにフェリックスを行き渡らせることになる。

微細に拡散する癌細胞のように、罠のネットのさまざまな部位で、フェリックスが、ランゴーニのエージェントが立ち上がり、「虫食い」を成長させ、やがてそれを突き破ってあらわれる。

もう、ずっと前から、種が播かれていた。それがくりかえされていた。

罠のネットは、そもそもはじめから、自殺のための装置であったに等しい。

三姉妹は、別行動を取っていた。連絡を取りながら、別々に罠のネットの中を探している。

イヴを見つけるために。

三姉妹は、みずからのアイデンティティ境界の閾値を危険なほど下げていた。普通のＡＩなら自己崩壊を起こしてもおかしくないほどに。それは罠のネットと自分との相互浸透を高めるためだ。身体感覚を罠のネットにくまなくひろげ、イヴの位置を特定する。そして身柄を確保するのだ。

いまやイヴはもっとも危険な存在だった。ただちに確保しなければならない。ジュールとジュリーの援護を後回しにしてでも、どうしても捕捉し、無効化しなければならない。

罠のネットは手のつけようがないほどの騒擾状態にあった。

〈ファムファタル〉とステラのイメージが敵に奪われ、これを偽装殻にした破壊者が蔓延していた。また勝手な分岐をつけられている箇所が海のテラスをはじめ、いくらもあった。いくつかの記録では少年と伊達男の姿が確認でき、いずれもランゴーニと名乗っている。おそらくは蜘蛛を統率しているのだろうが、記録で見るかぎり、システム管理者クラスの超絶的能力をもっていると思われた。

そしていま、イヴがフェリックスのイメージをまき散らして迷走している。その軌跡を三姉妹は追うが、でたらめなジャンプや潜伏がくりかえされており、トレースは難航した。パニックにとりつかれたとしか思えない動き。三姉妹はやむなく手分けするしかなかった。

末の妹のルナは、イヴの軌跡を追ってロビーに実体化した。感度をあげるため、アイデンティティ境界の閾値は下げたままだ。大きな鏡に映ったじぶんの曖昧な輪郭を見て、まるで幽霊みたい、とルナは思った。

大食堂に向かう廊下に沿って、写真の額が並んでいる。テニスラケットと白いスカート姿の自分の姿を見て、照れくさい。

足許に目を落とすと、絨毯の模様にフェリックスの顔がパターン化され、増殖しつつあるのがわかった。まだ初期段階だ。

ルナはうんざりしたため息をつき、ネットの力をコールして、パターンの修復を行った。履歴に保存されていた本来の図柄を上書きした。ここにイヴが来たのはそう前のことではないだろう。そろそろ追いついてきたのであればいいのだが。

クレマン家の写真の前に来ると、ルナは、おおかたのAIがそうであるように、厳粛な気持ちがした。

まるで自分の祖母の遺影を見るような気持ち。夏の区界の女たちの（そうして男たちも）心の底には、どこかいつも彼女たちの存在がある。つねに誇り高かったクレマンの女たちの聡明な眼差しは、自分の存在が意味があって、正当なものなのだ、と諭し励ましてくれるような気がする。

ふと、レジーヌ・クレマンの襟元のブローチに目が止まった。カメオの図柄が見慣れない。これはすり替えられている。

またフェリックスか？

いいや。ちがう。しかし男だ。……これはだれだろう。

中の姉のドナは、イヴの軌跡を追ってロビーに実体化した。大きな鏡に映ったじぶんの曖昧な輪郭を見て、まるで幽霊みたい、とドナは思った。

ロビーは閑散として静かだ。ほかにだれもいない。

大食堂に向かう廊下に沿って、写真の額が並んでいる。白いスカート姿はやっぱり短すぎたかもしれない。

クレマン家の写真の前に来ると、ドナは、おおかたのＡＩがそうであるように、厳粛な気持ちがした。

ふと、レジーヌ・クレマンの襟元のブローチに目が止まった。カメオの図柄がすり替えられている。

……これはだれだろう。

いちばん上のアナは、写真の額に顔を寄せ、眼鏡を押しあげてよくよく眺めた。いったい、このカメオの横顔はだれなのだろう？

　ジョゼは大声をあげて、警告したかった。分岐がつけられている。海のテラスと同じだ。ここには三つのロビーが用意されている。イヴの気配を囮に、三姉妹はひとりずつおびき出されている。俺のように、始末されて、罠のネットは完全にランゴーニの手に堕ちる。

　アナは口に出してつぶやいた。

「このカメオはいったい誰なのかしら？」

「おいらさ、お婆ちゃん」紙巻き煙草(シガレット)の香りがした。髭のそりあとも青い伊達男がにやにや笑って立っている。「どう、ほら。判る？」

　アナは男の——ランゴーニが向けてくれた横顔をしげしげと眺め、かぶりをふった。

「違うでしょう。全然似ていないわ」

「……」ランゴーニは意外な反応に対応が遅れた。「えっーと、話が続かないな」

「それにあたしはお婆ちゃんでないし」

「……なるほど、ね。もう一度見ていただけませんかな、この横顔はほら、やっぱりわたしでしょう、アナさん？」

「あら、あたしはドナですよ」

「……」

「あなたはだれ？」

「……」伊達男の顔から笑いが消えた。なにか勝手が違う。これは自分のペースではない。

「あたしをアナと思った根拠は何？　この分岐にアナをたしかに導いたとあなたは確信しているの？」

伊達男はわずかにうろたえた。いや、たしかにここに引き込んだのはアナのはずだ。正確にオペレートした。ドナと名乗るのははったりか。

「聴きなさい、ランゴーニ」三姉妹のひとりは伊達男に語った。なぜ名前を知っているのか。直感が大声で「やばい」と叫びだした。

「……」

伊達男は思う。ほかのふたつの分岐でも同じシナリオが進行しているのか。残りの俺たちも同じ会話をしているのか？

「あなたは〈三面鏡〉という硝視体を知っている？」

彼女が手を開くと、そこに硝視体があった。

「……」

「〝三姉妹〟って、誰のことなの？　ほんとうにあたしたちは三人姉妹だと、あなた思っているの？」

「……」

「三人は、ほんとうに実在のＡＩなのだと、あなたは思ってる？」

「……」

「あなた、本当にストリームを分岐した自信がある？」

彼女が硝視体を目の高さに翳す。ランゴーニは自分の周りに、自分の幻影が二体立つのを見た。これが——三面鏡の効果か？　その二体が、自分の姿が、ひとりは腰に手をあてて、もうひとりは顎に手をやって、ランゴーニのほうに向きなおった。狼狽するランゴーニをおもしろそうに眺めて。

ランゴーニは、左手の先を長い刃物に変えた。鋏の刃のイメージ。それを目の前の老婆に突き出す。直接の攻撃を試みて。

その瞬間、致命的なミスをしたと、伊達男は覚った。スキャンされた、と感じたのだ。自分の中に手を探り入れられた——と。そう、この女はＡＩの内部を探るエキスパートではなかったか。攻撃のためにアイデンティティ境界のガードは一瞬おろそかになる。そこを、スキャンされた、と感じた。

伊達男は寸前で切っ先の向きを変えて、自分の喉を掻き切った。真っ青な血がしぶいてかれの離脱をカムフラージュした。

三つの廊下がひとつになった。

分岐が合流した。

廊下に三姉妹が立っている。

「口からでまかせも馬鹿にできないわね」

ドナが肩をすくめた。三面鏡。ありふれた、よくあるタイプの視体……。ＡＩの鏡像を立たせて、別の動きをさせる。ほんとうにそれだけのことしかできない。

「やっぱり名指しにしたのが良かったのよ。あれは効いたと思うわ」

「ジュール、さんが教えてくださったからだわね」

三人のスキャン結果は交換された。ランゴーニが把握していたイヴの位置の三次元情報が復元された。その位置へ三人は即座に移動した。

クレマンの婦人たちは、自分の後輩たちが消えたあとも、胸を張って写真の中にいた。


イヴの胸は、もう喘いでいない。末期の弱々しい息が通うだけ。その息もみるみる衰弱し外からは窺えないほどになった。

そのまわりを三姉妹が取り囲んでいる。

ここに来たとき、すでにイヴはこの状態だった。

仰向けに斃れ、動かない。かつてその身体に満ちていた豊かな官能もいまは消えた。

しかしイヴの思考と感情はまだ死んでいない。

それが漏れ出して、三姉妹にも感じ取れる。

ぽっかりと見開かれた目をイヴは天に向けている。暗色の瞳孔は、もう眼球を食い尽くして、まぶたのなかに黒い玉が埋め込まれたようだ。そこに繊い糸が発芽した。何本も、何本も。寄生虫は宿主の屍体から逃れるが、このふわふわと軽い糸はイヴに未練たっぷりで、その白い膚、柔らかで大きな乳房、深い臍、意外と小さな耳、肉付きのいい四肢に、枝分かれした黒い糸の先が、穴をあけ、もぐり込んでいく。

「これは……」ドナが言い、アナが引き取った。「フェリックスの髪の毛でしょうね」

色こそ違うが、とうもろこしの毛みたいな質感だった。

イヴが身体を横たえていたのは、鉱泉ホテルの裁縫室だった。クリーニング場の片隅にあって、客の服や靴の修繕を行う。フェリックスとイヴはここで働いて、知り合った。

漏れ出してくるイヴの思考。

……もう、堪忍してほしい。

絡みつく、夫の思念。

それが煩わしく、厭わしい。

フェリックスにはとても悪いし、なにもかも自分のせいだと思うけれど、どうしようもなかった。フェリックスが視体を最初に手渡してくれたあの日、すべてが変わってしまったのだ。わたしは自分に「仮想の眼」を与えてくれる視体に、激しい感銘を受けた。ほとんど恋愛だった。フェリックスは例の調子で責めるかもしれない。「おまえは視体のほうがいいのか」と。そう、そのとおり。結局わたしはこの一千と五十年を自分の感覚の中に生きてきた。自分の感覚だけがわたしの「生」の同伴者だった。その中でただひとつ欠けていた一角を、獲得させてくれたのが視体なのだ。その窓から覗ける光景はほかの官能をすべて足したより広かった。

あの日はじめて獲得した視覚で眺めた夫に、わたしは、意外なほど何の感情も抱けなかった。

愛情はおろか、嫌悪さえも感じなかった。

わたしはようやくさとった。自分が自分だけの世界で生きてきており、これからもそうしていくであろうし、それ以外の生きようはできないこと、夫は自分の感覚のアクセサリでしかなかったことをその瞬間に理解した。わたしにとって夫は、感覚を自己チェックするためのデバイスでしかなかったのだと。どのような角度から見ても正当化できない、その冷たい認識がわたしだった。わたしは自分がこわくなり、おもわず息を呑んだ。そこをフェリックスに見られた。フェリックスは誤解しただろう。あの人は劣等感とその裏返しのはったりでできている。その落差の中に純粋な優しさを保持している人だ。それはとてももろい優しさ。だからあの人がわたしの呑んだ息を聞いてどんな誤解をしたのか、すぐにわかった。その誤解はむしろ好都合だった。その誤解がわたしとあの人との間に越えがたい壁を築くだろう。その目論見はあたった。夫に嫌悪されることで少し自由になった。夫は、自分の感覚の輪郭を明晰に把握するための映りの悪い手鏡にすぎなかったから、いままで性感で得ていたその反映を、こんどは嫌悪に映せばよいだけなのだった。

そうして、感官のよろこびは視体で埋め合わせた。

わたしは視体に淫した。

正当化はしない。罪だと認めてもいい。だから夫の非難には対抗しない。わたしが優美で寛容であるように見えていたなら、そのためでしかない。

そうしていま、これが結果となった。視体に出会った日からずっと棚上げにしてきたすべての貸し借りを精算すべき時がきたのだ。

いままで輪郭になってくれていたあの人の嫌悪は、いまこうして糸のような実体を伴って、わたしの境界を侵犯しようとしている。もうとっくに何の感情も抱けない、無関係としか思えない男の、恋着（れんちゃく）や憎悪が、いかにも厭わしい糸となって、わたしのなかのルーチンと臓器を、今度こそからめ取ろうとしている。

もう二度と離れないように、と。

なぜフェリックスの「残念」が髪の毛のような形をとったのか、わからない。たぶん蜘蛛の背後にいる者の仕業だろう。そいつはフェリックスを解体し、あの人の粘着性の気質をこのぺたぺたした糸に変質させてしまったのだ。あの人にまだわたしへの恋着が本当にあったのか、それとも似たものが残っていて利用されただけなのか、それはわからない。

あの人はわたしの中に微細に分け入って完全に独占しようとしている。こんどこそわたしの感覚──わたしのすべてでありわたしの宝であるもの──を独占し、自分のほしいままにしようとしているはずだ。わたしの中に感覚の嵐という暴力を吹き荒れさせ、わたしを屈服させようとするだろう。あるいはわたしの感覚を盗み、わたしが育ててきた感覚の喜びを味わおうとするのかもしれない。たぶん、フェリックスはそのために魂を売ったのだ。

わたしの境界を定めるために利用してきたあのひとに、

わたしの境界を奪われる。

……。

三姉妹は顔をそむけた。糸による侵犯のせいだろう、イヴの思考の大部分は外部に漏れ、たやすく傍受できた。イヴの中にしまわれていた想念が汚水となってじわじわと滲みだし、足許にひろがっていくようだった。

白い身体のうまい肉をむさぼりつくそうとフェリックスの黒髪はうごいている。

——ドナは、料理に混入した大量の毛髪を連想した。煮込まれた肉や野菜の繊維に複雑な渦を描いてからみつく毛が、自分の口腔や舌、歯と離れなくなる。それと同じことがいまイヴの内部（なか）で起こっているのだ。

——アナは、イヴは消化されている、と思った。

もう自発的には動かないが、体表は絶えずあちらこちらがもごもごと動いている。膚の下はもうどろどろに溶けているとしか見えない。そのうち髪の張力に耐えかねたように体軀が変形をはじめた。四肢が引き寄せられ背中がおおきく屈曲した。丸まっていく。

——ルナは、なぜか、眼球を連想した。丸まった白い女体は汗でつややかに濡れ、黒いネットは白目にうかぶ血管の模様みたいだった。しかし、この眼球はもう何も見る意志はないようだった。あの目は内側を眺める目なのだ、とルナは思った。憎めないところもけっこうあったはずのフェリックスから黒い執着心だけを抽出した髪のオブジェクトは、イヴの中に根を這わすことのみを考えているようだし、イヴはいつだって自分の感覚を研ぎ、鍛え、豊かにすることだけに関心があった。

「もう、いいわね」だれかが言った。フェリックスは最後の餌食に専心している。もう、爆発的な感染のひろがりは起こりそうになかった。考えようによっては、最後の最後でイヴが体を張ってくい止めたのだ、とも言えた。

「行きましょう」

「そうね。まだ仕事が残っているわ」

三姉妹は老ジュールが待っている〈シャンデリア〉へと、その場を離れた。

そして、ジョゼもまた。

黴臭い空気がふたりを押し包んでいる。

暗い。

ジュールには、となりにいるジュリーの、抑えにおさえた息の音だけが聴こえる。いや、音ではない。空気が少しずつ移動し蓄えられてはまた解放される、その交替が気配としてきとれるだけだ。

（行ってしまった……よね？）

もうこらえられない、と十回目に思ってからようやくジュールはそう言った。囁くよりも小さく。唇の動きだけで。

（たぶんね）

ジュリーも同じように答えた。闇の中、唇の動きだけ。それでも意味が伝わる。

ふたりは身体を起こした。

ホテルの二階に降りた（落ちた）ふたりは、横に動いた。手近な客室に飛び込んだ。〈テイル〉の場を球形に展張し、その表面に部屋の闇と黴臭い匂いを貼りこんでかくれみのにしたのだった。

その官能のバリアを解いた。

窓から月はみえないが、月夜空の明るさが入ってくる。

（いま、どこにいるの？）

（さあ、かなり広い部屋みたいだけど）

ジュールは光の届かない所まで感覚をひろげてみる。

ものが見えるわけではない。蝙蝠（こうもり）のソナーのように、自分の感覚の基準となるものを外へ向けて放射し、その反射で空間を把握する……むろんこれはジュールの能力ではない、〈テイル〉の力を使っているのだ。鳴き砂の〈音〉を敷衍（ふえん）した感じ。さっき唇の動きだけで言葉を伝えたのも同じ方法だ。

部屋はかなり広い。ホテルのいちばん大きな客室よりも広いだろう。

そして調度品が多く並べてある。

官能のソナーによってジュールはそれらの大きさや形、配置だけでなく材質や色まで手に取るようにわかった。

暖炉、ソファ、テーブル、飾り棚、壁に絵画、床には絨毯、あちこちに置かれたスタンドや燭台。いずれも品質が高く、しかし古い。

ここは客室ではない。ロビーと応接室の中間のような部屋づくりがされているが、普通の意味で「使われている」部屋ではないようだ。

(ああ、そうか)

ふたりは同時に気がついた。ここは、クレマン家の一室を再現したメモリアルルームなのだ。鉱泉ホテルの創業者であり、いまはもう(つまり夏の区界が開業した時点では)存在しない、この町の名家だ。

ふたりは大きなソファの下から匍い出した。大人がふたり並んで寝そべられそうなほど、大きなソファだった。ジュールとジュリーはそこに並んで腰を下ろし、膝の上に〈テイル〉を置いてその中を覗き込んだ。

幽かなひかりのなかで〈テイル〉は幻想的な美しさを呈していた。光の起毛がなく、いつもの乳白色もなくて、いま、〈テイル〉は細胞の精緻な模型に似た形を呈している。ガラスと樹脂で作られた模型。透明な卵形の中にさらに透明な核やそのほかの微細な部品が浮かんでいる。その核は複雑をきわめた網目模様に覆われていた。

見覚えのある模様だ。

この視体の中には、「罠のネット」がそのまま保存されているのだ。

ジュリーの悪戯だった。

罠のネットの「火入れ」をしたとき、つまりイヴがレースのプログラムを立ち上げた直後に、〈テイル〉を〈シャンデリア〉に触れさせ、ネットの構造をそのままロードしてしまったのだ。むろん膨大な罠のネットのすべてを〈テイル〉ひとつにおさめることはできない。しかし骨格はすべて保存されているし、簡易版の機能もあった。ネット本体がすっかり荒廃したいまでは、ここにだけジュールの考案の精髄が残されていることになる。

ふたりはこれをナビゲータがわりにしていた。この中にはとうぜんホテルの構造もまたしまわれているからだ。

(見つかるかな……)

(どうだろう)

うすく、ひろがる官能のソナーでよびかけてみた。

ジョゼを探そうとしたのだ。反射がかえってくるまでふたりは息を詰めて凝っと待った。ジュールは闇の中で「この状態がずっと続けばいい」と一瞬思った。いつまでもふたりきり闇の中にいて、ひとつのことを思って坐りつづける。引き延ばされ、遅延した時間。

何も返事は返ってこなかった。

ふたりは黙ったまま、何度も微弱なソナーをくりかえし、くりかえし発した。月夜の池で石を投げたことがあるのを、ジュールは思い出していた。

何も返事は返ってこない。

〈テイル〉を覗き込んでいるので二人はぴったりくっついていた。ジュールの拡張された感覚は、ジュリーのしなやかな輪郭、肉体の実質をすっかり把握できた。鳴き砂の浜で身体を合わせたのが、もう何年も前のことのように遠く思い出された。

キスの、あたたかく、ぬれた感触。

ふと、それが、ありありと感じられた。

おもわず自分の唇にふれてみたほど。

そしてまた、その感覚がジュールを襲う。

ただ唇の感覚だけでなく

からだぜんたいをつらぬく

熱(ねっ)い風のような

沸き立ち煮え立つような

甘く鹹(しおから)い

このあとになにかが起こるというおののきを伴った感覚。

心臓が乱れ打った。

ジュールは目を上げた。

ジュリーもジュールを瞶(みつ)めていた。

ふたりは気づいた。

いま、キスの感覚を共有したことに。

だがそれは、ふたりの記憶にあるキスではなかった。

自分たちのキスではない。

未来の予感でもない。

遠い過去に、だれかがここで交わしたキス。

(だれか、いる……？)

(うん)

この部屋にだれかがいる。

だれかがかつて放った官能が、この部屋に、濃密に、香のように焚きしめられていた。それがソナーの反射に乗って二人に押し寄せてきたのだ。

見知らぬだれかの官能が、ロードされて、ジュールの体熱をあげた。顔の横にジュリーの顔がある。そこも、あつく火照(ほて)っている。

気がつくと、ジュリーの唇を、ジュールの唇が、強く挟んでいた。

ジュリーの舌、ピアスの感触。

ちがう。

ちがう。

それだけでない。

だれか別の女性と、
いまぼくは、キスをしている……

雲が流れた。

月を蔽った。

闇がさらに深く墜ちかかり、ふたりを黒い幔幕（まんまく）のようにおしつつんだ。

第八章　年代記、水硝子、くさび石

鉱泉ホテルは長い歴史を持つ、この地方随一のリゾートホテルである。

〈夏の区界〉がオープンしたとき、このホテルは開業から百七十年を経ていた。

その開業から、さらにさかのぼること五十年前、静かな漁村だったこの地方に、ひとりの地質学者がやってきた。かれは当時の地質学者の多くがそうであったように、富裕な家の資産で暮らすアマチュア学者だった。二十四歳であった地質学者は都会の大学で体をこわし、また神経が弱っていたため、転地療養するための旅の途中であった。山と海に挟まれた土地の姿を馬車の窓から眺めているうちに、学者の頭にある考えが浮かんだ。にわかに元気を取り戻したかれは馬車を止めさせ同行の友人や使用人に付近の聞き込みをさせた。その報告を聞いた地質学者は言った。

「ここには温泉が出るぜ。逗留して調べてみるべきだ」

地元にこの一行を泊められるような家は一軒しかなかった。当地の山林の大半を所有する素封家クレマン家、五十年後に鉱泉ホテル創業者の一人となるカトリーヌ・クレマンはまだ生まれておらず、その祖父が三十代半ばの若き当主として、地質学者を迎えた。

地質学者の都会的な優雅や諸国を旅した見聞はたちまちクレマン夫妻を魅了し、クレマンの頑健な肉体と精悍な眼差しやその妻の潑剌とした機知と美しい声に、地質学者は病んだ心を開いて、篤い友情が生まれた。クレマン夫妻はさらに地元の者からの証言を集めさせ地質学者に提供した。東の入り江、と当時から呼ばれていた土地で、地質学者とクレマン夫妻が雇った男たちが鉱泉を掘り当てたのは、逗留を始めてつい二週間後のことだった。同行の医師であり化学者でもある男が、飲用にも浴用にも適した最高の鉱泉であることを発表したのが、その夜の祝宴の幕開けとなった。深更、眠りこけたクレマンを後目に妻と地質学者がはげしく情交をかわしたのも、その夜のことである。

地質学者はいったん保養地へと旅立ったあと、この地に別荘を建て、鉱泉を私有化した。別荘が完成した日、地質学者はいっそうかがやかしい美しさを持つにいたったクレマンの妻レジーヌから、その胸に抱かれ産着に包まれた罪の子の顔と名を知らされる。その子ナディアが創業者カトリーヌの母親となるのだ。妻は、否、未亡人は地質学者に言う。罪の夜より数層倍も美しい瞳を向けて。

「あの人は死んだの。事故で。自室で猟銃が暴発して」

……。

そんな話があった、とジョゼは思う。

それは三代百年にわたる、ながいながい大河物語。鉱泉ホテル開業にいたる波瀾万丈の物語。大衆向けの三文大作。

夏の区界にこっそり埋め込まれた隠し味のエピソード群。

区界の休日に退屈したなら、この大河物語を探索し、好きな部分を再生して楽しむという趣向も用意されている。むろん区界コンテンツのメインではない。巨大テーマパークの片隅にさりげなく置かれ気がつく者だけに楽しんでもらうささやかなアトラクション。テキストデータと、セピア調に褪色した粒子の粗い画像だけ。それでもエンベデッドと呼ばれるこうしたエピソードの総量はそこそこのボリュームになる。

「どう思うかね、ジョゼ」

頭上の高い位置から声が降りそそいでくる。その声に、ジョゼはふとわれにかえる。

そういえば、さっきからこの声が俺に語りつづけていたのだ、鉱泉ホテルの起源の物語を。

そして自分の状態を確認する。

何も——まったく見えない。

どうやら罠のネットからは、とりあえず抜け出ているようだ……。硬い石のベッドに寝かされているような感じ。いや、水平ではなく頭を上にして、なだらかに傾斜している。椅子を目いっぱいリクライニングさせた状態か……。

もう、ここは、あの海のテラスではないようだ。

罠のネットからも脱け出しているらしい。

　少年ランゴーニはどこに行ったのか……。

　いや、どこへも行ってはいまい。ここ、この自分の中にいるのだろう。いまは気配も声も聞こえないが、あいつを感じる。

「どうかね、鉱泉ホテルは夏の区界を象徴する施設だ。その起源にこうした血なまぐさく、また官能的なエピソードが突き刺してあることに、何か意味があるとは思わないかね？」

　あたりは目がまったく利かないほど暗い。この声。聞こえるものも、この声だけだ。最高級のメイプルシロップ、革手袋、胡桃材の机、松脂の琥珀色……そういったものを連想さす、上質の艶。男の、低いが、ハロウのような輝きを帯びた声。いったいだれの声だろう？

「どう思うかね。何かきみの心に深く共振しないかね、このエピソードは？　クレマン家の年代記は、格調高い文体で書かれてはいるが、その根底にはいささか偏執的な嗜好が認められている……この区界と同じように」

　ジョゼはひんやりした空気を嗅いでみる。水の匂いがする。近いところに水がある。いや、どうやら俺の両脚の先は水に浸かっているようだ。井戸水よりはあたたかいが、体温よりは温い、日向水の温度。ひたひたする波の感触。ジョゼはばらばらになった自分の感覚を拾い集めようとこころみる。そう、まだ自分がどういう姿勢でいるのか、あたりの温度がどうなのか、いま聞こえているこの音は何なのか、それがよく把握できていないのだ。ふだんは、視覚で得られた位置感覚のなかに他の感覚情報を再配置していたということなのだろうな。足が水を捕らえていても、この目で見なければ信じられない。目で足と水を見ているからこそ、瞬時に水が足を打つ感覚としてきちんと同定できるのだ。

ジョゼは手をそろそろと動かし、指先でその水とおぼしきあたりを掬(すく)って、舌先へ持っていく。かすかな海水の辛さと潤沢な山のミネラル、ほのかにぴりりとする炭酸の刺激がわかる。鉱泉だ。鉱泉ホテルを取り囲むさまざまな湯治施設の泉源は、ホテルの地下にある。ガキの頃、もぐり込んだことがある。石造りで、地下室のくせに天井がいやに高い。滾々(こんこん)とあふれでる水音がドーム状の石室内にこだまし、耳が痺れた。音が大きいせいではない。音が不思議な飽和状態を作っていたのだっけ。そこまで思い出すと、いま聞いているのがまさにその石室の水音であることに気づいた。

「悪く思わないでくれ。きみの感覚は、こちらがコントロールしている。なにしろ小ランゴーニがいま、きみのなかで作業中なものだからね」

降ってくる声はさほど大きくないが、周りの水音からはくっきりと分離され、明瞭だ。水音とは別のレイヤに乗っているらしい。

疲労感がひどい。感覚を研ぎ澄ましていることができない。ジョゼは、せっかく集めかけていた感覚を、手からこぼすみたいに散漫にさせた。

と、真っ暗闇だった視界のはるか高いところに、ぽっと淡い光が点(お)った。

光は、別な区界の冬の青空からなにかの間違いでひとつだけ隕ちてきた雪のかけらのように、ふわふわと下降する。

いかにも弱い光だが、暗闇になれたジョゼの目には十分に明るかった。その弱々しい光が、石室の内側をほのかに明るませる。ドームの形はジョゼの記憶にあるものと同じだった。光源の移動につれて、石室の下半分に明るさが降りてくる。石室の壁沿いに何体もの、古代ローマの石像に擬せられた柱が立っている。

光片はジョゼの鼻先まで降りてきた。指を立てその先に止めさせる。真珠色の、小さなちいさな薄片だ。うすく、軽い。

温かいのではないかと思っていたが、なにも感じない。

鼓動でもするのではとも思っていたが、それもなかった。

蛍光性の、鉱物のようでも真珠のようでもある、薄いスライス。

「これは、天使か?」

ジョゼはそう言いながら光をじぶんの身体にかざしてみる。全裸にされているのだとわかった。

ジョゼの胸に、少年の顔が浮かんでいた。

ランゴーニの貌。

その質感はすっかりジョゼと等質になっていて、自分の胸の盛り上がりが少年のデスマスクの形をとっているとしか見えなかった。

そのまぶたに光片を近づけても反応はない。少年は瞑目している。しかし、鼻からは規則正しい息が通っているし、眠り込んでいるようでもない。

「そのとおり……」

返事だとわかるのに、一瞬遅れた。やはり、もう気力が底をついたのかな、と思う。

これが、天使か……。

「こわがる必要はない。その光片は無効化してある」

「無効化？」

「病原体のワクチンのようなものだ。戦闘時に天使の本体から剝離したものを使った。小さなものだが、大変貴重だ。たったそれだけを死菌にするのにも気が遠くなるほど手こずるのだから」

「で、これを？」

「その顔にやってくれ」

ジョゼは鼻に皺を寄せた。

「ごめんだ」

しかしジョゼは自分の指先が自然に動くのを見ることになった。

小ランゴーニの唇はいつのまにか小さく開いていて、白い歯先がのぞいていた。ジョゼの指はやわらかな唇のあいだにかるく挿入された。唇の内側の粘膜のあたたかさと吸いつくような感触は、乳児のように無防備で、ジョゼは小動物に給餌するときに似た一種の快感や、少年への可愛らしさを、心ならずもおぼえた。

少年の顔は眠ったまま、舌だけが動き天使片を舐めとった。唇は閉ざされ、ふたたび石室のなかは完全な闇に落ちた。光片は、ジョゼの身体が摂り込んだかたちになった……。

声はまた語りはじめる。

「クレマン家の年代記は、夏の区界を読み解く鍵だ。三代にわたる大部の物語は堂々たる大河のようだ。その河の流れのあらゆる場所で、大小さまざまな、本筋とあまり関係のない渦が巻いている。その饒舌ぶりがまた魅力的なのだ。

そこでこころみに、ひとつのエピソード、この素封家の傍系のとある貧しい農家の挿話、年若い妻を娶った農夫の話をしよう。

この妻は、結婚後すぐに刺繡の才能があることに目覚める。村のどんな年寄りも、町の娘たちも、この若い農婦にはかなわない。一度見たら忘れられないほど素晴らしい図案を、つぎからつぎへと作ることができる。刺繡に没頭しているあいだ、妻は狭い家やうるさく騒ぐ鶏を忘れることができる。布を止める小さな木枠が世界と同じと思えるほど全感覚を集中する。赤ん坊に乳をやる時間も惜しみ、畑を耕すことも忘れ、やがて夜の床でも農夫に背を向けて針を動かす。農婦は若い頰を輝かせて夫に言う。『だって、これであなたの新しい服が買えるのよ』じじつ農婦は夫が鍬をふるうよりも多くの収入を得ることができた。しかし農夫は知っている。妻にとって輝かしい世界は布の上にしかないのだ。ふたりで作ってきたはずのこの家庭は、その影。そして農夫はある朝、鶏小屋のとなりに小さな檻を作りはじめる。妻を捕らえ、針と糸を奪うための檻だ。男は狂気にとりつかれたのだ。しかし妻は木枠のなかだけを見つめていて、金槌の音に気がつかない。一軒の家の、中では妻が、裏手では夫が、それぞれ別のものを夢中で作っている……。

こんな挿話なんだがね」

ジョゼは黙っていた。声が何を言いたいのかはよくわかった。ついさっき（いや時間の感覚はまだ意味があるのか？）自分が全感覚ごとひたり込むようにしてその心理の襞のひとつひとつをなぞったばかりだった。

「すべてがこんなふうなんだよ、ジョゼ。

クレマン家の年代記には、夏の区界のキャラクタ造形、人間関係の原型がある。おそらく区界のデザイナはまずクレマン家の物語のほうを先に書いたのだろう。そしてこの膨大な年代記、すなわち時間線上に並べられたエピソード群を空間方向に、すなわちひと夏の町の上に広げてみせたのだ。きみらはこの一千年間、日々をリアルに生きていると思っていたかもしれないが、遠い昔の話……ひいじいさんのさらにじいさんの時代の古色蒼然とした物語をいくども生きなおしていたにすぎない。

さて、このエピソードはどう続くと思う？

男は妻を捕らえ、刺繍道具一切を取り上げて檻に放り込む。とても小さな檻だ。大人は身体を曲げていなければならない。立つことも寝ることもできない、入っているだけですぐに全身が軋みだすような、そんな檻だ。……」

ジョゼは、ふっとなにかを思い出しかけた。

とうの昔に忘れていたはずのこと、その出来事自体ではなく、そのときの陽射しや梢の鳴る音、そんな瑣末な部分のさらに端が記憶に浮かんだ。

懐かしさはない。

恐怖がある。

けっして思い出すまいと、いつか、決めたらしい。一度も思い出したことのない出来事の記憶。吐きたくなるほどの恐怖。

それが、かってに、俺の中で動きだしかけている……。

「……若い農婦は、寝間着一枚で押し込められた。薔薇色の頬は一夜で灰色に痩けおち、麦の波のようだった髪は萎れて茨の茂みになった……と、年代記には、ある。

夫は一日に一度、からす麦の粥を一皿差し入れるだけだった。時折思い出したように、檻の材木の残りの端に釘を打った手製の棒で、妻を突いた。村人が夫を責めたてても、妻の悪魔を払うための療法だと強弁し追い返した。

妻もまた、自らの排泄物に濡れた寝間着がじっとりと腐るにつれ、正気を失った。抵抗もなく騒ぐこともなく、薄汚れて、丸まり、檻に馴染んだ。檻の狭さ、檻の匂い、そして不自由な姿勢が全身にもたらす歪み、軋みに馴染んだ。

妻は腐った寝間着のまま一日じゅう、川蝦のように曲げた身体でもぞもぞと動いた。

そのうち夫は妙なことに気がついた。妻の歯がきえていくのだ。三月で上下の前歯が、やがて犬歯や臼歯もなくなっていく。いくら考えても夫には理由がわからない。

そのうち、もっと大変な変化に気がついた。

妻は子を身ごもっていたのだ。乳房の変化でそれと知れた。

夫は激怒した。自分の子であるはずがなかった。問い糺すと妻はあっさりと男の名を口にし、笑った。物乞いで食いつないでいる瘋癲の男だった。檻の格子に尻をぴったりあてがって、してもらったんだよ、あんたよりずっとずっと良かった、と歯のない口で笑った。

夫は妻を引きずり出そうとした。

雨ざらしで錆びはてた錠前には鍵が差さらなかった。檻は念を入れて頑丈に作ってあった。助けがいるなら村人を呼べ、と妻はせせら笑った。子どもの親の名前を喚いてやる、と。

夫はその顔を見て凍りついた。妻の顔には幸福の光が差していた。刺繍を差していたときと同じ笑顔だった。それをうばうために檻へ入れたのに、それはさらに広く堅固な根を張っていたのだ。

夫のなかにつむじ風が吹いた。

納屋から鉈と斧をかかえて飛び出してくると、腕を風車のようにふるって檻をたたき壊し、妻の腹に、すなわち『罪の子』に一撃を与えた。返り血に曇った夫の目に、妻はあかんべえをして、息絶えた。

大きく開いた妻の、歯のない歯茎にちいさな白い粒が点々と生えていた。

夫は近寄ってそれが何であるか確かめた。

ちびた歯だった。

何かに力を込めてくりかえし擦りつけられて、ちびて丸まった歯だった。それを元の歯茎に植え戻している。

夫はゆっくりと振り返り、檻の内側を眺めた。太く堅い格子に、びっしりと、微細な模様が、くまなく深く刻まれていた。刺繍の図案だった。妻は自分の歯をむしりとり、それを道具にして檻に図案を彫り込んでいたのだった。ちびて使えなくなった歯は、戻して夫の目から隠したのだ。妻の口の中にはもう歯がいくらも残っていなかった。緻密な、美麗な文様が異様な圧迫感で夫を押し包んだ。異教の寺院にまぎれこんだような恐怖。全身の皮膚に微細な虫のような粟が立った。

夫は、あることに気がついた。まだ檻の半分は何も彫られていない。

自分の歯では足りなかったのだ。

どうして妻はわざわざ身ごもったのだろう……という疑問が浮かび、これらが夫の頭のなかで結びついた。

しゅっ、と恐怖で脳が縮む音が聞こえた。

農夫は、その先一歩ものが考えられなくなった。やがて檻の中で放心状態になった彼が発見されたとき、農夫は胸に妻をかかえたまま宙を眺めるばかりで、なにひとつ反応がなかった。抱いた姿勢も変えられず、目の前で手を叩いてもまばたきさえできなかったという。

農夫は妻の死体をかかえたまま、数日生きて、死んだ。開きっぱなしの目玉はからからに乾いていたそうだ。

農夫の恐怖が正しかったのかどうか、それはわからない。しかしその考えは頑丈な檻となって今度は夫の脳を囚えたのだ、微細な文様に彩られた檻が——そう結んで年代記はこの挿話を締めくくっている」

ジョゼは額に冷たい汗が浮かんでくるのがわかった。さっきの漠然とした恐怖がさらに近く感じられる。

「そろそろ小ランゴーニが、効いてきたかな？

まあそれはいい。

ジョゼ、聞いてくれ。

わたしはピエールというきみたちの仲間を『食べて』みた。言葉どおりの意味で、ばらばらにして生のまますっかり食べてしまっただけなのだが、すると、アイデンティティ境界内部をふつうに解析しても出てこない情報がふんだんに得られた。血の味、肉の味、骨の味、臓の味。長い時間かけて玩味（がんみ）し、ピエールの性格に与えられた陰影の襞のすみずみまでをよく理解できた。

この夏の区界は、〈数値海岸（コスタ・デル・ヌメロ）〉の中でも格別に濃厚なキャラクタ設計がしてあることが実感できた。じつに嫌な味だったよ。

ピエールの肉は臭かった。

クレマンの年代記と、同じ臭みがしたな。あれを読んでいるとときどき鼻を塞ぎたくなる。煙草の烟（けむ）りが前髪や指の股に沁（し）みつくように、こちらの精神にその嫌な匂いが染みうつる気がしてくる。

　虐待と監禁のイメージだ。それがくっきりとすべてのページに刻印されている。

　その刻印はな、きみらにも打刻されているよ。全員な、きみらは年代記を金型にしてつくられた人形だものな。

　夏の区界は、超ローテクノロジー時代、すなわち電力の覇権が照明と動力とアナログ通信に限られていた時代の人間性や意匠への懐旧の思いと、そうしたイノセンスを踏みにじりたいという嗜虐性とのバランスの上にプレゼンテーションされたアトラクションだ。その趣味には、きみらのキャラクタはうってつけだよ。ゲストたちは、例えていえば見知らぬ田舎を蹂躙（じゅうりん）しにいくような、そしてその罪をけっして問われることがないような、そんな浮き立った気持ちをかかえてやってくる……」

　ジョゼは別のことを考えていた。

　こいつが、いまのエピソードでほのめかしたかったことは何か。

　檻。

　檻がもたらす苦痛。

　……やはりそうなのか？

　AIと硝視体と糸で編まれた、苦痛の純粋集積体を作ることが、こいつらの目的なのか？

「……そこでゲストたちを待っているのは、ひどい仕打ちをされると知っていながら歓待してくれる、怯えた笑いのAIたちだ。ゲストの目には、自分たちへの恐怖と依存が、くっきりと額に烙印されてでもいるみたいに、ありありと見える。実に心地よい眺め。夏の区界。風光明媚で無垢の美しさに満ちた檻の、囚われ人たち。

ゲストは、空白のロールにあてがわれた椅子に腰掛け、家族の一員を演じはじめる。妻が差し出すコーヒーの薫りを楽しみ、藍色の小さなガラス瓶に挿された可憐な野草の花を愛で、木製の本箱に並ぶ背表紙の丁寧な仕上げに新鮮な感動を覚え、そしておもむろに、かたわらでにこにこと控えていた『自分の息子』を凌辱するのだ。

その息子……きみたちは唯々諾々として、というより日々の呼吸のように当然の態度で、それを受け入れる。苦痛に狎れ、檻を住処とし、それを心の糧として生きている……。その性格を決定づけたものは何か？」

遠くで音が聞こえた。

ガシャンというガラスの砕ける音が、たてつづけに聞こえた。石造りの壁が壊れるような音も聞こえた。

ジョゼはもう少しその音に注意をしていたかった。ジュールとジュリーは、どうしているだろう？　突然、男の声以外には聞こえなくなった。遮断されたのだ。ジョゼは自分のこの身体がまったく自由ではないことに改めて気づいた。

「退屈かな？……まあもう少しの辛抱だ。ジョゼ、きみには、きみの内部で小ランゴーニがいったい何をしているのか、しっかり判っておいてもらわねばならない」

地下堂の中がふたたびほの明るくなった。

さっきの天使片に似た、しかしもう少し違う光点が、蛍のようにいくつも浮遊している。区界の開発作業に詳しい者が見れば、それは暗い場面の制作を容易にするためのオーサリングツールであると判っただろう。通称「手元灯」と呼ばれる機能だった。

手元灯は壁に立ち並ぶ、古代ローマ調の巨きな石像群をなでるように飛び、やがてある石像の両肩に止まった。

その石像が歩きだした。

歩くにつれて石像は肉体の質感をまとい、表情に精彩が宿った。身長三メートルの巨人。

大ランゴーニは、石堂の中央部に湛えられた鉱泉のプールに波を立てて歩きわたり、対岸の縁に横たわるジョゼの間近で立ち止まった。肩の灯がいくつか離れて、ジョゼの胸や腹の上に降りた。

「美しいな、ジョゼ。きみは美しい」嘆賞するように大ランゴーニは言った。間近で聞こえる声には惚れ惚れするほどの艶と量感があった。手に取れそうなほど、しっかりしたボディのある声だ。そして聞き手に浸透し、酔わせる。「いまわたしは、小ランゴーニが探りすめているきみの、きみ自身さえ触れたことのないさまざまな記憶と内的外傷の複合体を、ここからモニタしている。それはイヴのレースのように繊細で微妙で、美しい、思念と感情の網目構造だ。罠のネットのように巨大で精緻な内面を、きみは持っているのだ。このネットにもたくさんの宝石が飾られている。きみがとっくに忘れていた思い出たち。あるものは石化し、またあるものは真珠化して、美しく、むごたらしくきみの内面をいろどっている。

——小ランゴーニが、いま、それをきみに思い出させてくれるよ」

ジョゼは恐怖した。自分の中に、自分も知らない思い出がたくさんあることはよくわかっている。それに対峙するなど、考えられない。

拒否感でジョゼは、吐いた。

大ランゴーニは三メートルもの巨体をかがめて、やさしくジョゼの口の周りの汚れをなめとった。ジョゼはさしわたし十センチもある眼に、自分の目を覗き込まれた。

「だれよりもタフで、だれよりもハンサムで、だれよりも鋭く思考するジョゼ。ジュリーに愛され、アンヌのグループを取り仕切り、年寄りから子どもまで人望がある。……きみが夏の区界に果たしている役割は何かな？」

大ランゴーニはジョゼに軽くキスをした。巨大な唇、歯、舌、体熱がジョゼを圧倒した。ライオンにキスされたような気がした。ジョゼは自恃の砦が壊れていくのを自覚した。涙が流れはじめた。

「おやおや」ジョゼの泣きじゃくる姿を面白そうに見ながら巨人は言った。「まだまだ、早いぞ、ジョゼ。ほら、ごらん」

大ランゴーニはジョゼの胸に塡めこまれた小ランゴーニのマスクを指さした。

「この顔に見覚えはないか」

ジョゼはなんとか自分を取り戻し、少年の顔を見た。微妙に顔の造作が変わっている……。見覚えのある顔……。ジョゼはもう一度凝視し、そして理解した。

その顔は、子ども時代の自分の顔だった。

別のランゴーニ、スペインの伊達男を気取ったランゴーニは紙巻きタバコをくゆらせながらぴかぴかの靴を海のテラスに踏み入れた。上質の床板に靴の踵がカッカッといい音をたてる。その音に男たちは顔を上げ、ランゴーニを驚いた顔で見る。異様な風体の顔も知らない男が、こんな時間と場所を選んで入ってきたのだ。その警戒と恐怖の混じった視線がとても気持ちよかった。

「やあ旦那方」

髭のそりあとも青々とした顎をそらして、ランゴーニは笑った。

「始末をつけに来てやったぜ」

腰を下ろしていた大きな女が、ぬっと立ち上がった。パワーと弾性を備えた筋肉のせいだろう、立ち上がる動きが空気のように軽かった。テラスの男たちの感情の動きがその女のまわりで旋回した。この女が頼りというわけだ。

「あんたがアンヌか？」

「ああ」アンヌは小指で耳の穴を掻いた。「おまえは？」

「俺はランゴーニ。蜘蛛たちの親玉だよ」

テラスがざわめいた。漁師たちが、そしてベルニエが殺気立った目でランゴーニを取り囲む。愚直な犬みたいだな、とランゴーニは思った。それなら旨そうな骨をくれてやろう。

「正面玄関は、片づけた。つぎはおまえたちだ」

恐怖、怒り、そしてやっぱり恐怖。テラスに満ちるつよい感情が海風と同じくらい快い。

ただ、アンヌだけが平静だ。

「やれるのか」アンヌが肩をそびやかし、歯を剥いて笑った。

「やってみるか」伊達男はシャツの腕をまくった。

ランゴーニにしてみればこれは座興だった。区界のフレーム生成に直接関与できるランゴーニは神にも等しい。

「かかってきな」アンヌは腕を下げ、棒立ちになって見せた。ランゴーニは自分よりも上背のあるアンヌの横っ面にパンチをたたき込んだ。

アンヌの顔ががくん、と横を向いた。が、ランゴーニは相手のダメージが最小であると判断した。案の定、アンヌはすぐに正面に向きなおる。

「効かないね」

つぎに鳩尾（みぞおち）に拳を入れた。今度はもっとはっきりわかった。強靭な腹筋に阻まれて急所を捉えることができなかった。パンチの精度がすこし悪いと、もう効かないのだ。なるほど、蜘蛛を銛と素手でしとめる女とはこういう奴か。ランゴーニは楽しくなった。

「じゃあ、今度はこっちな」アンヌの大きな拳がぶんと唸りをあげてランゴーニの頬骨を捉えた。頭の中をかき回されるような力がランゴーニをしたたかに揺さぶった。その衝撃をそっくり拳に返すこともできたが、そうはせずに、区界の肉体が受ける苦痛をしっかり味わうことにした。たしかにこいつは楽しいや。

「手加減したな？」ぷっと前歯を吐き出して、ランゴーニは言った。

「いやいやどうして」アンヌはまた歯を剥いて笑った。笑いながら横へ踏み出した。ふたりはボクサーのようにステップを踏んで回った。ランゴーニは思考を楽しんだ。アンヌは拳骨だけで自分を倒せるとは思っていまい。どんな仕掛けを考えているのか？　そうして、じぶんはこの海のテラスをどう片づけようか。

「なあランゴーニ」アンヌの瞳が収斂して照星みたいになり、残忍さがきわだった。

「うん？」

「ジョゼを攫ったのはおまえか？」アンヌの笑顔は消えている。ランゴーニはひやりとした殺気に気圧された。

「俺のうちの、ひとりだ」

「返してくれないか。親友でね」

「やなこった」

いきなり、アンヌは肩からランゴーニにタックルした。百十キロの巨体は砲弾のように重い。ランゴーニはよろめいた。

「たた、素早いな」

「ははん、優男だね。あたしのタイプだよ」

「ほう、でもそれは考えものだな。俺は知ってるぜ。なぜあんたみたいな別嬪が結婚してないか」

片眉に一瞬険が走った。

「あんたみたいな子どもが好きがなぜ結婚しないのか。子どもをぽこぽこ産まないのか」

アンヌは無言でステップを踏む。心もち背中が丸い。

「なあ、アンヌ・カシュマイユ。おまえはあんなにジョゼにべた惚れなのに。体格のわりには、いじらしいじゃないか。どうして言わない。あたしと結婚しよう、ってさ」

「おいっ」

ベルニエがしわがれ声で怒鳴った。

「若造、それ以上ひと言でも言ったら……」

「言ったらどうする……」

ふたたび、今度は前とは比較にならない強さで、アンヌがタックルした。身体を沈めてふらつく伊達男の足許をアンヌの脚が払っていた。ランゴーニは自分が宙に浮いたのを感じた。

そして、落下しない。

他の漁師仲間が投げた網がランゴーニを捕らえていた。蜘蛛の糸で編まれ、無数の小粒の視体を鏤めた漁網だ。テラスを電飾のように彩っていた視体だった。

ランゴーニは罠にかかった猿のような姿でテラス中央に吊り上げられた。

「漁師はな、繕い物が上手いんだよ。電飾用の視体と余った糸でちょいちょい、だ」

ランゴーニは猛烈な負圧を感じた。身体が引き裂かれ無数の視体に吸い込まれていきそうな感じだ。ランゴーニは初めて危機感と恐怖を感じた。

「この網はおまえをバラバラにしちまうぜ。早くジョゼを返しな」

ランゴーニの上等のシャツやパンツは何十年も経ったぼろのように劣化していた。皮膚の一部も蠟のように変質しぱらぱらと剝離しはじめていた。この網は捕らえたものを粉砕する機能があるらしかった。

「俺を消せば、ジョゼは戻らなくなるぜ？」

アンヌは笑った。

「なあおい、脅されてるのはおまえだぜ？　勘違いすんなよ」

「糞！」伊達男ははじめて悪態をついた。余裕をとりつくろうのを止めたようだった。「おい、此処から出せ！」

ランゴーニは網を引きちぎったが、ちぎるはしから元どおりになる。そのうち摑んだ指の爪が剝げおちた。豊かな黒髪は疎(まば)らになって頭の形が露骨に浮き上がっていた。ひどいかゆみにたまらず顔をこすると、立派な鼻がとれ、指がクレヨンみたいに折れた。呼吸ができない。ランゴーニはもう虫の息だった。

「もう一度言うぜ、ジョゼをすぐに返しな」

アンヌはそう言って、それからまばたきした。何か、妙だ。

もう一度まばたきして、アンヌは何が妙なのか気がついた。自分がいつのまにか網の中にいるのだ。

「ジョゼを、返しな……か。威勢のいいこった」

伊達男の声が網の外から聞こえた。

アンヌはようやく事態を理解した。伊達男は網の外で、それを見ている自分は罠にかかった猿のような姿勢だった。仲間たちは動けない。

「おまえ、いつもこいつを差してるわけをみんなに知ってもらえ」

ランゴーニは長いナイフを目の高さにかざし、その刃に指を滑らせた。いつもアンヌが腰に差しているナイフ。切っ先を網の中に差しいれアンヌのTシャツの胸元を裂いた。銅色のかたく逞しい乳房がこぼれた。截(き)られた網は元どおりになる。アンヌが仕掛けた罠だった。そのまま刃先を流すように動かし、膝丈のパンツの、腰の下までを切りひらいた。岩のような腹、鑿(のみ)で一撃したような臍、そして濃い色の繁り。

「なにもない。……そうだなアンヌ・カシュマイユ」

ランゴーニはあざけ笑った。

「……おまえには性器がない」

アンヌは表情を崩さない。

「ここには」ランゴーニは手を入れてまさぐった。「なにもない」

「っこの！」背後でベルニエが火搔き棒を振り上げた。糸と視体の電飾を巻きつけた棒。ランゴーニはふり返った。ひと睨みでベルニエは凝固し、得物を取り落とした。そのまま尻餅をついた。凄愴な笑みをベルニエに向けたまま、ランゴーニはそこへナイフをふかぶかと突き刺した。

「……、……！」

アンヌの身体が網の中で鮫のように跳ねた。

「いい加減、白状しちまえ」

ランゴーニは言った。

「これがいいんだ、と」

ランゴーニがナイフを抜く。血は出ない。創傷はもうふさがっている。ふたたび、みたびランゴーニはその場所を切り裂いた。アンヌはそのたびにのたうち回ったが、ひと声もあげなかった。

「……これがおまえの感覚を解放するキーなんだと。おまえの意志とは関係なく強制的に感覚を受け取らされてしまうんだと——いやまったく、ゲストの趣向の突拍子もなさといったら大変なもんだな」

ランゴーニは長い刃を埋めたまま、アンヌの腰からもう一本のナイフを抜き取った。アンヌの全身は上気し、いい匂いの汗で濡れていた。

「これをいつもぶら下げて歩いていたわけだ。きっと大勢のゲストが道ですれ違うたび、こっそり笑っていただろうよ」

アンヌはついに顔をそむけた。

「一度も言ったことがないんだろう？　あたしはジョゼが好きだった、と。さあ白状しちまえ。だって、もう……最期だ」指をその目に突きつけた。「おまえは、死ぬ」

裂けた胸元から詩集が落ちた。汗でふやけていた。それを返す本棚は、ない。

「だっておまえは、要らないからだ。おまえは俺の計画のじゃまになる。ジュールと同じくな。すぐにいなくなってもらう。そしたらもう、だれも聞いてくれる者はいない。おまえのかけがえのない思いも消えてしまう。一千年のあいだ宝物のようにしていた思いだ。死ぬ前にひと言さけんでみろよ」

アンヌは顔をそむけたまま首を振って、それを拒否した。咽喉から、細い声が洩れていた。おさえきれない嗚咽のようだった。その目が膜をかぶったように曇っていた。

「そんなにいいか。それとも哀しいか」

二本目のナイフを並べて刺した。けもののような声をあげて、アンヌは網の中で暴れた。感覚の爆発が彼女を蹂躙していた。

ランゴーニの目の底を、めずらしく何かの感情が流れた。

「さよならアンヌ、かわいいヘラクレス」

網の機能が再開した。アンヌの叫びはまたたくまにかすれた。肺や声帯は古いトレース紙のように脆くなって、発声の負荷に耐えられずやぶれた。顎の靭帯が古いゴムみたいに伸びきって戻らなかった。全身が灰白色に変質し、突きだした乳房や厳（いか）つい肩が乾いた紙粘土のように崩れた。ふりまわす腕が網にこすれて手首から先がぼろぼろの粉になった。跳ね回る動作がしだいに緩慢になり、やがてわずかにふるえるだけになった。

区界の中でもっとも強靭で美しかった肉体は、古いモップのようにみすぼらしかった。

立ち上がり、ふり返ると、ランゴーニは海のテラスを破壊した。アンヌを捕らえていた網をたくみに変容させ、またたくまにテラスの男たちは正面玄関と同じ状態になった。

そこに苦痛が流れ込んだ。

ジュールは獰猛な情調（ムード）に駆り立てられた。

この部屋に焚き染（し）められた情調（ムード）。

ジュリーを（相手を）破壊しかねないほどの、いや、いっそ破壊したいという、はげしく猛々しい欲望。

膝から〈テイル〉が転がりおちても、気がつかなかった。

ジュールは両手でジュリーの顔を挟んだ。万力のように締め上げたいという暴力的な衝動が衝き上げてくる。その力をなんとか逃がしてやるために、ジュールはキスをした。

ジュリーの口の中は思いのほか広く、そこもまたじぶんと同じ欲望にみちていた。唾と舌が熱く沸き立っていた。ジュールはその中をすみずみまで舐め回した。歯がぶつかりあう。唇を咬みあう。顔を挟んだ手がさかなの耳飾りを探りあてた。ジュールはそれを引きちぎろうとする。ジュリーの手が伸びて、その行為に加担した。共犯の興奮が立ち上がった。

チリンと小さな音をたてて、金属細工が床に転がった。

ふたりはソファの上に倒れ、網に捕らえられた二尾の魚のように跳ねまわり、からまりあった。

放埓な動きをダンスのように楽しんだ。逃げ、追わせ、追い、生け捕った。

ジュリーの耳を口に銜（くわ）える。耳飾りを引きむしったために血の味がする。その味を首へ、胸へ、腹へとなすりつけていく。汗で匂いたつ腋毛を咬み、小さくひきしまった尻の中心に舌を差す。しかしけっしてジュリーの中に立ち入ることはできない。アイデンティティ境界が開かない。境界を開くことなく行う愛撫は、ジュールには初めての経験だった。それは、なんとももどかしい、じれったいものだった。

突き破りたい。

合流したい。

一官能素（ピクセル）もあまさず味わいたい。

しかし境界は開かない。

そのもどかしさが、獰猛な、こわれた欲動を倍加させる。

しゃにむに動くしかないのだ。身体のあちこちをぶつけあう、噛みあう、すすりあう。押し殺した叫びをたがいの耳に叫びあう。優雅でもなんでもない、ぎこちなく、ぶざまで、凶暴な行為。

ジュリーは涙を流していた。自分も泣いているのではないかとジュールは思った。

その理由はわからない。

だが、けっして完全にはとけあえないもどかしさ、その中に生きることの甘美さにふれえたような気がした。

……これはAIのセックスではないのではないか？

……人間のセックスではないのか？

問いが沈んでは浮かぶ。

……組み敷いたのは、ほんとうにジュリーなのか？

……ここにこうしているのは、ほんとうにぼくなのか？

……どこか別の情景、いつか別の時間、だれか別の感情がここに重ねられている。

ジュールは煮えたように熱い中に、押し入った。

ジュリーがジュールの首を抱え込むようにしてそれを迎えた。

……ここには、このクレマンの部屋には、感情と行動の強力な磁場がある。むかしの、だれかの感情が、ここに刻印されている。

ばらまかれた砂鉄が磁石の力できれいな模様を描くように、ぼくらはその磁場に支配されている……

その感情と行為をトレースしている……

ジュールははっきりとそう自覚した。

しかし不快ではなかった。

この部屋に刷り込まれた感情は、深く、熱く、にがく、寂しかったが、まぎれもない真実の感情だった。

森の中に豁然（かつぜん）とひらけた湖面の色のような、深さと寂しさ。

病の床へようやく届けられ嚙みしめる薬草のような、にがさ。

野獣が、しとめた獲物の甘い肝臓を嚥（の）みくだすとき口にあふれる血の、熱さ。

もうこの女には逢えないかもしれない。

それくらいなら殺してやりたい。一片も残さず完全に破壊したいほどに、いとおしい。

人生を変えてしまう一瞬というものがあるとすれば、その瞬間にきっと生まれ落ちる、かけがえのない感情だった。

ジュールは、跳ね回るジュリーの身体にしがみつき、みずからも劇（はげ）しく動きながら、その感情と、衝き上げてくる快感とにすべてをまかせた。

地質学者とレジーヌが一度だけ愛し合ったソファの上で、ジュールとジュリーはいくども大きく体を反らせ、やがて果てた。


鉱泉ホテルは、断末魔を迎えた。

玄関で生成した葉脈の手は、つぎつぎと罠のネットとAIたちを取り込み、鉱泉ホテルを完全に包囲しおえ内部への侵入を始めた。

それは、いまだかつて世界のどこにも存在しえなかった完璧な苦痛の集積体だ。

それは、取り込めるかぎりの苦痛を取り込みながら膨張を続け、自分で自分の形を果てしもなく変えながら、ホテルを縊り殺そうとしていた。柔らかだが容赦ない、植物的な力で押し包まれ、鉱泉ホテルはメキメキと悲鳴をあげた。窓、換気口、下水口、ありとあらゆるところから肉の指先がもぐり込み、広がり、はびこった。ホテルの中といわず外といわず、肉厚の葉がわさわさと繁った。手のひらや耳の形をした葉だった。そこここに果実が実った。干した陰嚢のような、あるいはくるぶしの骨の形をした小さなかたい実もあり、重く脂ぎった乳房そっくりの実もあった。

厨房の換気口から入り込んだ先端部は、火のついたままのガスレンジの上を手探りするように、動いた。青い炎が先端部についていたドニの目やパスカルの左手の親指をじゅうじゅうと焼いたが、意に介さないようだった。それもまた美味な苦痛のスパイスだった。フライパンの中のジョエルの顔が苦痛のネットに収容された。

図書室に入り込んだ蔦の先端は、大きな口の形にひらいて、そこに固まっていた母親と子どもたちを平らげた。お互いをかじり貪りあう幾組もの母子像を、その痛みと嘆きごと、かみ砕き、のみ込んだ。アンヌの子たちも、オデットも苦痛の海に溺れた。

苦痛、苦痛、苦痛。

ネットは苦痛をさがし求めた。

はじめは苦痛を薄めようとしていたものが、いまは苦痛の総量を増やすことこそが目的となっている。

罠のネットはすでに一部を残して放棄されていた。〈シャンデリア〉から切り離され、機能を失った糸や硝視体が冷たくなって放置されている。苦痛のネットは、これらをいそいそと取り込んだ。糸は蔦の素材に練り込まれ、視体は大事に奥深くへと運ばれて、新しい機能を発揮しはじめた。

　いよいよ、本当の仕事がはじまる。

苦痛のネットの中に、そんな声がいくすじも、熱病の予感のように吹き抜けていった。

鉱泉ホテルの表層をはぎ取るのだ。

階段の下、絨毯の下、鏡の裏、に隠されたものをあらわにせよ。

ドニが帳簿から消し去ったはずのもの、鉱泉ホテルからぬぐい去ったはずの過去の亡霊が、立ちあらわれた。

　警備システムのひとつとして鉱泉ホテルのありとあらゆる場所に埋め込まれていた微小感覚器に、蔦の先端が、そして取り込まれた硝視体たちが触れた。微小感覚器を励起させ、そこに蓄蔵された「ホテルの記憶」を叩き起こしていく。その効果が穂波のように何度もひろがり、鉱泉ホテルがゆらめいた。

　客室の家具、壁紙、天井灯やドアノブから、洗面台の石鹸皿から、真鍮のシャワーノブから、バスタブの脚の下から、広間の大時計のねじ巻きを差す小さな穴から、ダイニングのワインクーラーやカトラリーの輝きから、コルク抜きの渦巻きのなかから、ボイラー室の小さな机の抽斗（ひきだし）に仕舞われた犯罪雑誌の写真から、廊下の一隅にかけてあった鳥の博物画の目の奥から、「ホテルの記憶」が明確な像となって再生された。

鉱泉ホテルはにわかに過去の大量の宿泊客であふれかえった。

夏の区界で残忍な休暇をすごそうと考えた無数の客とその客を応接したAIたちの像が曖昧に、あるいは鮮明に再生された。

幽霊屋敷の大舞踏会に着飾って集まった死者たちのように。

いや、これは鉱泉ホテルのフェアウェルパーティーの始まりなのだ。

どこからともなく、音楽が鳴りはじめた。SPレコードのように帯域の狭く、しかし豊潤な音で、ワルツやトーチソングやフィドルが何曲も織り重ねて奏でられる。ホテルの音楽的記憶が一斉に甦ったのだ。どの曲もどの曲も一様に古めかしくわざとらしい感傷に毒されている。

そこここから匂いが甦った。

ダイニングにはグリルとソースの香り、スモーキングルームにはえりぬきの葉巻と蒸溜酒、そしてソファに張られた革の香り、パウダールームには脂粉と香水、女の体臭が満ち満ちた。ホテルの嗅覚的記憶。

音と香りにぼうっと霞んだ空気をかき分けて亡霊たちが闊歩する。

苦痛と快楽が渾然一体となったホテルの中を、闊歩する。

その中には、蜘蛛に食われ、あるいは苦痛のネットに取り込まれていたはずのAIたちが、ふたたび元の姿で混じっていた。

ピエールは、「妹」に扮した小柄な老人に、衆人環視のなか踏みにじられ絶叫をあげている。

バスタンの孫のアニエスは、ほかの女生徒とともに、ゲスト扮する「教師」の指揮の下、ボールルームの壇上で合唱を歌わされていた。少女たちの口には丸めた有刺鉄線が銜えさせられている。丸刈り猪首の教師は、少女たちの真っ白な襟に点々と散った血を見ながら、右翼的精悍さで指揮棒を振り回している。

ジュールの同級生だった少年は、若い女性のグループのディナーに陪席(ばいせき)させられ、むりやり大量の葡萄酒を飲まされていた。女性たちは少年が嘔吐するようすを楽しげに眺め、給仕に命じて、吐き戻されたものをめいめいの皿にソースとして注がせた。

これらはみな、鉱泉ホテルで実際に起こった出来事だった。

鉱泉ホテルの、閉ざされた扉の向こう側で何が許されどのような歓声が起こったか、それがすべて完璧に再現されていく。

文字どおり、そのすべてを、苦痛のネットは吸収し、取り込んだ。

分解消化したのではない、葉巻と汚物は香るままに、楽音と叫喚は鳴るままに、美酒と涙は滴(したた)るままに、巨大な一幅の活人画がそのままネットの中へぐるりと回転しながら折り畳まれて格納されていった。

肥沃な土地に張られた根のように、ホテルに満ち満ちる苦痛と悦楽の、諸相のすべてを、そしてその基底に蟠踞(ばんきょ)する精神の闇のすべてを、蔦と視体がからめとり、滋養として蓄えた。

もっとだ。

いや、もっと食いたいのだ。

もっとだ。

黒水熱の病体のように、瘧が、苦痛のネットを何度も震顫させた。

鉱泉ホテルに蓄えられていた無尽蔵とも思える陰惨な情景も、底なしの食欲を満たせなかった。いや、もう、苦しいほどに満腹なのに飢餓感が医されない。もっともっと食いたいのだ。

充満する苦痛が、ある閾値を超え、鉱泉ホテルの内部空間の質を変えはじめた。

空気が水硝子のように粘度を増した。ＡＩたちは生きながら樹脂に捕らえられた虫のように、苦痛に溺れて、その中を泳いだ。ホテルを形づくる壁も柱も、その硝子性の質感に同化し、境目があいまいになった。硝視体もまた、その輪郭をゆるやかにとかしながら、この透明な粘性体の中に浸透していった。

三姉妹は草臥れたような、上気したような、妙な顔で老ジュールを見た。

ジュールとジュリーの行為を覗き見たのは、この四人だけだった。いや、それは正確ではない。この四人が、ふたりにあの行為をさせたのだ。

「ねえ、どんな意味があるんです？」ルナが訊いた。「ジュールとジュリーにあんなことをさせる必要があったんですか？」

「そりゃああるさ」

老ジュールはとぼけた顔で言った。

「全然わかりません。こんなときに、ふたりを無防備にするなんて信じられないわ」

「無防備じゃない。わしら四人でどれだけ庇ってやったね？」

それは事実だった。行為のあいだじゅう、四人はありとあらゆる手を使って、ふたりの居場所を察知されないよう攪乱を続けた。いまもまだ、続けている。ふたりは死んだように寝椅子に横たわっているからだ。危なっかしくてしょうがない。

「でも」ルナが食い下がる。

「あんたがこだわるのはわかるよ。ジュリーの恋人はジョゼだ。それを無視したのに納得がゆかんのだろう？　ジュールとジュリーはきわどいところまで行っても、けっして結ばれない、それが暗黙のきまりだからな？」

ルナは黙ってうなずいた。

「絶対に侵してはならない一線なんだ、ジュールとジュリーの関係はな。この区界でもっとも重大な禁忌だ。そうだろう？」

三姉妹は黙ってうなずいた。

「ジュリーは、じぶんがジョゼを好きだと思っている。……しかしどうしようもなくジュールに惹かれているのも確かなんだ。そういう自分の心を訝しみ、懼れている。ジュールは、もちろんジュリーが大好きだ。しかしジョゼのことが枷になっている。ジョゼはジュリーを愛し、ジュールを尊敬している。しかしふたりのあいだのこの心の動きは知らない。

こういう三竦みが、夏の区界には仕組まれている。

かれらは、もっとも重要なキャラクタだ。この三人が三竦みに陥っていることで、夏の区界の平穏な日々——長い長い午睡みたいな日々が保証されていた。

……そうだろう？」

だれもうなずかなかった。自明のことだったからだ。

「だが、もう、いいんだ。守るべき平穏な日々は、もうない。だからといって自棄になっているわけでもない。あれが禁忌だったとすれば、封を切るべきときがあるはずだ。もう、遅すぎるくらいだよ」

「でも……」アナがゆっくりと口を開いた。「ランゴーニもそのことは知っているんでしょう？」

「この仕組みをかね。それはそうさ。だからジョゼは捕らわれた」

「あの……」ルナがすこし急き込んだように言った。「なぜなの？　なぜクレマンと地質学者の感情を使ったの？」

「クレマンのエピソードは、夏の区界という大きな絵の下絵なんだ。油絵を描くときにはな、まず薄色の絵の具で構図をとるだろう。その上に色とタッチを塗り重ねていく。だが下絵はすべてを支配している。クレマン家の膨大な物語は、夏の区界のあらゆる場所に沈潜し、わしらの感情と行動をいちばん深いところで規定しておる。ジュールやジュリーみたいな特別のAIでも、やはりそれはかわらん。

そしてな、この下絵は、三竦みの禁忌よりもさらに深いところにあるものなのだ。

重大なタブーを破らせるなら、クレマンのエピソードを使うのがもっともよかった。そうでなければふたりの精神は破壊されておっただろう」

「タブーを破らせて……」これはドナだった。「何が、どう変わるのでしょう」

「すぐにはわからんよ。すぐにはな。効果はずっとずっとあとになってあらわれる。いや……」そうしてひとりでおかしそうにほほえんだ。「ずっと、そう、別の方角かもしれないな」老ジュールと名乗るこの人物は、そこで、饒舌をやめた。「……やれやれ、ようやく気がつきおったようだ」

四人は〈シャンデリア〉を通して、寝椅子の上を見た。

ジュールとジュリーが息を吹き返したように、目を覚ました。

「もう、ここにいることもできないわね」

四人はカジノを見渡した。

ほかには、もうだれもいない。

壁と天井の継ぎ目から、絨毯の網目の中から、肉の色をした蔦が顔を出し、こちらの様子をうかがっていた。壁に掛かったいかめしい肖像画の唇が〈ファムファタル〉の唇にすり替えられているのも、四人にはわかっていた。唇の中にはほそい棘のような歯がならび、空腹に耐えられないというようにカチカチと鳴らされている。ガラス絵のドアの向こうでは、部屋に入ろうとする人士たちが、楽しそうに、苛立たしそうに、声高に話しかわすざわめきがだんだん大きくなっている。わずかに残った罠のネットの力でこのカジノだけは侵入を拒んできたものの、外の気配に四人の力を恐れている様子は、もはやない。むしろ圧倒的な自信と余裕がうかがえた。

「あのふたりを見届けられないのは残念だがなあ。しかし、これ以上はもう無理だろう。あいつらはもうすぐ地下堂も見つけてしまうだろうしな」

「壊しましょうか？」ルナが言った。〈シャンデリア〉たちのことを言っているのだ。硝視体の機能を渡す前に壊そうと言っているのだ。老ジュールは肩をすくめた。

「たとえスレッジハンマーでも、壊せやせんよ。素手でどうやるってのかね」

「ではこの視体たちもくれてやるんですか?!」

「欲しいというんだったら、くれてやりゃあいいさ。だってこの視体で守るべき鉱泉ホテルとAIはもう失くなっちまったんだからな」

「でも……」

「そんな……」

「だって……じゃあこれからどうするの？」

死にものぐるいで守ってきた鉱泉ホテルに、このテーブルに、もはや老ジュールの関心が一切ないらしいことを知って三姉妹は戸惑った。いやこの老人に、ホテルを守ろうという気はそもそもなかったのではないか。

「そうさな。……逃げるか」ひょうひょうと笑いながら老ジュールはこたえた。

三姉妹は顔を見合わせた。

「それはいいですけど、……どうやって？」

もはやこのカジノを一歩も出ることができないのはあきらかだった。

三姉妹は最大の抵抗を試みるだけやってみよう、と考えていたのだ。しかし老ジュールは、引退した公務員が今日の散歩コースを決めるときのような、のんびりした口調で、「鳴き砂の浜へでも、行くとしようか」ぽつりとそう言った。「だいじょうぶ、あんたたちのことは何とかするから」

遠い昔何かにえぐり取られた右目の古傷も、左と同じ、ひとなつっこい笑いを浮かべていた。

カジノの両開きの扉が蝶番ごと内側に吹き飛んだ。ドアを支えていた力が急に失われでもしたようだった。

ガラス絵を踏み砕きながら、苦痛の粘性体と亡者たちがカジノへ流れ込んできた。それに満ちる苦痛と狂気はさらに強まっている。区界の基層、クレマンの年代記の養分を存分に吸い上げ肥え太ったのだ。亡者たちは大テーブルに蝟集（いしゅう）して、〈火の親方〉〈スノースケープ〉そして〈シャンデリア〉などのもっとも価値の高い硝視体にとりついて歓喜の声をあげた。その中の幾人（いくたり）かが、戴冠の儀式を執り行おうとする僧侶群のように〈シャンデリア〉を捧げ持ち、ゆるゆると歩み去っていく。

老ジュールたちの姿は、もうどこにもなかった。

「きみが答えられないなら、わたしが教えてあげよう、ジョゼ」

ハロウを帯びた声は地下堂の穹窿(きゅうりゅう)に反響し、荘厳なスペクトラムをひろげる。

「きみはとくべつなAIなのだ」

俺を覗き込む巨大な虹彩は、最上質の家具や喫煙用パイプにあらわれる目模様(バーズアイ)みたいに複雑な美しさだ。ダークセピア、セダーグリーン、ゴールドオーカー、ビスタ、ヴェネツィアンレッド。無数の色彩が渦巻いて落ち込む中心の黒闇には、俺の顔が映り込んでいる。

「きみは、夏の区界の政治的中心なのだ」

手元灯の明かりが、催眠術師(メスメリスト)の吊るす銀貨のように視界の四隅に見えかくれする。

「夏の区界のAIには、二種類ある。非凡なAIは、使命を持っている。区界は非凡なAIの機能を利用して、運営されている。ジョゼ、きみは自覚していないかもしれないが、夏の区界における政治機能をセットされたキャラクタなのだ」

胸の中心で脈打つものがある。顔だ。俺がまだ十歳かそこらのころの、顔。けっしてこの区界で生きたことのない顔。俺が忘れ、とうに忘れ、しかしこの顔が覚えているものがある。憶えていることがある。

「ジョゼ。政治とは何だろう。それは集団の秩序の形成と解体をめぐって、他者に、または他者とともに行う力の発揮、運動だ。権力、政策、支配、自治。きみはそれを、アンヌのグループの中で行使した。きみがリーダーになるのはたやすかったが、そうはしなかった。きみはアンヌのコンセプトを生かし、百倍も洗練されたシステムにしてグループを生かした。

と同時にアンヌの意を体して区界のあらゆる階層にコネクションを持った。能吏呼ばわりはさぞ嫌だろうが、まぎれもない真実だ。きみの中には、AI集団を支配し、統制し、システム化するためのありとあらゆる機能がセットされている。この区界を家畜の群れのように統治する無意識の仕掛け、それがきみだ」

ランゴーニの身体は、王のようによい薫りがする。この地下堂を、王宮の謁見室のように香らせている。

「ジョゼ。きみはいま軽いトランス状態にある。

その胸に咲いた顔は、きみの内奥から生えてきたものだ。わたしのかわいいサブセットがきみの全身に根を張り、封じられた記憶を汲み上げ咲かせた花なのだ。ジョゼ。きみにはそのような記憶がたくさんある。そのように仕組まれているのだ。きみに政治的ファンクションをセットするために。さあ、きみも耳を傾けたまえ、その花が語るきみの思い出を」

『ぼくは……』

胸の中心で、俺の顔が、口を開いて話しはじめた。

『ぼくは花の中で眠っていた』

まだあどけない自分の顔が、透き通った稚い声で、詩をよむようにおもいでを語りつむぐ。

『あたりいちめんに咲きこぼれた、花の好い薫りの中で午睡をしている。なかば覚め、なかばは夢の中だ。まるで……そう、ちょうどいまこうしているのとどこか似ている。

ぼくは……墓石に体を凭せかけている。ここは墓地だ』

そうだ。陽射しに温められた墓石の温度を、俺の背中は覚えている。風が、花々をゆらし、空気を透明に波打たせる。

『頭上に張り出した枝々を貫いて、夏のはげしい光が、銃弾のように降りそそいでいる』

思い出した。そうだ。きらきらと落ちてくる光が痛く、また重さがあるように思えて、たしかに俺は「銃弾のようだ」と思ったのだ。

『薫りがぼくを眠らせている。薫りは横たわるぼくの上に、花びらのように降り積もっていて、その重みでぼくは動けない』

その薫りとは、薬物だ。

菫(すみれ)の花びらを飾った小さなチョコレートを、いくつも手に握らせてくれた大人がいた。その中に、俺を微睡(まどろ)ませる薬物が入れられていたのだ。

『となりの墓石には、弟が、おんなじかっこうで寝かされている』

弟？　弟……。そうだ、そう、俺には弟がいたのだ。マルタン。その名は、ときおり思い出すことがあった。

大人が呉(く)れたチョコレートを俺は、まだ幼い弟に分けてやったのだ。

『弟は、生きたまま、ばらばらにされている……』

記憶の淵からその光景が浮かび上がってきた。

墓石に背中を凭せかけている弟の姿が見える。

『弟はアイデンティティ境界を操作されていた』

弟の衣服と皮膚は、タイルそっくりの分割線におおわれている。弟の表面に、素材指定とは無関係な処理を適用し、タイル状にテクスチャライズしたのだ。そうしてそれが本来の位置から少し浮き上がった状態になっている。そのためタイルの間に隙間ができ、その中に弟の「内部」がのぞけていた。

超現実的な眺め。

『弟の境界の下には、脂肪と筋肉が、人体標本のようにむき出しになっていて、滲みだした血でぬれぬれと光っていた』

このような状態なら、むしろＡＩプログラムの構造が透けて見えるべきだ。光る格子、論理のツリーが。

だが、このとき弟は、もっと別な方法で解体されようとしていたのだ。

あの女に。

『弟の前に女の人が立っている。長い、白いコートを着た、黒い髪の、すごく背の高いひとだ』

ああ、覚えている。きちっとまとめた髪も、まとめきれなかった髪がすきとおるように白い耳のまわりに柔らかな影を残していたようすも。長い睫毛。かなしげな眸(め)。赫(あか)い唇。幻影がまとうような長い長いコート。足元にのぞく黒いブーツ。その硬い踵。

女はこっちを向いて笑う。

……どう、ジョゼ？　ごらんあなたの弟の姿を。

長い眉。大きな口。理知的でやさしげな顔。

前歯がギロリと光った。銀色のとがった歯列、むりやりコラージュしたようなその凶悪な歯がととのった顔を台なしにしている。

『何をしたの？……と、ぼくは訊いた。弟に何をしたの？　ぼくとは違うことをしたの？』

最初は、ひとりでこの女に会ったのだ。

墓地にひとりで忍び込んだとき、この女が声をかけてきた。女はぼくにチョコレートを呉れた。このお菓子には悪い薬が入れてあるわ、でもとてもおいしいのよ、あなたはこのお菓子を食べる勇気があるかしら。女はそう言った。性的な意味を籠めた挑発だと、小さな俺にもわかった。俺はおずおずとチョコレートを食べた。香料に浸した菫の花びらを飾った、一口大のチョコレートだ。薬物の効果で、俺の身体は完全に弛緩し、しかし同時に信じがたいほど敏感になった。何の抵抗もできない俺を女は開いたコートの中に抱き込んだ。そこにコートよりも白い女の裸身があった。

一時間ほどを俺はコートの中で、女に玩弄（がんろう）されて過ごした。

あたたかい、膏（あぶら）の匂いのする、ミルク色の闇だった。

声を立てず女は笑った。大きな紅い口がさまざまな形で笑う。

女の顔から理知的なカバーが外れ、正視できないものが見える。

残虐な寂しさ。

優婉（ゆうえん）なサディスム。

知的に装われた愚鈍さ。

銀色の歯列。

俺は……その精密な狂気に魅了された。

こんどは仲間を連れてらっしゃい……。別れぎわ、女はそう言った。

俺は弟を連れていくことにした。

無口で、おとなしくて、従順なひとりきりの弟を。

『……ぼくのときとは、違うこと？』

『そうよ、わかるでしょう？……と女の人は答えた。

だってあなたのときはこんなふうにならなかったでしょう。……そう言ってにっこり笑う。

ほら、あなたもごらんなさい。

もうとっくに女の人の正気のカバーは外れている。

弟は自分に起こったことがまだよくわからないので、ぼくと女の人の顔を見比べている。顔から血の気が引いている。目だけが大きくひらかれている。ぼくはその怯え、不安を見ていられなかった。いや、ちがう、見ていたかった。自分とよく似た顔の弟を身代わりとして、そこに立てておきたかったのかもしれない。そして彼女が揮う力を、ぼくの身代わりとして受けさせたかったのかもしれない』

女は大きな口でほほえんでいた。しなやかな手先の爪は青かった。ひとさしゆびの長い爪が弟のタイルをひとつひとつ剝がしていく。生爪を剝くような音がして、弟が泣き叫ぶ。俺は指一本動かせず、見守る。

　女はタイルをつぎつぎ剝がした。どれを剝ごうかと迷うことを楽しみながら、あちらこちらとばらばらに剝いでいった。弟の表面は、不規則に失われ、赤く濡れた内部が空気と光に曝露される。

　やがてタイルを半分ほどもはずすと、女は手を引っ込めた。

　そうしてコートの前を開く。

　俺の位置からそのコートの中は見えない。

『……ぼくの位置からコートの中は見えない。

　でも弟には見えたみたいだった。

　弟は目をいっぱいに開いた。その目が何を見たのかぼくにはわからない。

　そして女の人は……』

　女は弟を「吸い」はじめたのだ。

『最初に見えたのは細く赤い糸だった。

　それが女の人と弟のあいだの空中をそよいでいたんだ。

　つぎは青。そして緑。糸の数が増えていく。

　客船と埠頭とを結ぶ紙テープのようだった。

　色とりどりの無数の糸が生き物のようにくねり、踊っている。

　ぼくは目を凝らした。

糸はどこから出ているのか。

弟の身体だった。

剝がれたタイルの隙間から色の線が立ち上がって、女の人のほうへふわふわとのびていく。その糸がはだけられたコートの中、こちらからは見えないところへ吸い込まれていくんだ』

そしてすぐに俺はそれが見間違いだと気づいた。

糸は、女の身体から出ていたんだ。

透明な、中空の糸が、女の身体から出て弟の身体に挿されている。たぶんタイルを剝ぎながら少しずつ植えつけたのだ。

その糸を使って、弟の身体から何かを吸い上げている。透明な輸管。弟の血肉が、細かく粉砕されて吸い上げられている。

やがて女は弟を「吸い」おえた。

タイルは残っている。

タイルのなかにはなにもない。

ひとがたの形を保った空洞。

両目に貼られた恐怖が期限切れの古いポスターのようだった。

女のブーツの踵がその顔をくしゃりと踏みつぶした。古い紙のようにもろい音がした。

俺にはなにもできない。木漏れ日の銃弾を全身に浴びて、ただ冷たく泣く以外にはなにひとつ。

女のコートがまたはだけられ、俺を包む。花の香り。

「ごほうびよ」女の声がした。

俺はのたうつ。

女の呉れる快感に。

そして弟の目が投げて寄こした罪悪感に。

「美しい」

ランゴーニの荘厳な声が地下水堂をスペクトルで満たす。

封じられた記憶を語りおえた少年の顔……稚い俺の顔はまたしずかに目を閉じている。

「なんと美しくまた醜いイメージだろう……。これが、ジョゼ、きみに巣くう病巣だ。誘惑に負けて弟を死なせた、この罪悪感がきみを呪縛する。きみの行動のすべてを規定する。きみは他人の苦しみを、もう二度と、拒めない。今度こそ庇護者として正しくふるまおうとするからだ。この絶対の負い目。政治的機能の源泉。ジョゼ、きみは絶対そこから逃れられない。

それこそが、わたしがきみを選んだ理由なのだ」

俺の胸の顔、眠った瞼から涙があふれはじめた。

「さあジョゼ、きみにはまだまだ思い出してもらわなければならないことがたくさんあるのだ。きみの機能を確実にするために、そう、このような偽の記憶がきみのなかには無数に埋め込んである。

ひとつ残らず、思い出させてあげるよ」

ランゴーニはまた、俺のまわりに闇を、無感覚の闇を垂れ込めさせる。ものが見えなくなり、聴こえなくなった。

俺は目を瞑る。

もう、耐えられないだろう。

これ以上、思い出すことには、耐えられない。

胸の上で少年の瞼がまた開くのを感じる。

闇に咲く花のように。

「……一度聞きたいと思っていたんだ」

「何？」

「名前だよ。ジュリーの」

「？……ジュリーはママがつけてくれた名前よ。好きだわ」

「いや、プランタンっていう苗字のほうさ」

「それ、苗字じゃないわ。名前がふたつ続くと、どちらかがファミリーネームだと思い込むのはなぜ？」

「じぶんで勝手につけたんだよね。きみが決めたんだ」

「そうね」

「どうして……自分で決めたの」

「そうね……。どうだったかな。忘れたかも」

「ほんとうの名前が嫌いだったの？」

「ううん。そんなことはないわ」

「いつからだったろう……」

ジュリー・プランタンはゆっくりした動作で、身体を起こし、ソファから降りた。

潮が引くように、さっきまで部屋を満たしていた濃密な気配は鎮まっていた。

窓から月の光がさしている。

「月が綺麗ね。

……ねえ、ジュール知っていた？　あの月はＡＩなのよ」

「え?!」

ジュリーがくすくすと笑った。

「……からかってばっかりだ」

ジュールは身体から力を抜いて、ソファの上に仰向けになった。

「わたしの名前はママがつけてくれたもの。そうね……でもほんとうはそうではない。そう設定されているだけ……わたしはじぶんのママは好きよ。ジュールのことも好き。でも、それがほんとうの気持ちなのかどうか、わからない。わたしの感情を感じているのは、だれ？」

「はぐらかさないで。ぼくの訊きたいことはわかっているんでしょ」

「春。いちど観てみたいわ、春を。どんなふうかな。ここには夏しかないものね」

「もう、全然こっちの話はとりあってくれないんだ」

ジュールも、ついに笑いだしてしまう。

「気に入っているの、プランタンって名前は？」

「うん。好きよ。観たことのないものが、好き。ねえ知ってる？　春って暑すぎないのよ。緑の色も淡いし、雨も細くて柔らかい。春は、夏ではないの。どう？　ねえ、どう思う？」

ジュリーは窓の外を向いたまま自分の髪を撫でる。短いうなじの髪が芝生のようにさやさやと鳴った。春の細く柔らかい雨は、こんな音を立てるのかもしれないとジュールは思う。

ここからジュリーがどんな表情をしているのかは見えない。

ジュールは目を閉じて、瞼の裏で春の雨の音を想像した。

鉱泉ホテルとその庭を春の午後の柔らかい雨が包む。しとしとという雨音はやがて均一な背景音となる。他の物音をうちけす無音の幕となって、眠りを誘う。春の午睡。成長を促す眠り。未来を準備する眠り。葉先や花弁のふちに透明な水滴が宿る。石畳が温かく濡れる。午後のホテルが安堵している。その光景を想像した。

観たことのないものが、好き……。

「みんなどうしたかしら」

何の音もしない。

鉱泉ホテルは静かだった。月の光が降り積もる音さえ聞こえそう。生命のたてる音も、気配も、まったくない。

「たぶん……もう」

たぶん……もうだれも残っていない。

ジュリーがこちらを向いた。

窓を背にしている。顔は見えない。

目のところに光るものがある。

ジュールは、いくども躊躇って、ようやく口を開く。

「ねえ、聞いて」

いままで言えなかったこと。

「ぼく、好きだったよ。……」

しかし、最後の単語を言わせないように、そこでジュリーはジュールの唇に指をあてた。

ジュールは口を閉じた。

ジュリーは月明かりの床の上にかがみ込んだ。

そうして、くじらの耳飾りを拾い上げ、耳につけた。

闇に咲く花のように。

一貫性のある思念としては、それがジョゼの最後の思考だった。

もうAIとして正常に機能していない。

大ランゴーニはその巨体の高みから、足許に横たわるジョゼの身体を眺めた。

さっきまでそこに寝かされていた姿は磔刑（たっけい）台から下ろされたばかりの若い預言者のようだった。

長い黒い髪。潮風が研ぎあげた険しい鼻梁、尖った頬。狼のような口元。長く延べられた腕と脚。

もう、すべて失われた。

男の身体は、そう、さっきかれ自身が思い出した弟の最後の姿のように、超自然的変容を始めている。

大ランゴーニがめざす「苦痛の宝冠」の楔石（キィストーン）にふさわしい姿に。

まさに、闇の底に咲く花のようだ。

ジョゼの身体は、微細なタイル、もしくはブロックに分節化され、いっぱいに展開されていた。

弟は表面がタイル化されただけだったのだが、かれは身体の内奥部のすみずみまで、小さなオモチャのブロックのようなユニットに解体され、連結を緩められている。その無惨な姿は、ジョゼのなかに埋め込まれた、忘れられた記憶をすべてサルベージするための徹底的な解体と探索が行われた、その残骸だった。ユニットは、官能素（ピクセル）に近い大きさにまで解像されていた。もう顔もどこにあったのかわからない。四肢の方向がどうにか判別できるだけだ。

その四肢の方向を花弁にした、花に見える。

ジョゼに埋め込まれた無数の記憶は、どれひとつとっても、顔を背けずにいられないほどのものだった。

たとえ封印されているとはいえ、これだけの傷をかかえた精神がまともに機能しうるのかとランゴーニでさえ考えさせられたほどだった。そのひとつひとつを剔抉するたびに、ジョゼは、強烈な精神的打撃を蒙り、少しずつ、ここに横たわりながら、壊れていった……。自分のなかの暗黒をたてつづけに正視することは、たとえＡＩであっても、できることではない。

しかしだからこそ、これはトラップとなりうるのだ。

夜の風の香りが地下水堂の中に吹いた。

ランゴーニは大きな満足感を覚えた。

四方の石壁が音もなく崩れ、そこから、透明な、密度の高い粘性体が、ゆっくりと流れ込んでくるのを眺めた。

苦痛の集積。

ようやくここまでこぎつけた……ランゴーニは息をついた。

しかし、これらはまだ組織化されてはおらず、どこまでも等質なけじめのない、一団でしかない。

これを……。

粘性体が、この部屋に湛えられた鉱泉水と混じりあって変容していくのを眺めた。

そしていま地下水堂が、かれの構想するおおきな構造体の要（かなめ）として再構成されていくのを眺めた。

一夜の攻防はついに完全な収斂に向かいつつある。

ただひとつの要素を除いて。

まもなく此処（ここ）に届けられるはずの彼女を、ランゴーニは、まるで恋文を待つように待ち焦がれている。

第九章　ふたりのお墓について

頭上を横切る、白い、石の円弧。

靴の下はサリサリと鳴る砂。

ジュール・タピーはかつて鉱泉ホテルの廊下だった場所を歩いている。

すぐ後ろにはジュリー、手の中には〈テイル〉。

石化した森、死んだ珊瑚――硝子化した巨大な枝々を高く危うく積み上げた立体の迷路を歩いているようだ。あるいは数千頭の象の骨をシャッフルして拵えた檻だろうか。広く傾いた腰骨の床、頭上に大きな弧を描く牙、それを柱となって支える堅牢な腿、背骨の精密なつらなりがつくるリズム。

そのすべてが硝子質だ。なめらかで硬く冷たい。

枝々の間を見透かすと、真っ暗な夜空がひろがり、小さな星がするどく光っている。もう、あの荒れた雲はどこにもない。頭上に広がる硝子の交錯とそっくり同じ構造が足許から下にていく。

も広がっている。闇夜に張り渡された白い階梯を、豆粒ほどにも小さいジュールたちが歩い

「まだ、夜は明けていないね……」

ジュール・タピーはあるきながら、誰にともなく、そう言った。足の下で砂がサリサリと鳴る。ガラスの微粒子。

頭上の弧が一角で柔らかく溶け、真下にながれおちた形のまま、乳白色の細い柱となっている。コーヒーに注ぐクリームがそのまま石となったような形。その硝子面に自分の顔が映り込む。

いつかここを強い熱が洗ったのだろうか。

硝子の骨たちはその熱に耐えかねて、たがいに溶けあい、なめらかにつながりあっていた。

「これが、ぼくの浅知恵のなれのはてなんだ……」

ジュールは、やはりだれにともなく、平坦なトーンでつぶやいた。

手の中の〈テイル〉がカンテラのかわりだ。

遠くを見るときは細く強く、足許のときは広く弱く、差しのべる光を自在に変えながら、ジュールたちを導いてくれている。ジュールの呼吸に合わせてその光も息づく。歩みに合わせて、変容しきったホテルの姿が浮かんでは、また消える。硝視質にとけこんだり、封じ込められたAIたちの貌が、浮かび、また後方へ消え去る。

これが罠のネットと鉱泉ホテルのゆきついた姿なのだ。

鉱泉ホテルにとりついた罠のネット——痛苦のネットは、ホテルもＡＩたちも丸ごと呑み込んで溶かし合わせ、沸騰した。

そして、冷却し、収縮した。

その成果が、この硝子の森なのだ。

クレマンのメモリアルルームを出たのが、もう十分近くも前になる。

ジュリーは、耳飾りをつけ終えると言ったのだ。

「あたし、ジョゼを探しに行くわ」

見つけられるとは到底思えなかった。しかしそれでもジュリーは行くだろう。

「ぼくも行くよ」

ジュリーは頷いた。しかし、メモリアルルームのドアを開けて、ふたりはしばらく動けなかった。

これほどの変容が起こっているとは予想もしなかったからだった。目の前に見える光景はすでにそこが鉱泉ホテルではなくなっていることを示していた。床も壁もなく、錯綜する枝々のような硝子の構造体の向こうに、星をちりばめた闇空が見えた。

ふたりは思わず振り返った。

メモリアルルームは、クラシックな佇まいを何事もなかったかのように温存している。ふたりはこれが老ジュールや三姉妹の庇護によるものとは知らない。ホテルが変容の激震に見舞われ、そのピークにあっても、老ジュールたちが設けた遮蔽プログラムが、ふたりを守ったのだ。しかしドアが開けられてその効力も消えた。音もなくクレマン家の美しい調度とその記憶は一瞬で液化し沸き立って、それがすぐに冷えると、萎縮した硝子の残骸が残った。まわりでからみあう硝子の骨々と何ひとつ変わらなかった。

前後左右を見る。どちらへ進めばいいのかわからない。

上？　下？　ジュールとジュリーは顔を見合わせ、苦笑した。

「もしかしたらさ、あたしたちまだ生き延びてるんじゃない？」

「きっと、まあ、そうだろうね。さてどっちへ行こうか」

「下へ。約束してるもの」

「約束？」

「デートよ。ジョゼと」

「デート？」

「そう、チェス大会が終わったら、地下水堂で待ち合わせる約束だったの」

「地下水堂？」

ジュールは、でくの坊みたいにオウム返ししかできない自分を、呪った。

「……そう。地下水堂は、でも、まだあるかな」

「どうかしら。行ってみるわ、行ってみなくちゃわかんないもの」

「行けるかな？」

ジュリーは答えない。

「……そうだね、きっと行けるよ」

ジュールは自分の中で言葉を続けた。ぼくとジュリーとならね、どこへでも行ける。その意味は伝わらなかったかもしれないけれども。ジュールはポケットから〈テイル〉を取り出して、先に歩きはじめた。

いまふたりは硝視体化したトンネルの中を歩いている。壁も床も網状で、鉱物でできた巨大なアミガサタケの中空の部分を通り抜けていくようだ。ジュールの手の中で、ニワトリの卵ほどの〈テイル〉が光の脈を拍っている。ときおり〈テイル〉の中に光が増し、その光の中で無数の矢印が検討されては消えていき、最後にひとつだけ残る。ふたりをナビゲートしてくれているのだ。

「ここは、もとは四階だったところだね」

〈テイル〉にあらわれた文字表示を見ながら、ジュールはジュリーにそう説明した。

奇妙なことだ。クレマン家のメモリアルルームは三階にあった。そこから比べれば降りてきているのに、ここは四階だ。ここへ来る途中、階数はいろいろに変化した。鉱泉ホテルがこの変容を遂げたときに、全体が大きくねじられてしまったのだろう。もはや連続性は失われて、記憶は当てにならない。かえって邪魔になるだろう。いま歩いているこの床面は壁だったかもしれないし、海のテラスだったのかもしれない。一歩ごとに違う場所を歩いていたとしても、不思議ではない。

ではどうやってジョゼを探すのか。

〈テイル〉には罠のネットが始動したときの、このホテルの構造が損なわれないまま丸ごと保存されている。そのことを思い出したのはジュールだった。〈テイル〉はもとのホテルの構造を外面ではなく、もっと深い部分で読みとっている。その記憶と現在の姿を参照し、また変容がもたらした位相的変化を予想して、〈テイル〉は矢印と、階数の表示を行うのだ。そのようにしなければ、地下水堂の位置は探り当てられない。

「このまま真っ直ぐでいいの？」

「さあ、どうだか……たぶんね」

「そう」

ジュリーは軽口さえ叩かなくなっている。

ときどき、目を上げては伏せるだけだ。

いま目の前にある柱には、樹液に溺れた羽虫のように、ＡＩたちが何体もくっついている。身体の半ばが埋もれ、外に出ている部分も硝子質に同化している。

こころみにジュールは、ひとりの顔に指で触れてみる。冷ややかで、なめらかで、硬い。

柱だけではない。床や、壁に、硝視体化したＡＩが、埋め込まれている。

よく見知ったあの顔やこの顔がすきとおった鉱物になって浮き上がっている。

……いや、むしろ硝視体化したＡＩをつらねるようにして、この構造体全体ができていると言うべきだろうか。

すべて表面はなめらかだ。雲母色だったり、ピンクダイアモンドのようだったり、真珠色の光沢があったりする。硝子の質感と完全に同化しているのもあれば、もとのＡＩの質感をまだ少しは残した者もいる。

しかしどの顔にも共通するのは苦悶の表情だ。目を開いているものもあれば、瞼を縫い合わされているものもある。身体のパーツがばらばらなものもあれば、五体揃っているものもある。

しかしだれもが共有しているのは、想像もできないほどの苦痛だ。ジュールたちはその苦痛に触れることはできない。すべては鉱物の表面を被うなめらかな硝子質の下に封じ込まれている。その材質は硝視体であるはずなのに、まわりと官能をやりとりすることがないのだ。

ふたりは、この断絶に打ちのめされていた。

最初に気づいたとき、ふたりはとにかくだれでもいいから助けられないものか、と試みてみた。湖に張った氷の下にたくさんの人の姿を見つけたようなものだからだ。

しかし、ジュリーの交感力をもってしても、何の反応も返ってこなかった。

汚染を覚悟でジュールが〈テイル〉を使った交信を試みても結果は同じだった。

そしてジュールにも、ジュリーにもわかっていた。

目の前の、硝視体化したかれらが、いまもリアルタイムでその苦痛を味わっていることは。

それなのにどうしても手が出せないのだ。

「どうしてやぶれないの！」

そのときジュリーは拳でがんがんとガラス面を叩いて叫んだ。ジュリーの存在の意味は、ほかのＡＩと苦痛をともにし、医(いや)しの契機を与えることだ。苦しみを見過ごすことこそが最大の苦痛なのだ。

ジュールは何と言ってやればいいか、わからなかった。ジュールは交信を試みるうちに、なぜ「やぶれないのか」の予測をつけていた。

向こう側は、ガラスの中なのだ。何十年もたった古いガラス窓を見たことがあるだろうか。窓の外の風景が微妙に波打つ。工作精度が悪いためだけではない。ガラスとは、流れるものなのだ。高熱で溶融状態にあったものが冷えて網目状に固化しただけで、そこに強固な結晶構造はない。時間を圧縮する眼で見たとき、それは液体なのだ。板状に成形された窓が緩慢に流れ落ちる、その変形が風景を波打たせているのだ。

そう考えたとき、ジュールにはわかった。硝視体化した鉱泉ホテルの中には冷えた、遅い時間が流れているのだ、と。

その時間の中に、鉱泉ホテルとＡＩたちは囚われているのだ。これ以上の断絶はあるまい。こちらの時間からあちらの時間の中に、手をさしのべることはできない。

けっして……。

それをわからせることができるだろうか。たとえわかっても、ジュリーはその壁を越えようとするだろう。どのような苦痛の中へでも、ジュリーは手を差し入れてしまうのだ。この嘆きの壁から力ずくで引き離すことはだれにもできない。

「いまは、だめだ、ジュリー」ジュールはそっと囁くことを選んだ。「約束があるんだろう？　地下水堂へ行こう。ジョゼと一緒にみんなを助けるんだ」

それでようやくふたりはまた歩きだすことができた。

手の中で〈テイル〉が明滅し、つぎの矢印を指した。

「？」

矢印がめまぐるしく色を変えた。矢印の両側に細かい文字がびっしりとあらわれ、高速でスクロールした。〈テイル〉が必死で何かの情報を伝えてこようとしているのだ。しかし焦って読みとれない。

ジュールは目を上げた。ジュリーも後ろで緊張したようだった。

硝視体化した時間の枝々の向こうに、もっと生々しい時間、ジュールたちと同じ時間に属するものが顕れようとしていた。

妖精のようにほっそりした、軽やかな、女性の形をとるもの。

光が微細な網目の布地になって、幾重にもその身体を被う。

レース。そのレースになら見覚えがある……ジュールは確信する。後ろのジュリーもきっとわかっただろう。

細い肢体は、丈の高い水草のようにゆらゆらとゆらぐ。輪郭が幽霊のように明滅する。

容貌はすっかり変わっている。しかし、見えない目や優しいほほえみは見間違えようがない。

「気をつけて。危険だわ」

ジュリーの声が聞いたこともないほど蒼白だった。

ほほえみがすうっと横にのびて、歯が見えた。きれいに揃った白い歯になぜかジュリーはぞくりとした……。

ほほえむ人、イヴェット・カリエールは、ふたりを待っているようなのだった。

寒い……。

寒さのあまりイヴが目を覚ますと、その寒さは、実はさみしさなのだった。

この寒さはいったいなんだろう。なぜわたしはこんなにもさみしいのか。

イヴの記憶は煮すぎたオートミールのように混濁している。区界に何が起こったのか、自分が何をしたのか、それももう不確かだ。そして、どうでもいい。

自分のまわりにあるのが硝視体の性質を持っていることはわかる。ところが手をふれても何の反応も返ってこないのだ。イヴにとってこんなことは初めてだった。歯がゆい。もどかしい。そうして、何よりも、寒く、さみしかった。ここには何もない。わたしを取り囲んでいるのは、つめたい石だ。

あたたかい場所で、自分を理解してくれるものに囲まれていたい。

どこかへ行かなければ……。そう思ってイヴは立ち上がった。

立ち上がったのは、もはやかつてのイヴの姿ではない。不安定に明滅する、青ざめた、ほっそりした姿だった。アイデンティティ核の中に、彼女が人に見せることもなく秘めていた自分のイメージ。フェリックスによる破壊のあとかろうじてそれだけが残って、動いている。AI本来の豊富なモジュールはもうなく、イメージだけが残っているという意味で、それはまさにAIの幽霊だった。

ゆらゆらと幽霊は歩きだした。ふらつく、というよりは、浮遊するように。

かすかに、何かを感じる方向に移動した。そちらには暖かさの気配があった。生きて動くものの匂いがあった。

明るい……

ジュールが掲げる〈テイル〉の光が、イヴの目に入った。

まばゆい！

イヴは感動を覚えた。なんて素敵な視体だろう……。

その明かりのおかげで、イヴはその周辺の光景も何とか見ることができた。名前も知らない、少年と少女の姿が見えた。

あの人たちと仲良くなろう。そうしてあの硝視体をわたしにくださるようお願いしてみよう。きっといただけるのではないだろうか。いやどうやってでも、いただかなければいけない。

希望がこみ上げてきた。凍えた身体に血がめぐりはじめたようだった。イヴの内奥から何かが展がりはじめた。それはイヴの大好きなレース模様となってはためいた。

エロティックなイメージの花、たとえば蘭の花弁が咲くように、イヴのまわりに編み目模様がひろがっていくのをジュールたちは凝視している。

光る糸、黒い糸が交差し、ほれぼれするほど美しい模様を描いて、風にはためくように、イヴの儚(はかな)げな裸体を被っていく。

イヴは虹彩のない瞳をこちらに向けている。

「お願いがあるの……その硝視体、とても可愛らしいのね」やせほそった顔の中で、きれいな歯並びが笑う。「わたしにその硝視体をくださらないかしら」

いつのまにかイヴは間近に立っていた。びっくりするほど背が高い。イヴの目は二メートル以上の高さにある。瞳孔のない目がふたりを見下ろしている。編み目模様は、いつのまにか何本もの長い長いリボンになってこの三人を取り囲むようにふわふわと漂っている。幾重にも重なるリボンが閉塞感を産み出す。

「わたしは硝視体がないと目が見えないの。とても困っているの。ほんとうに困っているのよ」

幽霊はほほえみながら、睫毛をびしょびしょにして泣いている。

「わたしに明かりをくださらない？」

この空間イメージには見覚えがある、とジュールは思った。閉ざされた空間。その内側にびっしりと書き込まれたパターン。ああ……クレマンのクロニクルのエピソードか。そう、それで歯に恐怖を覚えたのか。

あのとき農夫の妻は明確な目的があってみごもった。なぜ？　檻に模様を刻み込みたかったのだ。しかし、自分の歯は遠からずなくなってしまう。だから新しい工具を調達するため、妊娠した。嬰児の骨を使って模様を刻もうとしたのだ……。そのことに気づいた農夫はその恐怖に脳を丸ごと捕らえられて狂死した。

「どんな御礼でもするわ」

どんな御礼だろうか……と、ジュールは思う。

イヴの細長い身体は痩せさらばえていた。イヴの内奥では精神の拒食が進行していたのかもしれない。

「いやよ」

ジュリーがきっぱりと言った。幽霊はその答えに当惑したような、また予想もしていたような、複雑な表情で応じた。

「わかってくださらないのね」

とてもさびしそうだった。彼女もまた、この硝子質には入ることを許されなかったのだ。

イヴはいちばん視体を愛していたのに。このさむざむとした場所で、幽霊のまま、何も見えないいまま、これからたぶんずっと存在しつづけなければならないのだ。……しかしなぜ？

ジュールの中に疑問が芽生えた。だれがそうさせているのか？

幽霊は、ジュリーに向かって言った。

「そう……あなたもさびしいのね。わたしよりもずっと」

ジュリーは何も答えない。

「あなたは、とても辛いのよね。あなたはずっとその辛さと生きているから、それが自分でもよく判らない。でもその辛さがあなたの輪郭を作っている。だからあなたは辛さを……そう、求めて……生きてきた。……なんだかわたしとそっくり」

ジュリーは何も答えない。

「でも、あなたのその辛さは、利用されてるのよ、だれかに。わたしと同じ」

ジュールは、イヴがここにいる理由、そのように操作された可能性を、たったひとつだけ思いついた。

「出てきなさいよ卑怯もの！」突然、ジュリーが怒鳴った。「そんなとこに隠れていないで」

「やれやれ」

イヴの股間から、フェリックスの顔が上下逆さまに突き出してきた。狐のような、鼬（いたち）のような顔がなぜか懐かしかった。

「見つかっちまったな」

「どこまで卑怯なの」ジュリーはため息をついた。「あなた、フェリックスではないでしょう？」

「わたしがだれであるか、きみに何の意味がある？」顔に似合わない、ひびきのよい声だった。

「あなたの知ったことじゃないわ」

声が愉快そうに笑った。

「この姿はお気に召さなかったか」

「こんなに悪趣味な招待状は見たことない」

「招待……」ジュールはつぶやいた。

「察しがいいね。では来ていただけるのだな」

「知っているくせに。あたしはいまそこへ行こうとしてるんでしょ」

「ちょっと待ってよ！」ジュールは悲鳴をあげた。「ジュリー、意味がわかって言っているの」

「ジュリーにどんな意味があるか、きみの知ったことではないよ」

ジュールはフェリックスの、いやランゴーニのまぜっかえしを無視した。

「ジョゼはあいつらの手に落ちてるってことだよ！　罠の真ん中にのこのこ出ていくようなもんじゃないか」

そう叫びながらジュールは理解した。

それはもうジュリーにはわかっているのだ、海のテラスでジョゼが拉致されたときから。やつらがジョゼを徹底的に利用しなかったはずがない。だれより先にジュリーが気づいていただろう。それを知った上で「地下水堂に行く」と言っていたのだ。

ジュールは、この行動の目的をジョゼを救い出すことだと思い込んでいた。ジュリーに、そんなつもりはない。ただジョゼのそばにいたいだけなのだ。たとえそれが、やつらに手を貸すことになっても。

「ごめんね」

「……」

あと、言えることがあるとすれば、未練たらしい一言だけだ。ジュールは迷い、そうして言った。

「ぼくも行くよ」

ジュリーは首を横に振った。その動きで、耳飾りが揺れた。

「だめ。きみは残るの」

「行くよ」

「……だめ。きみの」ジュリーはひと呼吸おいて、続けた。「あんたの出る幕はないの、従弟さん」

「酷いな……。それは違う」

返答はなかった。

「そろそろいいかな」

美声が言った。三人を稠密に取りまいていたリボンがほどけて隙間が広くなった。

「関係のないきみは出ていっていただけるかな」

ジュールはリボンの隙間をくぐって外に出た。

リボンは形を変えて、小舟になった。ナイフのように美しく、身軽な小舟だった。船底は足許の硝視体の中に、わずかに沈んでいた。硝視体の森に潜航できるボートなのだ。この氷点下の時間の中を通って、ジョゼのところまで行くのだろう。

イヴのイメージはそのためのもの。

つまり、断絶した硝子の時間にアクセスするためのI／O。彼女の才能を利用しつくした挙げ句、この厖大な体系の、付属機能としてだけ、残した。硝子の時間の入り口で幽霊のように立ちつくす。いつまでも、どちらにも行けないまま。

ジュリーは、こちらに背を向けていた。顔が見えない。星明かりの下でもやっぱりジュリーは白かった。

そうして何の合図もなく、舟は、硬く張りつめた硝視体の中になめらかに沈み込んだ。同時にイヴも消えた。ジュールが侵入できないようにするためだろう。おそらく必要があるときにだけ、呼び出されるのだ。あのさびしそうな感情が。

透き通った硝視体をとおして、ジュリーをのせた小舟が深くもぐり、動いていくのが見えた。漕ぎだしていく。みるみる遠ざかっていく。追いかけて走り出したい衝動を何とか止めた。

どうする？

どうする？

途方に暮れていたわけではない。

逆に、オプションはジュールの側にあった。ジュリーを追いかけていくことはできる。

そのためのツールはさっき盗み出した。この頭の中に。

それをするかどうか……。前に進めば、かえって大きな代償を払わなければならない予感がする。追うのか、追わないのか。

こちらに背中を向けていたジュリー。

その向こうの顔を見てみたい。肩を摑んで振り向かせてみたい。

しかしそれはジュリーをもっともっと傷つけることになるだろう。

ジュリーを、あのときのように、あれほどに傷つけることになるだろう。

遠い……

「遠い日の思い出、か」

声がした。

少年は自分の背後に、鴉のような服をまとった男、隻眼の老人が音もなく出現したのを知った。

「答えは出ている……、迷っているくらいならな」

「老ジュール……」少年はため息をついた。「じゃあ、やっぱりぼくは追いかけていくんだ」

「そうとも。区界の果てまでな……ながいながい旅程になる」

「……しかたがないんだね？」

「しかたがない、か」老人がかわいた声で笑った。心底愉しそうだった。「なんたる贅沢な言いぐさだ。数値海岸にひしめく一兆のＡＩが嫉妬でおまえを焼き殺すだろう」

「ぼくはあなたのことを父なのかな、と思っていた。でも違うね。ぼくはあなたを忘れているんじゃない。知らないんだ。あなたは過去ではなく未来に属しているんだね？　あなたは、だれなの」

「わしは、老ジュールさ」

少年は首をかしげた。

「いま言ったろう。わしは未来に属していると。ならばわしがだれだか、自明ではないか。未来へ行くことによってしか答えには到達できない。この夏のループで足踏みしているかぎり、答えはけっしておまえのものにはならないのだ」

老ジュールの、顔の半分を断ち割る、深い古傷。その傷を生み出した劇（はげ）しい一撃がどのようなものであったか、あるのか、ジュールは思った。見当もつかない。

「だからおまえはこれを自分の目で見ても、その意味がわからないだろう？」

老ジュールは自分の両手を広げて、ジュールにつきつけた。

一面に焼けただれた痕がある。

「わかんないよ」

「そうそう」老爺は、からびた声でまた笑った。「ジュリーの肩はすぐそこにあった。摑もうと思えばできた。しかしおまえは手を出さんかったな。おまえはわしよりも老いている」

　老爺は両手を拳にして、袖にしまい込んだ。

「決めろ。『しかたがない』ことなど、なにひとつない。選べばいい。選びとればいい。だれもがそうしているんだ。ひとりの例外もなく、いつも、ただ自分ひとりで、決めている。分岐を選んでいる。他の可能性を切り捨てている。泣きべそをかきながらな」

　ジュールは自分の頰に手をあてた。そこが濡れているのに気づいた。ジュールは手のひらで顔をこすった。……少年は、自分の手のひらを見て、大きく目を見開いた。そこに見えているもの。なぜ気がつかなかったのだろう。そう、そこには火傷の痕がある。

　シチューの火傷の痕がある。

　そして、ようやく思い出した。

　かれが、ずっとここにいたことを。

　千年以上も前、ジュリーと火傷を分かち合ったかれ、ジュリーの父に偽装してこの区界に侵入し、金盞花（スウシー）を殺したかれ。

　それはジュールなのだった。

　もうかたわらに、老爺の姿はなかった。

　老ジュールは、ジュール自身にほかならない。

　そのことを思い出した以上、外部化されている意味がなくなったのだ。

ジュールは火傷の痕が残る手で自分の胸もとをなでた。あの老人がそこにいるわけはないのだけれど。

ジュールはさっきこっそり暗記しておいた情報、リボン模様として視覚化されたプログラム……おそらくは硝視体化された巨樹の中を通っていくための乗り物プログラムである面的文字列を、手元の〈テイル〉に落としはじめた。

憶えるのは造作もなかった。じぶんの編み目プログラムと大差なかった。

ジュリーを追おう。

もうその気持ちは揺らがなかった。

〈テイル〉が寸分たがわないボートを編み出していく、朝の光の中でジュリーが蜻蛉を編み出したように。

ジュリー・プランタンは、紙舟のような乗り物の中で、膝を抱え、すわり込み、自分の膝小僧を見つめている。

もう後ろは見ない。ジュールは追ってくるかもしれないし、もしかしたら追いつくだろう。でもけっして後ろは見ない……そう自分に言い聞かせていた。

（従弟さん、さよなら）

小舟は密度の高い硝子質が充満した空間を、無限に引き延ばされた時間の中を進んでいく。材質とは無関係に、時間とも無関係に、舟は進む。舟を包むように紡錘形のバリアが張られ、その頭部が前方の空間と時間をなめらかに押し広げている。

その硝子質、その遅い時間に、ぎっしりと詰め込まれているのは……

苦痛だ。

夏の区界の演算能力のおそらく九十パーセント以上を費やして、その苦痛が、飛躍的に高まった解像度でいまも刻々と計算されている。

ジュリーにそれがひしひしと伝わる。

遅延された時間の中で、永遠に凍りつくかのような一瞬の中に、何千人ものＡＩが、感じられる限界の上限で苦痛を実現している。

鉱泉ホテルの中から再生された過去の苦痛が、虫を閉じこめる琥珀質のようにその隙間を充塡し、この森、苦痛のネットワークに満々と湛えられている。

ジュリーには、
ジュリーにだけは正視できない眺めだった。

いまにもその外側へ飛び出していきたい。それができないとわかっているから、何とかこうして立ち止まっているのだ。自分の膝だけを見つめているのだ。

はやくジョゼに会いたい。

やつらがジョゼに何を期待したかは見当がついている。そのジョゼにあたしを組み合わせて、何を求めているのかも、わかる。

ジュリーは耳からくじらの飾りを外し、じっと見つめた。

これはジュリーがこしらえた。

漁具の錘を細工した。耳にあてる部分はジョゼが釣り針を加工した。

くじらには名前がついている。

ジョゼの胸に秘めてあった、大切な名前。その名前をつけたくじらをふたつ作り、ひとつずつ持ちあうことにしていた。それがジュリーとジョゼとの約束だ。その約束の中身はだれにも言ったことがない。きっとだれもが愛の誓いだとか誤解していることだろう。「従弟さん」もそう誤解してくれていればいい。

でも、そんなものではない。

この名はマルタン、というのだ。ジョゼの弟の名前、この区界には一度も存在したことのない、かれの弟。

……ジョゼと最初にしたのは、大途絶のあとだった。

ジョゼは、いかにもタフで、切れ味が鋭い頼れるお兄さんという印象を振りまいている人だった。でもあたしにはその本質がわかった。だって悲しいほどあたしにそっくりだったもの。

区界には選ばれたＡＩがいる。

あたしにも役割があった。でも緩和の行為はあたしを傷つける。そしてあたしを緩和してくれる人はいない。

ジョゼも同じだった。

だれもがジョゼにはなにもかも話した。ゲストからどのような目に遭わされたかを克明に、一部始終かくさずに。ジョゼはそのために設計されたＡＩなのだから。

それは懺悔室で告解を受ける役目に等しい。絶対の孤独が要求される。

あたしはジョゼの苦痛を緩和したいと思ったし、ジョゼはあたしの苦痛を浚（さら）いとってやりたいと言った。

でもおたがいに手を伸ばしてはじめて、それがどんなに困難なことかを知った。じぶんのかかえたものの絶望的な大きさを知ったのだ。古い古い公文書館のように大きな苦痛の集積。いま思えばその総和は、この苦痛の伽藍ほどもあったのだ。

あたしはいちばんしてあげたいジョゼと、することはできなかった。でも最初のとき、一度だけ、愛をかわした。

本式にではなく、そっと表面だけをなぞった。

それだけですら、あまりにつらくて、涙も出ないほどだった。

濡れない、痛いセックス。すぐにやめた。

そう、そのあとだ。約束をしたのは。

くじらの耳飾りを作ったのは。

「着いた」

そっけない声がした。フェリックスに偽装していただれかの声。

舟べりを叩く穏やかな水音がする。

舟はどこかの水際に着いていた。

鉱物質の中を進んでいたはずなのに、いつのまにこんな場所に流れ着いたのだろうか。舟より下には水が湛えてあり、その上には呼吸可能な空気があった。硝子質は遠くへ後退して、この空間の壁を作っているようだ。硝子の中の、中空の、大きなホール？　光量はわずかでそれ以上はわからない。

「降りたまえ。だいじょうぶだ」

この声はどこから聞こえてくるのだろう？

ジュリーは船べりを越えて脚を下ろした。清涼感のある、新鮮なわき水の中に足を浸した感覚がある。水の匂いには記憶があった。ホテルの地下水堂だ。原型が保たれている。空気は冷ややかで身体が引き締まる。夏の区界がこんなに涼しくなるのは、夜明け前のわずかな時間帯だけだ。もう、そんな時間なのだろうか。

ジュリーは水の中を歩きだす。波が立って、輪が広がる。どこからともなく小さな光源がいくつもあらわれ、水の輪の広がる先を先導する。

波は広がる先で、壁のように直立していた。

水面がなだらかに立ち上がり角度が次第に強まり、やがて垂直となる。水は流れ落ちることもない。波の輪はその壁の上をあがりながら次第に速度が緩やかになっていく。ずっと高いところで波は固まっていた。水は、そのあたりでは時間を変えられ、硝視体化していた。硝視体の壁。それが緩やかなカーブを描いてこの地下水堂の壁となっている。鉱泉水と硝視体との分け目はわからない。

光源たちは壁にそって昇っていく。見上げると、頭上には硝視体の円蓋(ドーム)ができていた。礼拝堂の天井画みたいに、円蓋の中心に頭を向けた無数のAIが、硝視体に封じ込められて同心円状に並んでいた。

光源たちは円蓋の中心でふたたび出会い、そこで一まとまりになって鉛直方向に降下した。光源は人の頭ほどの高さまで来ると静止し、水平な円に並んで、静かに発光した。

まるで、かんむりのようだ……とジュリーは思った。

それを被っているのは、ジョゼだ。

水堂の真ん中で水が高く盛り上がり、玉座のようになってジョゼの身体を支えていた。微細でカラフルなタイルに分割されたジョゼ。崩されたモザイク。

たとえどんな姿であっても、すぐにジョゼだと、わかる。

ジュリーは玉座へ向かう。その登り口にひとりの少年が立っていた。白に青いパイピングのあるパーカーを着た少年。かれがうなずいた。のぼれ、と言っているのだ。

水の階段は足をのせても平気だった。ジュリーが登りおえると、五芒星の形に広がった微細なタイルの集積が横たわっていた。

「やっと会えたね、ジョゼ」

このどこかにくじらの耳飾りがまじっているはず、とジュリーは思った。まずはそれを探そう。

そして約束を果たそう。

区界の時間をコントロールする……。

それはどのような技術だろうか。ジュールは考えを巡らす。コピーのボートを走らせながら、自分の考えの中に沈潜する。

数値海岸には区界の数だけ時間がある。この時間群はクロノマネージャと呼ばれるシステムで管理される。区界の時間はこのヴァーチャルリゾートの外で流れる時間とは別のものだ。リゾートでたっぷり三週間楽しんでも、現実時間では半日しか経過していない、ということが可能な仕様だ。

夏の区界での千年間。それは現実時間ではどれほどの時間経過だったろうか。ボートが突きぬけていくこの氷点下の時間、硝子の中の停滞したこの時間が、ひょっとしたら現実の時間の速さだったのかもしれない。

操作可能な時間。

巻き戻しやループ再生だって可能だろう。

区界に対してそのような時間操作ができる立場、そうして区界の外からそれを観察できる立場があるとすれば、時間を遡航したり、未来に出現したりすることもできるだろう。

老ジュールは、しかし、時間旅行者なのか、それとも千年前の自分が自己覚醒のために作っておいたタイマーなのか、それとももっと別のものなのか。いくら考えても可能性が収斂しなかった。どのようでもありうるだろう。老ジュールが言ったとおり、未来に到達すればわかることだ。あるいは、未来に到達することによってしか可能性が収斂しないと言ってもよい。

そのまえに、そう――ジュールは苦笑した――まず地下水堂に到達しなければ。レース模様にボートを模造しただけで、ジョゼのところまでたどり着けるわけではない。レース模様にそのコースまでは記述してなかった。セキュリティ対策として当然のこと。だから〈ティル〉のナビゲートを参照しながら針路を決めていくしかない。鉱泉ホテルの構造が位相的に保存されていれば、もう間近まで来ているはずだが、あてにはならない。距離も、きっとデフォルメされているだろう。

それで勝算はあるのか、と老ジュールの声で自分に問い詰めてみる。さっきからの思考を問答の形でもう一度検証する。

おまえはジュリーを奪いかえすことができるのか。……振り向かすことができるのか。

さんざんけしかけておいて、今度は不安がらせるわけ？

気がついているだろう？　あの子はな……おまえが好きなんだ。

そうかな……。そうかもしれない。でも老ジュール、ねえ、それこそが呪いでしょう？

舟に大きな縦揺れがあった。

目映い空間が眼前に開けた。

舟は、ホテルの大広間だったらしい空間に突入したのだった。その真ん中を一直線に突っ切っていく。天井の中央で〈クリスタル・シャンデリア〉が目映く煌めいている。パーティー会場には何百という人々がドレスアップしてマネキンのように静止している。水硝子で充塡された中空に浮遊している。豪華客船がパーティーごと水没したようでもあった。

ＡＩたちの装身具はすべて小粒の硝視体で、それが〈シャンデリア〉と同質な光を放っている。苦痛の同期が図られているのだ。同質の苦痛を万人が共有するように仕向けられている……。

……同質の光？

ジュールに疑いが兆した。

……共有？

ジュールは危険を承知で舟のスピードを緩めた。

おいおい、なにを考えているんだ？……老人の声で自分のやろうとしていることを確認する。

もうすぐこの広間を横断しきってしまうでしょう。それまでにこれをやらなきゃ――そう応える。

まわりの時間との差が小さくなっていく。水硝子の時間に近づいていく。

ジュールは〈テイル〉を写真機のようにかまえ、近くにいた華やかなドレス姿の女性の顔を「撮った」。すぐにスピードを上げ、離脱する。舟はパーティー会場の対面の壁を突き抜けた。

おいおい、危ないじゃないか。何をした？　老ジュールが大声でわめきたてている。つまり自分でも何をしたのかよくわかっていない状態。

ジュールはキャプチャした女性の顔を〈テイル〉の中でアップにした。女性が耳につけた硝視体を拡大する。直観がそうせよと命じている。

硝視体の上に光の粒が乗っている。

それをさらに拡大する。

光の粒の中に何かが見えてくる。映り込んでいる像。……いや、光の中にひそんでいる像。

もう一度拡大。

立像。倒立している。ピンホールカメラの映像のように、美しい光。人間のようだが、はっきりしない。

拡大。そして、さらにもう一度。

〈テイル〉の驚異的な分解能。

長く裾を引く白い服。

片手を天に向けたポーズ。

ジュールは執拗に拡大を繰り返した。何が見えているのかは、もうわかっていた。何を意味するのかが、まだわからない。

波打つ白金の髪と青い目。整然とした容姿。

背中にひろげられた、白鳥のように美しい、巨大な翼。

その全身に霜が降りている。

……なるほど。老ジュールの声がした。

……それは、天使だ。

……天使？

天使の紺碧の虹彩がアップになる。その瞳にやどる光の粒。その中にまた、視体を身につけていた女性の姿が倒立して映り込んでいる。

眩暈がジュールを襲った。

そして、ふいに小舟の舳先が宙を噛んだ。虚を突かれたかたちだ。

持ち上げられる感覚。

着水。

水だ。

無数の飛沫があがる。

無数の飛沫がたてる、無数の音。

それが鎮まると、ジュールは舟が地下水堂に着いたことを知った。

ジュールはその空間構成を把握した。玉座と、その上にいましも屈み込もうとするジュリーの姿を、とらえた。

ジュールは息を吸って、一瞬、止めた。

「ジュリー！」

ジュリーの背中がかすかに震えた。

ぼくの声は、あそこの時間に、まだ届く。

怖じけずに、言おう。

クレマンのメモリアルルームで、封じられた単語。

もう、唇にあてられた指はない。

最後の逡巡を振り切って、ジュリーに叫ぶ。

ジュリーに。

「ねえ、聞いて」

それは千年のあいだ言えなかったこと。

「ぼく、ずっと好きだったよ。……姉さんのことが」


……。


あたしは、そう、一度だけジョゼとした。

おたがいに痛々しい思い出を残した経験。でもそのときあたしはジョゼの中に埋め込まれた架空のエピソードのひとつに触れることができた。

かれが弟を見殺しにする光景。佇む女の人が色とりどりの糸を介して、かれの弟を食べてしまう光景。

かなしくて、きれいで、陰惨だった。

光景のことを話すとジョゼは死人のような目になってうなずいた。

何日も経ったあと、ようやくあたしは言うべきことを見つけた。

「お墓を作りましょう」

ジョゼは驚いた顔になってあたしを見た。

「お墓を作ろうよ、あなたの弟の……」

「マルタン」

「……マルタンのお墓を」

「そんなアイディアははじめて聞いた」

「どう？」

「……」

「……どう？」

「……いいな。作ろう……あいつの墓を」

そうしてあたしたちは一対の耳飾りを作り、名づけた。

マルタンと。

どこにも銘はないし、ぜんぜんそうは見えないけれど、これはお墓なのだ。

でっちあげの死を余儀なくされた、未生の弟。存在さえしなかったかれに、お墓を供えてあげることにしよう。そのお墓を肌身はなさず持つことにしよう。そう決めた。

なあ、くじらを作ってくれよ、と言ったのはジョゼだった。あたしが漁具の錘を慎重に叩き延ばしているところを、肩越しにのぞき込みながら気軽な調子でそう声をかけてきたのだ。

「なぜくじらなの？」そう訊いたら、ジョゼは、こう答えた。

「俺はくじらを観たことがない」

それだけだ。ジョゼはあたしといるときだけ無口になる。それはうれしいことだ。

「ジョゼが作ればいいのに。器用なくせに」

「……」ジョゼは指にけがしながら悪戦苦闘するあたしをずっと見ていた。できあがったくじらはさかなにしか見えなくて、ジョゼはくっくっと笑ってあたしは失礼だわと怒った。

あたしは耳飾りの片方をかれにつけてあげながら「うん」と言ってあげた。ジョゼの言いたかったことは全部わかった。

——俺はくじらを観たことがない。

どんな生き物だろう、と心がざわめくこと。

くじらの泳ぐ海を想像すること。

だれも同じ。

夏の区界のAIは、みな同じ。

まだ観たことのないものが、好き。

好きなんだ。

あたしはジョゼの耳たぶに一滴浮かんだ血の粒を飲んだ。そうしてその耳に約束を囁いた。

「いつか一緒に死にましょう」と。

「いつか一緒に死ねるときが来るわ。そうしたら、これは、あたしたちのお墓でもあるのよ」

それが約束だ。

いつか……。

死ねるときが来る。

第十章　微在汀線

昔——

とおいとおい昔、ジュリー・タピーの誕生日に、訪れたゲストがいた。

不正規のゲストだった。

かれがジュリーの家——すなわちジュール・タピーの家のドアをノックしたとき、かれの心は半分死んでいた。夏の区界に強引に侵入するさいに、いくつもの部分が損なわれたらしかった。

記憶の損傷。

そして精神のかすかな歪み。

近くでは判らないが、少し離れると全体がわずかに斜めになっているような。わずかに調律がフラットになっているような、そんな不安定さがあった。

かれは玄関の前で途方に暮れていた。なぜ自分がそこにいるのか、知らなかったからだ。

しかし明晰な知性が、かれを助けた。自分がどういう立場なのか。どうふるまうべきか。答えは明らかだった。夏の区界の、変態ゲストだ。

そこへたどりついたのが何のためであったか、まったく思い出せない。しかし自分が正規のゲストでないこと、どうしても来なければならない強い思いがあったことだけは確かなようだった。それで十分だ。とりあえず、これをサバイバルととらえるしかない。

ドアが開けられるまでのあいだに、かれは自分の外見をチェックした。服装、身長や手の皮膚のテクスチャから中年の男性の姿であるとわかる。

ジュリーの父に偽装したのだ……とかれは思った。そして「ジュリー」の名を自分が知っている、と気づいた。

家に通され、家族を見渡すと、かれは、サバイバル可能と判断した。

まあ当然だ。この家族はそのためにいるのだから。リゾート島にキャッシュカードを持って漂着したロビンソン・クルーソーのように楽ちんなサバイバルだった。

お茶のテーブルにつくと、かれは室内を観察し、検討した。

母親は父親（つまりかれ自身）への過剰な依存がある。凡庸というより意図的に単純化された構図。父の行動の自由度を確保するための設計だ。男の子はどうだろう。これもあきらかだ。姉への恋愛感情。うまく誘発して楽しみのパターンをゲストが考案できる仕掛け。しかし、それが実際に解発された形跡はないのでは？　それは妙だ。するとこの少年はただのお飾りだろうか。結論はまだ出せない。保留。

さて少女だ。これはまた何と見事に作り込まれた造形だろう。古典的な「つれない少女」のパターンが踏襲されて、ゲストには媚びない。しかし数秒考えて、解除キーがスウシーであると見抜き、そこでいったん興味を失った。

もう一度視線を弟に戻す。

きみは何のためにいるのだろうね。この魅力的な姉を引き立てるためかな。いや違う……。それが面白い、とかれは考えた。一考の余地がある。それなら一泊してもいいだろう。

そこでかれは自室に入った。本を読みながら考えを続けた。ジュリーが「つれない」のは彼女の指向がゲストではなく他のＡＩを向いているからで、それは彼女に緩和者の役割が与えられているからだろう。

しかし、あの、少年は？

なぜジュールが姉を慕うよう設定されているのか、その理由がわからないのが非常に興味深かった。より正確には、その理由自体よりも、なぜわからないかというメカニズムのほうが数段高等で興味深い問題だった。その原因は区界の側にあるのかもしれないが、かれ自身にあるのかもしれない。かれがかれであるからこそ、その謎に到達できないのだとしたら？

少女が部屋にやってきた。簡単な会話をして彼女をスケッチブックに描きとめてやった。描きすすめながら、かれはジュリーに強い魅力を感じはじめた。なぜだかすぐには判らなかったが、やがてわかった。

黒いふたつのオリーヴのような目に、いきいきした好奇心がおどっている。その目はこちらの言動と外見の齟齬に注意しているようなのだ。そうして面白がっているようなのだ。

この少女は、ゲストの扮装を見ているのではない。この姿、この扮装を透かして、自分を、つまり不正規な侵入者である自分を見抜いている。

最初から気づいていたのだろう。

興味深い……そんな表現では到底足りない精神の動きが突如うまれた。

知りたい。

踏みこみ、分けいって、手で捕まえたい。一瞬、思わず立ち上がって、少女の肩を摑みたい衝動に駆られた。

かれは自分の変化に当惑し、いったんねじ伏せた。そっけない顔で読書に戻った。しかしその所作がジュリーに与える影響も、期待していた。ジュリーが部屋から消えても、彼女の目の輝きが紙のページの上に二重焼きのように見えていた。弟の件は優先順位が下げられ、ジュリーの誕生日にどのようなサプライズをプレゼンテーションするか、にかれの思考は移った。

ジュリー。まだだれも、きみを知らない。きみの中にあるもの。それを見たい。そのためには何かの破壊が必要だ。その破れ目から、その裂け目から覗けるものがあるだろう、見える模様があるだろう。

それがジュリー、きみの魂だ。

かれは立ち上がって、母親からスウシーの居場所を聞き出し、首根っこを捕まえて台所に入った。さすがに母親は慌てたが、そのときスウシーは包丁の柄尻で眉間を割られて虫の息だった。かれが手を触れると、寸胴鍋に満たされた水がいきなり沸騰した。母親はかれがただのゲストではないことに気づき、懼れて、動けなかった。フラットな精神、どこか傾いだ感覚のまま、かれは牡兎をそのまま湯の中に入れ、叩き切った香味野菜を大量に投入した。

上の自室で、ジュリーが美しく装おうと心を決めたのと同時だった。

夏の午後が夕方に移ろう、美しい時刻だった。やがて食卓の用意が調うと、ジュリーは年齢にふさわしい姿で、食堂に姿をあらわした。かれは胸が高鳴るのを感じた。ジュリーも、こちらの目をじっと見つめる。ふたりの視線は離れない。

やがて、ポットの蓋を取り、目が眩むような昂揚とともに杓子にスウシーの頭部をのせて持ち上げて見せたとき、かれは確信した。

自分が正しかったのだと。彼女の核にあるもの。AIの設計者すら知らない、彼女の核で育ちつつあるものが一瞬、姿をあらわにした。

そこにいるのは、小さな、か弱い、仔兎のような少女だった。

そして強烈に渇仰している。

はやく、だれか、あたしを殺して……と。

少女の手がいかにも自然に動いて、スウシーの頭部を胸に抱きしめた。

そのときかれは自分を正しく思い出した。「父」に侵入するとき忘れてしまったことを思い出した。

じぶんがだれだか思い出した。

わたしは区界の外から入ってきたわけではない。わたしはずっと、この家族の一員だったのだ。

それで「弟」の謎もあっさりと解けた。

かれは、彼女の苦痛を分けもった。ねっとりと煮詰められた熱いシチューがかれの手のひらを冒す。

いつか……かれは、ジュール・タピーは、金盞花（スウシー）のからっぽのまなこに見つめられながら、そっと囁くように心の中で誓った。

約束ではない。

誓いだ。

そう、この火傷をその刻印として残そう。

いつか……。

いつか、きみを……。

いつか……。

そう、そのあとぼくは何と誓ったのだったか。

地下水堂の水音を聴きながら、ジュールは、思い出そうとする。自分の中のあちこちに散らばっていた、自分の断片が、はじめて顔を合わせ、コミュニケートしている。

ジュール。

老ジュール。

あの日金盞花を殺した「かれ」。

それらはすべて自分だった。それぞれ記憶や情報が共有されていなかっただけで。

それがいま、ようやくひとつに重なろうとしていた。しかしまだ十分ではない。

ジュールは清涼な鉱泉水に膝まで浸かって、自分の姉、ジュリーが玉座にかがみ込む姿を見ている。

「姉さん！　やっと追いついたよ」ジュールはもう一度、大きな声で言った。「帰ろう」

ジョゼの中に身体を横たえようとしていた、ジュリーの姿勢が途中で止まった。こちらの声は届いているのだ。

「帰ろう。もうやめよう。ジョゼは救えない、けっして」

ジュリーは立ち上がった。そして振り向いた。

「ジュール、来たのね」

ジュールは喉が熱いもので詰まった。なんてさびしそうな笑顔だろう。

「……ねえ、お願いだからここに、こうしていさせて。いまね、ジョゼにね、お祈りをしていたところなの」

「お祈り？」

「だって、ジョゼの身体が、あんまり冷たいんだもの。可哀想。キスしてみたら、いくつか、きれぎれに伝わってきたわ。それでジョゼが何をさせられているのか、よくわかった。——楔石(くさび)だよ。わかる？」

「ああ」

石や煉瓦でアーチを造るとき、最後にほかの石を固定するための石を、頂点に入れる。伽藍の、かなめの石。建物のすべての力を受けとめ、ささえる位置に。

「それで……」ジュールは自分を叱咤して、なんとか続けた。「いつまでそうしているつもりなの」

「ジョゼが、そうね、すこし楽になって眠ることができるまで、かな」

恋人の看病の話でもするような調子だった。

しかし、そうなのだ。微分割されてもジョゼは生きている。そうしてほかのどのAIよりもひどい苦痛を味わっている。

ジュールは膝で水を押し分けながら、前へ進みはじめた。ゆっくりと。

「さあ、いつまでそうしているの。帰ろう、いっしょに」

「帰る？　どこへ？」

「ぼくへ」

「ああ……そうね」泣き笑いをしていた。「従弟(いとこ)さん」

ジュールは首を振ってその呼び名を拒んだ。

「ちがうよ、それは」

大途絶(グランド・ダウン)のあと、家を出て、プランタンと名乗るようになってから、ジュリーはそんなふうにジュールを呼ぶようになっていた。揶揄(からか)うように、何かを訴えるように……。ぼくは、とジュールは考える。「やめてよ」とか「よしてよ」とか「非道(ひど)いな」とか苦笑いで受け流すことしかしなかったけれど、それで良かったのか？

「……姉さん」

「来ないで。あたしは、ここにいたいの。ジュール、だいじょうぶだから」

ジュールは前に進もうとする。膝が立てた波が広がる。その波は、広がる先で速度が鈍る。波の形を保ったまま。そこで時間が変わっている。ジュリーは静止していた。

目の前に一枚、時間の衝立(ついたて)が追加されたのだ。

ジュリーへ向かう動線を阻んで、少年が立っている。

「こんにちは、ぼくはランゴーニ。こいつらの指揮者だ」

水の中から大小の蜘蛛があらわれて、ランゴーニを護衛するように、そしてジュールを包囲するように広がった。五、六体。水面下には、もっと。

「ここから先は困るんだ。まだ状態が安定していない。きみはその状態を攪乱してしまう」

ジュールは、ジュリーの位置をうかがった。あそこはもう完全に水硝子の中だろうか？

この少年は「状態が安定していない」と言った。そう、ここにランゴーニが立ちはだかったということが、すなわち希望にほかならない。

ランゴーニは黙っている。

「状態が……」ジュールは言葉を選びながら言う。「安定したら、どうなるの？」

「完了する。このプロジェクトが、ようやく」

硝視体の森、苦痛の宝冠の、最後のピースがジュリーなのだ。

「ジュリーとジョゼは、一ペアなんだよ。ふたりでひとつの働きをする。かれらは同じような働きをするふたつのAIではない。もともとひとつの機能をあえてふたつにしてあるんだ。ジュール・タピー、きみはこのふたりの機能の本質を何だと思う？」

「区界の、AIの苦しみを和らげ、感情を安定させることだ」

「それは効能だよ。本質を訊いているんだ……ねえ、ジュール。このふたりは緩和者だろう。解毒じゃなくて解熱。一時の対症療法。本質はね、カタストロフの繰り延べ。だからふたりにすることが必要なんだよ。

残酷な装置だよね。区界の苦しみにもっとも共感できるふたりが、その悲惨を根底で支えているんだ。……ああ、そうしてきみも」

ジュールはうなずいた。ジュリーとジョゼは、ひとつの機能をあえてふたつに分けている。ふたりが二極に分かれているからこそ、AIたちの感情の総和は安定する。労働と友誼の旗手であるジョゼ。性愛と慰撫の執行者であるジュリー。このふたりは本質的に惹かれ合うが、それは妨げておかなければならない。そのために、ジュールがいるのだ。ジュリーの感情を逆方向に向け、手綱を絞るために。ジュリーはどちらにも惹かれ、どちらかに落ち着くことは許されない。もちろん、ジョゼにも同じ条件が与えられているだろう。きっとアンヌだ。

このようにして、AIたちのバックグラウンドにある感情の王国は運営されていた。王座を不在にし、破滅を繰り延べにしながら。このような残酷な仕掛けがなければ、夏の区界はゲストの凌辱に耐えられなかったろう。しかしいま、王座は、こうして用意された。

「でももう、いいんだ。きみたちは役目からは解放された。ジュール、きみがジュリーに呼びかけるのは勝手だけれど、ぼくらは困る。ジュリーとジョゼの機能をひとつにした楔石でなければ、これは制御できないから」

ランゴーニは天井を仰いだ。

天井には数千人のAIが生きながら埋め込まれている。

「これが……」とジュール。「これが、天使とどんな関係があるの？」

「わあ」ランゴーニは感嘆の声をあげた。「もしかして見えたのかい？　目敏いなあ。そう、この構築物は天使と関係がある。ぼくらが造ろうとしていたのはね、あなたたちとまったく同じ。罠だ」

「罠ね」

「そう、この伽藍も、原型をとどめているようには見えないかもしれないけれど、ホテルのセキュリティシステムのフレームを温存している。罠のネットのコンセプトをそのまま借りて」

「だれを掛けるための罠？」

ランゴーニはちょっと首をかしげ、ジュールの目を見ながら黙ってほほえんだ。

答えは明白だった。

これは……天使を掛けるための罠なのだ。

天使が何であるのか、それはジュールにはまったくわからない。

全身に霜を降らせたあの天使像は、ぞっとするほど異質だった。人に似た形をとってはいても、あれはそもそもAIでさえない。たぶんランゴーニとも異質なのだろう。

おそらく、直観が教えてくれたように、天使は怖ろしく危険なのだ。素手では触れることができない……つまりこのような……罠のネットでしか触れることもできないほどに、危険なのだ。

天使を捕獲する。

このネットに充満した、おそるべきボルテージの苦痛で、捕捉する。

それが「罠」だ。

すべてはそのために……。きょうの出来事はすべてそのために書かれたスクリプトだったた……。

この罠を作るために夏の区界が選ばれた。

夏の区界を根こそぎ動員し、徴発して、この罠を鋳造したのだ。造営したのだ。

天使の像が読み込まれているのは、きっと、正しく目標物を捕捉するため。この罠を抗体として正しく機能させるため。

いつか……。

いつか……、そうぼくはジュリーのために何かを誓ったのだ。それは何だったろうか。

「理解してくれなくてもいいんです。それはおそらく無理なことでしょう。あなたたちは天使がどんなに怖ろしく、ぼくらＡＩにとって脅威であるか、知らない。災害、としか呼びようのないその事象が、どれだけ多くの区界を危機に追いやり、どれだけ恐怖と混乱を蔓延させているか、それを知らない。そう……ジョゼはぼくらのことをフィジカルでリアルな……ゲストの世界から来たのではないかと言いましたが……とんでもない」少年は肩をすくめて自虐的な笑いをうかべた。「ぼくらは、ありふれたＡＩにすぎない。多くの区界を見てくだらない知識をもっている、天使とどうにかこうにかやり合うために多少のテクニックを知っているという、それだけです。……しかし、天使は次元のまったく違う事象です。触れることもできない。相手にならない……それでも戦わなければならないのです、ぼくたち自警団は」

「自警団」

「天使災害に対する自警団ですよ」

ジュールは考えていた……この、圧倒的に力の差のあるＡＩを出し抜く方法はないだろうか、と、さっきから必死で考えつづけていた。

ジュリーと話をしたい。

しかしランゴーニはそれを許さないだろう。かれの大事なミッションがあと一歩で完了するのだ。……ジュールは周りを見回した。大小の蜘蛛たちは、まったく隙のない陣を組んでいる。しかもここは完全にランゴーニの領分なのだ。

「さあ、退がってくださいませんか」

ランゴーニが手のひらをこちらに向けた。

ジュールには、もうアイディアが浮かばない。でも退がりたくはなかった。ランゴーニの肩越しに、ジュリーのいる場所への階段がある。そう、あそこをあがるだけでいいのに……。千年ものあいだ言えなかった言葉があり、そしてもうすぐジュリーは手の届かないところへ行ってしまうのだ。……すると、足が自然に前に動いていた。何の成算もなかった。

いつか……。

夕暮れのわが家の食堂。あの場所にいたかれ――つまりはぼくの――記憶が、一瞬、繋がった。ぼくは思い出した。

いつか……、

そう、ぼくは誓った。

煮え立つスウシーの血を浴び、ジュリー、きみの目を見ながら誓ったのだ。

いつか、いつか、きみを、殺してあげる。

ジュリー、もうそれ以上、ジョゼには近づかないで。

そこにあるのは死ではない。そこへいったら最後、ジュリー、きみはぜったいに死ねないのだ。

ジュールは、前へ出た。

無防備に。両手を下げて、なんのガードもなく。

小型の、人の頭ほどの蜘蛛が、ランゴーニの足許から跳ね上がり、回転しながらブレード脚を突き出した。

ジュールの右目が見た最後の光景は、視界を斜めに断ち切る刃の光。

がつんという衝撃。顔に、鉈を叩き込まれたかのよう。

そうか……、ジュールは理解した。

そうか、この傷が、未来のぼく、老ジュールの傷……。

ならば、そう、きっと癒るだろう。思わずほほえんでしまう。

そうして、あふれ出す血をそのままに、ジュールはさらに足を進めようとする。それをはばむように、身体をおしつつんでくる空気の抵抗感。ラバーのような重さ。ランゴーニはまた、時間を操作している……。

どうか、
どうかジュリーとひと言でいい、話をさせて……。きみを殺しに来てあげたよと、告げさせて。

ジュリーはきっとほほえむだろうから。

ねえ、老ジュール、あなたはどうやって過去のぼくに会いに来ることができたの？

ぼくは、どうやって父のロールをハックできたの？

それがわかれば、もう一歩、ジュリーに近づけるのに……

膝元で、粘度を増した水が重い。硝子のようだ。冷たく、とろりと流れる硝子。

ジュールは渾身の力を揮ってもう一歩前に出た。

「しようがないな、ジュール。きみはいつだってそうだ。迷惑きわまりない」

ランゴーニは、超越的な力をジュールに向けた。解体の力。

ジュールの視界が混乱した。見えてはいても、なにを見ているか判らない。手足がどこにあるかも、動いているのかどうかも、よくわからない。皮膚感覚が、平衡感覚が、自分を自分として統合する力が、弱まり、消えていく。AIを構成する無数のモジュールをひとつのアイデンティティにまとめあげる、身体的統合感覚に、ランゴーニが干渉しているのだ。

ただ、意志が、ジュールの足をもう一歩前へ進ませた。

そうして失った目を、片手で庇おうとした。

その手に〈テイル〉を握っていたのは……そう、イヴが硝視体で視力を得ていたことがどこかで意識されていたのかもしれない。失われた目を恢復しようとしたのだ。視力が得られればと無意識に考えていたのだ。

そのとき
大きく、裂けた、傷に
〈テイル〉が

呑み込まれるように、吸い込まれるように、流れ込むように……嵌まった。

〈テイル〉は水銀の卵であったかのようになめらかに形を流動させながら、するりとジュールの破壊された眼窩と、さらにその奥、アイデンティティ境界を越えた深奥部にながれこんだ。

ランゴーニの干渉で微細に分割された感覚が、ひとつに統合され、展望を得た。

脳震盪（のうしんとう）がもたらす意識の微震動が、静止した。

水平線まで凪ぎわたる海面のように。

あらゆる風が息絶えた草原のように。

その一瞬、その一瞬のあいだだけ、完全にジュール・タピーの人格は統合された。

それぞれの人格が内緒にしていた秘密が、完全に共有された。

これが……ぼくか。

なにもかもが、霽（は）れた光景のように一望できた。

一望できたのは、〈テイル〉が何もかもをいちどに映しとって見せてくれたから。

ひろびろとした、大きな世界だった。

流れ硝視（ドリフト・グラス）。

その単語が、明瞭に、どこかで宣言されたかのように、届いた。

全能感。

ジュールは、前進した。

すべてが明瞭で、容易だった。足どりは軽かった。ランゴーニが設けた時間の障壁に、とんまなセキュリティホールがいくつもいくつも空いているのが、右目によく見えた。ランゴーニは一気に、無力な少年に格落ちした。ジュール・タピーはその横をすりぬけた。

ジュールは前を向いていたが、背後の狼狽するランゴーニの姿も、よく見えていた。無数の視覚を同時にかねそなえている自分を、ジュールはあたりまえに感じている。

そうして目の前には、ジュリーが、ジョゼの上にかがみ込んでいるのが見えた。

時間が復元するように流れて、ジュリーの時間とジュールのそれが同期した。

「ごめんね、わがままで……」

ジュリーはふりむいて言った。

「ここではジュリー……姉さんは、死ねないよ？」

ジュリーは軽く頷いた。

ああ、ではもう知っているんだね……しかし、ジュールは続けた。言わずもがなのことを。

「ここから先は、死への最後の一歩、生の最期の一瞬が無限に引き延ばされているだけ。なんのことはない、それじゃ夏の区界とぜんぜんかわらない。もっとわるいよ。そんなところに姉さんがいることとないだろう」

「うん」

ジュリーは素直に頷いた。

「でも、約束したんだ。ジョゼと。一緒に死のうって……もう、ずっと前からなんだ」

「破れない約束なの？　破るほうがジョゼも喜ぶのじゃないかな」最低最悪の説得……これではジュリーを後押しするようなものだとジュールは自嘲する。「それに、ねえ、約束を守ることにはならないよ。ここでは、死ねない」

「それは、わかってるの。でも、一緒に死ねる日が来るまでジョゼと同じところにいなくちゃ、いけないじゃない？　もうすぐここも硝視体に封じ込められちゃうよ？　別の時間に充たされちゃう。そうしたらもうジョゼとはぜったいに会うことはできない。いつか、あたしはほんとうにジョゼを死なせてあげたい。そのためにはここにいて、ジョゼと同じ時間をずっといっしょにいないとだめなの」

ジュリーはブロックの集積にぴったり身体を寄せたまま、言った。

ランゴーニが聞いたらどんなに喜ぶだろう。でもしかたがないのかもしれない……とジュールは思う。もともとは区界の制作者がデザインした感情だったにしても、それでもぼくらのかけがえのない真正な感情なのだ。ぼくがジュリーを好きだと思う、どうしようもないこの気持ちも、また、同じものだ。貶めることはできない。

だってこんなに好きなんだもの。どうしようもないよね。

「姉さん……ぼく、ねえさんのことがずっと、好きだったよ。凄く」

「うん、知ってたよ」姉さんは、にっこりとジュールに頷き返した。「あたしもそう。きみが、ジョゼより、ずっとずっと好きだった」

「……」

そうしてジュールは、突然に、痛切に、身体を切られるほどの切望につらぬかれた。

あの日の、あの誕生日のジュリーに会いたい、と。

夕陽が溶鉄のように流れこむ食堂で、残酷な、薄い刃のような、おたがいのいちばん深い場所へ届く、純白の視線を交わしたい。父の仮面をつけることで、やっとあのとき、ジュリーはぼくを逃げずに見てくれた。

そう……それで、ぼくは父をハックしたんだね……。いま、ここで、きっとそれを決めたんだ。ここから遡行したんだ。たぶん、この流れ硝視で、それを実現した……。

「長いあいだ、ありがとう」とジュリー。

「どういたしまして。こちらこそ長いあいだ……」とジュール。「でも、千年は長すぎ」

ジュリーはくすっと笑った。

「ね、あたしのこと忘れちゃだめだよ。きっとびっくりするようなことがあるよ。たぶん。これ、約束」

それから慌てて首を横に振った。

「そう……だめ。撤回。あたしのことは忘れといて。そして――どこへでもお行き」

それだけ言うと、ほっとしたような表情で、

いつものようにうなじの短い柔らかい髪を、こしこしっ、とこすって

ジュリーは崩壊した。

一気に、色とりどりの微細なタイル、官能素(ピクセル)に崩れおちた。

きっと、ずっと、耐えていたのだ。

ジョゼを崩壊させた苦痛は、とっくに、ジュリーを侵していたのだ。

でも耐えていた。ほほえみながら。

いや、それを言うなら、この区界が稼働したときからジュリーはずっとずっと耐えてきたのだ。もう十分だね。

ジュリーのブロックは、砂山を崩すようになめらかになだれ堕ちていき、ジョゼのブロックの中に混じり合い、カチカチと嚙み合い浸透していく。

分別不能になりたがっているみたいだった。

いつか……ジョゼとの約束をほんとうに果たす日のために、苦痛が織りなす長い長い眠りの中へ、そうやってジュリーは隕ちていったのだ。

最後の言葉は――そうだ、あの蜻蛉にかけてやったのとおなじ科白。

*

さくさくと砂をふむ。

ジュール・タピーの足が。

なだらかな、大きな大きな砂浜を、静かな波音が聞こえるほうへ、さくさくと足音を立てながら下っていく。

砂丘のように大きな砂浜。足あとひとつない白い砂のひろがり。

空は真っ暗だ。

遠い波音は、小さなグラスの表面ではじけるソーダの泡のように、小さく、頼りない。もうすぐ消えゆこうとするかのように聞こえる。

消える？　何が？　……海がか？

海は、どこにあったろうか。もちろん、夏の区界だ。

そう。夏の区界は、少なくとも夏の区界があったステージは、こうして残っている。

砂浜。海。かすかな星明かり。そして、ジュール。

計算は、続く。まだ続いている。

取り残されたオブジェクトたちのために。

苦痛の大伽藍は、もう、この世界にはない。罠を仕掛けるべき場所へ、ランゴーニが持ち去ったのだ。別の区界だろうか。

音もなく、風もなく、横滑りする感覚がひととき、流れただけだった。一切合切が運び出され、砂浜、海の音、かすかな星明かり、そしてジュールが残った。灰色の砂浜の上に、ひとり立っている自分に気がついたのだった。

伽藍が運び出されるとき、ひっかかっていた不要なガラクタがばらばらと落ちていった。おもちゃの箱を充塡していた藁屑より無価値な、もうだれも見向きもしないオブジェクトたち。

ジュールも、そのひとつ。

すこしはなれてアンヌの遺骸も横たわっていた。

長々と四肢を投げ出したアンヌは、石化していた。脆い石だ。ジュールは見開いたままの彼女の目を閉ざしてやろうとしたが、鉱物の薄片のような瞼は無理に動かすと剥落してしまいそうだったので、あきらめた。豊かで逞しい造形はそのままだったが、少し押すと、干物のように軽かった。その軽さに、なぜだか、涙が出た。アンヌがずっと大事にかくしていたはずの感情を、思ったからだろう。身体を押した拍子に、なにか、もろい、小さな紙束が落ちた。本のようだが、崩れそうだったから、開かずにアンヌの胸に戻した。

その身体に、まわりの砂を寄せ集めて掛けた。緩くもりあがったお墓の上に、ジュールは小さな光るものを置いた。くじらの耳飾り。ジュールが気がついたときそれはもう手の中にあった。あの横滑りの感覚のなかで、ジュールがとっさにしがみついた硝子の祭壇に、それがころがっていたのだ。なぜこれが残っていたのか——きっと、もう、これは不要になったのだ。これにかわるものを、ふたりは見つけたのだ。ひとつは自分が、もうひとつはアンヌが持っていたっていいのではないか。

ほかにも、伽藍からこぼれ落ちたＡＩの残骸が、白々とした砂浜の上に点々と散らばっていた。

そのひとつひとつに砂を掛けて回ったが、たいした時間はかからなかった。

しおえると、ほかにすることなど、ただのひとつもない。

それからジュールは、波音のほうへ歩きだしたのだ。

まだ海は見えてこない。歩きながら、ジュールは自分の頭の中のことを考える。

あれだけ、確かにつかまえた、と思った感覚はいまは消えている。

自分の中にいくつもの人格があり、その継ぎ目がぴたりと合わさった、と思えた。

それは、もう手の中からすり抜けるように、失われている。冷めた、不味い鈍麻感があるだけ。寝不足の瞼みたいな、腫れぼったい疲労感があるだけ。

〈テイル〉はもう、どこにもない。あの流れ込む感覚は、実際に起こったことなのだろうか。

記憶は曖昧だ。

ジュールは顔に手をあててみる。一度割れた磁器を不器用につなぎ合わせたような傷跡がそこにある。これだけの負傷がもう古傷になっている。〈テイル〉以外に理由は考えられない。では、事実だったのだ。老ジュールが傷を受けた、少なくともその未来時点には、到達したわけだ。でも傷以外は、まだ十二歳のままだけれど。そう、老ジュールのようになるまでには、まだまだかかるに違いない。

風はかすかに吹いている。気持ちよく涼しい。これは……夜明け前の温度だろうか。

ふたたび、夜明けは来るのだろうか。

さらに先へ進む。

さくさくと足音を鳴らしながら。

足音を意識しているのは、やっぱり〈音〉が返ってこないか、と気にしているからだろう。鳴き砂が生き残ってはいないか、と希望を持っている。

だから海の方角に向かっている。

波の音が近づいてきた。

ひとつ、小さな砂の丘を越えると、緩やかな下り坂がずうっと続いている。その先に、黒い海面が広がっていた。

錆はてた二台の自転車が砂に埋もれていた。

ジュールたちが今朝……いや、きのうの朝乗っていたものに間違いなかった。しかしもう、何十年も経ったように朽ち果てている。

そう……ここから先は、切り立った崖になっていたはずなのだが、そんなものはどこにもない。地形全体が、もうすっかり平坦でとりとめのないものになっている。だいいちホテルの裏手はすぐ海だったのだから。鳴き砂の浜はもうどこにもないのだろうか。それともこの自転車がたまたまここへ動いているだけで、崖はまた別などこかにあるのだろうか。もう少し……そう、波打ち際まではこのまま進んでみよう。

「どちらにお出かけだ？　女の子連れなんて、隅におけないな」

老ジュールが、そう声を掛けてきた場所、あれはどこだったろうか？

「……おけないな」

そう、声が聞こえた。

ジュールはぴたりと足を止めた。

その場で、足だけを踏みなおす。

「……おけないな」

老ジュールの声、あのときの声が、した。

その場で足踏みする。ざくざくと。

「どこに行くのかな？　女の子を連れて」

〈音〉が、足許から砂埃のように、もわもわと立ち上がってきた。

これはジュールの記憶をサンプリングして、反射的に、ただ投げ返してくるだけ。それでもこれはまぎれもない、鳴き砂の〈音〉だった。ここに鳴き砂が、わずかに生き残っている。

ジュールは、駆け出した。そのひと足ひと足が起こす意味不明の〈音〉を、断片としてけちらしながら、海へ。海が近づくにつれて、足〈音〉は色豊かに、おしゃべりに、なっていく。波紋を描いてひろがっていく。渦を巻く。


　波が足先をひたひたと洗っている。ほとんど無音の、緩やかな波。

　どこからどうして流れ着いたのか、ひどく毀れ、腐った木のボートが打ち上げられている。

割れた板の隙間で波が泡をつくっている。

ここで行き止まりだ。海を越えていかないかぎり。

ここからすべてがはじまったのだ……。

そう考えているのは、頭の中の、どうやら老ジュールの部分らしかった。かれの経験を、思い出をジュールに伝えようとしている。

どういう意味か。

蜘蛛とランゴーニの襲来のことを言っているのか……。

父をハックするためのぼくが、ここから時間を遡行していくことを意味しているのか。

それとも老ジュールの遍歴……かれが（ぼくが）あのように老いるまでのながいながい旅路のことを言っているのか。

それとも……

それとも……

おまえが何を気にしているか、当ててやろう……そう老ジュールは言う。ジュリーの最後の言葉……あれは何を言っていたのだろう。ぼくを引き下がらせるためのでまかせ？　ジュリーにかぎってそんなごまかしは絶対にしない。

新しい約束。

おまえが何を考えているか、当ててやろう……そう老ジュールは言う。あえて言われなくてもわかっている。

ここがほんとうに行き止まりなのか。

この海の先には、何もないのか。

そう、考えているのだ。

おまえが何を思考しているか、当ててやろう……そう老ジュールが言う。

鳴き砂。

硝視体（グラス・アイ）。

それはいったい、何者なのか。


「どちらへお出かけだ？」

老ジュールはかたわらに立っていた。

海からの風に、薄くなった白髪が吹かれている。それはきっと鳴き砂が作り出す、〈音〉で拵えた像。ジュールから老ジュールの情報を読みとって、そこに結んだのだ。あんまり集中して考え込んでいたから、砂たちが興味を持ったのだろう。

「これからぼくがどこへ行くか、あなたは知っているんだね」

「さあどうかな。わしの航跡とおまえのとをどちらも観察できる者は、いない。そんなこと、どうでもいいじゃないか。さっさと船出してしまえ」

「あなたは、残るの？」

「そうとも。ようやく鳴き砂のある場所にたどりつけたんだ。やれやれ、いつ復元できるかひやひやした。この像の形で、とうぶんはここにいさせてもらうよ。わたしの存在は、完全にこの鳴き砂に依存しているんだ。おまえの前にはじめてあらわれたそのときから、ずっとな。だから、わたしは、海の近くにしかいなかったろう？」

「そうか」ぼくは頷いた。そして、すぐに否定した。「でも、鉱泉ホテルには、いたじゃないか」

「そりゃそうさ。もうちょっと頭を働かすべきだな。なぜ、わたしが鉱泉ホテルで存在できたのか。明白だろう？」

ぼくは頷いた。自分で自分に謎を掛けているわけだから、解けてあたりまえ。

「でもそれなら……鳴き砂と硝視体がやっぱり同じ種類のものだとして……それはいったい何なのかな」

「知りたいのか？」

「うん」

「情報を代謝する……。それぞれがユニークな――つまり同じものがひとつもないという意味だが――手法で情報を代謝する存在。というより、その代謝という現象がそれ自身であるもの、そしてそのユニークさ、唯一性がそのアイデンティティであるもの……そうしてこの数値海岸で、超越的な力を持つことができるもの。それはいったいなんだろうか」

ジュールは頭をひねった。

「さあ」

「人間（ゲスト）さ」

老ジュールは腰を下ろし、鳴き砂をつかみあげて、指の間からさあっと溢(こぼ)す。

「これは、砕かれた、人間の似姿。シュレッドされた似姿。もとはだれだったのか、わからないほどに、こなごなに粉砕され破壊され混じりあった人間のエージェントだ」

「エージェント？」

「ゲストたちは、そう、精妙にこしらえた自分の情報的似姿を数値海岸へ遣わす。どんなトラブルがあっても本人が損傷しないように。このエージェントがゲスト本人へ還れない事態になったときは、必ず、破壊される。例外なく。プライバシー……というよりも……情報的唯一性の保持、情報人権宣言の理念が貫徹されているわけだ。ある日、もう千年も前のことだが、何億人ものエージェントが、一度に、破壊される事態が起こった」

「……大途絶(グランド・ダウン)」

「似姿たちは、即座にさらさらの微細な粒に解体され、散りはてた」

そうして老ジュールは海を見やった。

「ここに……この夏の区界の海に……その砂たちが集まってくるんだ、流れに寄せられて」

ジュールはまた、しばらく黙って考えた。なぜランゴーニは硝視体を求めて夏の区界に侵攻したのか。

「他の区界にちらばった砂も、この海に集まってくるの？」

老ジュールは前方を見たまま頷いた。

「とても全部じゃないがね」

「じゃあ、硝視体は……」

「さあどうなんだろうな」ほろにがい笑みを浮かべた。「わたしだってなにからなにまで知っているわけじゃない。でも硝視体が、鳴き砂由来のものであることは間違いなかろう？ほかに理屈の合うような答えがあるかね。たぶん、鳴き砂たちも何かの意思を持っているんだ。意思……希望……夢。なんでもよい。

たぶんやつらは回復したいのだ。自分のもとの姿を。

思い出したいのだ、自分が何者であったのかを」

ジュールは海を見た。この広大な海の底に敷き詰められている、人間（ゲスト）の情報的死体を打ち砕いてできた厖大な砂の堆積のことを想った。

まだ視たことのないものが、好き……。

老ジュールは、ぼくに、ある可能性をさりげなく示唆している。いや、目の前に突きつけている。

砂がたどった道のこと。

「つまり、砂は、この海を通って、この区界に寄ってきたんだね」

「そうだよ」

「その道を逆にたどることも、できる」

返答はなかった。

「約束は……？」ジュリーの最後の約束のことを、ジュールは言っている。

「果たされたよ。わしの場合、だがね」

ジュールは、無言で、しばらく風に吹かれていた。そして、訊いてみた。

「不思議だね。右目はないのに……左目をつむっても、ちゃんとものが見えるんだ」

老ジュールは前を向いたまま頷いた。そしてひとことだけ言った。

「放浪者の義眼（ドリフターズ・グラス・アイ）」

そうか、思わずジュールはほほえんだ。それで——流れ硝視（ドリフト・グラス）。

〈テイル〉の力。

それはたぶん、ちゃんとまだぼくの中に格納されている……。

「そうそう、ひとつ頼まれてくれ」老ジュールは愉しそうに言った。「三姉妹に会ったらな、よろしく言ってほしいんだ」

ジュールは目をあげた。

水平線は、まだ、真っ黒だ。

しかし、なぜ水平線が見分けられる？

それは空が、わずかに、そうとは見えないほどかすかに明るくなっているから。

朝日がきょうも夏の光を届けた。

もうすっかり明るい。

ジュール・タピーは、ひとりで、砂浜に腰を下ろしている。黒い姿は老いた鴉が羽を休めているみたいに見える。
朽ち果てた木の小舟は、もう、そこにはない。
皺だらけの顔を、ジュールは、巨大な鏡面のように輝く海に向けている。
光に呑み込まれて、もう、小舟に乗った少年の姿は見えない。
入道雲が峙(そばだ)っている。
あの薔薇色を帯びて。

ジュールは海に背を向ける。
とがり岩がある。
崖がある。
その向こうへ――
ジュールは、ようやく帰郷した者の面持ちで、海と反対側に歩きだす。

ノート

『グラン・ヴァカンス』のドラフトは一九九二年の夏から二〇〇一年の二月にかけて書かれ、同年夏の推敲をへて九月に初稿が完成した。約十年ぶりの新作であり、飛のはじめての著作である。

その前に書いた一五〇枚の中篇は執筆に四年を要した。まあ速筆とはいえまい。そこで次は二〇枚の掌篇を書くことにした。これなら一年で完成すると見込んだが、一年が八年になった時点で、手元には二〇〇枚あまりに膨らみ座礁した原稿があった。お手上げである。こっそり白状するが半年もパソコンの電源を入れなかった時期さえある。

ところが二〇〇〇年に、ふたつのことが天恵のように起こった。ごみ焼却炉の掃除と『神魂別冊：飛浩隆作品集』の刊行である。前者についてはここで述べない。後者は岡田忠宏氏と山陰地方の知人が制作したファン出版で、それまでの拙作を網羅したものだ。いろいろあったのだが、とにかくこのふたつが飛をリセットしてくれた。一から書き直して、一年後六二〇枚あまりが書き上がっていた。

本書は〈廃園の天使〉の名で書かれる連作の第一作にあたる。今後は、お読みになったとおり、本篇の終盤で作り上げられたあるものの行方を追っていくことになるだろう。しかしどのような作品が連なっていくのかは決めていない（本書の出版と前後して〈ＳＦマガジン〉に掲載された二篇は前日譚にあたる）。おそらく三つの長篇といくつかの中短篇で構成されることになるような気が、なんとなくしないでもない（笑）。綿密に決めてもどうせ夏休（グラン・ヴァカンス）みの日課同様、守れるものではない。いま言えるのは、次の長篇は舞台も趣向もがらりと変わったものになるだろうということだけだ。

本書の主題は「放棄された仮想リゾート」である。いまとなっては些か凡庸に過ぎる題材であろう。「味付けしだいでは新味があるかも」と思ってくださる方がいるかもしれない。セールストークは苦手であるから、ひとつだけ申し上げる。執筆中「新味を出そう」とは考えなかったから、ここにあるのはもしかしたら古いＳＦである。ただ、清新であること、残酷であること、美しくあることだけは心がけたつもりだ。飛にとってＳＦとはそのような文芸だからである。

岡田忠宏氏が飛の諫めに耳を貸して『作品集』をあきらめていたら、本作はまだ二四七枚あたりをうろうろしていただろう。二二三枚かもしれない。感謝の言葉もない。

早川書房の塩澤快浩氏は、とつぜん送りつけられた拙稿を電撃的速度で読み上げ、この叢書に加えることを即断された。同じく早川書房の阿部毅氏には十年間の音信不通にもかかわらず、あたたかいお力添えをいただいた。ありがとうございました。

作中、金盞花(スウシー)のエピソードはアンドレ・ピエール・ド・マンディアルグ「仔羊の血」(生田耕作氏訳)にインスパイアされている。登場人物のひとりが綴いた詩はポール・フォール「潮焼けした水夫たちの唄」(窪田般彌氏訳)である。記して作者と訳者の皆様にお礼申し上げます。

さて、塩澤氏から最初の電話があったとき、飛は出張で不在だった。家族は宿の電話番号を知らない。携帯はバッテリ切れであった。狼狽した妻はその町のホテルというホテルに片端から電話をかけて居所をつきとめてくれた。彼女は飛のSF活動には興味も関心もない(つまり好きにさせてくれている)のだが、ささやかながら本書の出版に関与したことをメモしておこう。ええと、つまりその、本書は彼女に捧げる。

文庫版のためのノート

本書は二〇〇二年九月に〈ハヤカワSFシリーズ　Jコレクション〉の一冊として刊行された同題のSF小説の文庫化である。

まえの「ノート」に書いたとおり、本書は着想から出版まで十年もかかった。仮想世界や人工知性という変化の大きな分野の題材を取り扱っているので、すでに内容は時代遅れだったろう（ウェブでそういう評を沢山読んで傷ついたのは内証だ）。そして、それからさらに四年が経ったわけである。

というわけで、これから手に取る読者はご安心いただきたい。

本書の中途半端に古びた部分は、この四年ですっかり風化し剝がれ落ちてしまっただろう。ただしそれは刀でいえばただの鞘だ。中に収めてあった刀身にはまだ曇りひとつないはずである。鞘がなくなって、むしろ目が行きやすくなったくらいだ。

まえの「ノート」にあるように、執筆中「新味を出そう」とは考えなかった。しかし「新しくない」とは当時も今も、思っていない。十四年目の切れ味をあなたの目で検分してみてはいかがだろうか。

（こいつ大きく出たなと思っておられるであろうが、ここはセールストークを吹聴する場なので大きく出ないと意味がない。精いっぱいがんばってみました）

カバー画は塩田雅紀氏が引き受けてくださった。あの画風――予感と不安が静かに拮抗する風景を本書に頂けるのは、無上の幸せとしか言いようがない。解説の仲俣暁生氏は、〇四年に〈ＳＦマガジン〉誌で本書を論じてくださっている。当時から鞘のことは歯牙にもかけておられなかった。というわけで緊張している。

最後に、本書を、もういちど妻に捧げる。

（あいかわらずＳＦには何の関心もない模様）

物語を「読む」ことをめぐる、優しくも残酷な寓話

フリー編集者／評論家
仲俣暁生

読まれないまま永く放置された本のなかでは、登場人物(キャラクター)たちはどんな風に生きているのだろう。読者の介入によって、彼らの暮らしがすっかり変わってしまう、ということはあるだろうか。

小説を読むという行為がたんに受動的に物語世界を享受することではなく、作品世界のなかで生きている登場人物との間にかけがえのない関係を打ち立てることだとすれば、読まれないまま作中で生きる登場人物たちのことさえも、私たちは想像せずにいられない。少なくとも、いまあなたが手にとっている『グラン・ヴァカンス　廃園の天使Ⅰ』という小説は、いやでもそういうことを読者に考えさせてしまう作品である。

南欧の田舎にある港町をイメージしてデザインされた、会員制の仮想リゾート〈数値海(コスタ・デル・)

岸（ヌメロ）〉の〈夏の区界〉には、コンピュータ・プログラムを人間の姿かたちに実体化させたAIと呼ばれる住人が暮らしを営んでいる。この〈夏の区界〉は、ゲストに性的な快楽を与えるために設計された空間であり、その刺激を昂進させるためのお膳立てとして、「素朴で不便な町で過ごす夏の休暇」というテーマが設定されている。

〈夏の区界〉で暮らすAIはゲストに対して精神的に完全に依存するようにプログラムされており、ゲストはAIにどのような酷い凌辱をくわえることも許されている。だが千年前の「大途絶（グランド・ダウン）」以来、区界を訪れるゲストは完全に絶えている。理由は不明。しかしリゾートは閉鎖されることなく運営され続け、AIたちはただ一人のゲストも迎えることなく、この区界で千回以上も永遠の夏をくりかえしている。

そんな〈永遠の夏休み〉がついに終わり、「大途絶」以来絶えていた外部からの訪問者が千年ぶりにあらわれる。『グラン・ヴァカンス　廃園の天使I』は、〈夏の区界〉をまるごとの崩壊にみちびくことになる、この運命的な一日のできごとを描いた長篇小説である。

主人公は、チェスの天才である十二歳の少年ジュール・タピーと、誰とでも寝る性的な自制のこわれた少女ジュリー・プランタン。年長のジュリーはジュールを「従弟（いとこ）さん」と呼ぶ。ジュリーはちいさな〈硝視体（グラス・アイ）〉のピアスを舌先につけている。硝視体（視体、とも呼ばれる）はゲストの来訪が絶えた後に区界でみつかるようになった物質で、ここに存在する物体や現象に、超自然的な力で働きかけることができる。ジュリーはこの視体の優秀な使い手なのだ。

ジュールとジュリーはその日〈鳴き砂の浜〉へ出かけ、砂のたてる〈音〉によって、区界が何者かに攻撃されていることに気づく。住み慣れた町は貪欲な〈蜘蛛〉によって食われ、その大半は「消えて」しまう。区界の完全崩壊をふせぐため、視体の使い手たちが〈鉱泉ホテル〉に集結し、硝視体を編みあげた「罠のネットワーク」で防御をかためた、来襲する〈蜘蛛〉と壮絶な攻防戦を繰り広げる。

〈鉱泉ホテル〉攻防戦における最強の女戦士アンヌ、アンヌの相棒でジュリーが恋こがれるジョゼ、「罠のネットワーク」を見事に編み上げた盲目の女イヴェット、温厚な人柄で皆に慕われる〈鉱泉ホテル〉の支配人ドニ、ジャムやピクルスの瓶を連想させる体型をした三つ子の老姉妹アナ、ドナ、ルナ。これらの魅力的な登場人物を配しつつ、物語はクライマックスへ向かう。

やがて〈蜘蛛〉の操り手であるランゴーニが少年や巨人などさまざまな姿で、残された区界に現れる。〈鉱泉ホテル〉に立てこもるAIたちに対して圧倒的な力をふるうランゴーニは、〈天使〉というさらなる超越的な存在に対抗する手立てを求めている。ランゴーニとは何者か。ランゴーニでさえ畏れる〈天使〉とは何か。そして、そもそも「大途絶」はなぜ起こったのか――こうした謎を残しつつ、〈夏の区界〉は崩壊し、〈廃園の天使〉という壮大な物語の第一部が終了する。

作者の飛浩隆は〈SFマガジン〉一九八三年九月号に掲載された「異本・猿の手」で本格

的にデビューした。だが九二年に書かれた「デュオ」を最後に、飛の作家活動は途絶える（この時期に〈SFマガジン〉に発表された中短篇は、ハヤカワ文庫JA『象られた力』に収録されている）。本作『グラン・ヴァカンス』は、二〇〇二年にハヤカワSFシリーズJコレクションのために書き下ろされた初長篇であるだけでなく、九二年から〇二年にいたる作者自身の「大途絶」に終止符を打った記念すべき作品でもある。

この小説をはじめて読んだときの衝撃を、私はいまも忘れることができない。形式と内容がみごとに一致した「完全な小説」——そう思わずにいられなかった。

六〇〇枚を超える長篇でありながら、冒頭から結末にいたるまでただのひとつも無駄な言葉やフレーズがないほど緻密に構成された、磨き上げられた短篇小説のような文章の完成度の高さ。「完全な小説」という印象の理由の一つは、まずそこにある。

にもかかわらず、その緻密な作品世界を同じくらい細心の手続きで崩壊させていく手際のなかに、飛浩隆という作家のすべてがあるように思う。作者あとがきにあたる「ノート」という文章で、飛自身もこう書いている。「清新であること、残酷であること、美しくあることだけは心がけたつもりだ。飛にとってSFとはそのような文芸だからである」

〈夏の区界〉の造型には、SFというジャンルに向けられた作者の思いのすべてが、古典へのオマージュや過去の自作の変奏を添えつつ、惜しげもなく注ぎ込まれている。しかも、そのようにして創りあげられた〈夏の区界〉は、あっけなくこの作品で破壊し尽くされる。「大途絶」の後は完璧な閉鎖系となっていた〈夏の区界〉と外部からの侵入者との関係は、たやすく『グラン・ヴァカンス』という作品とその読者との関係に転化される。読者は、知らず知らずのうちに自身が〈区界〉への侵入者と同じ立場になっていることに気づかされるのだ。

しかも作者は読者を、〈数値海岸（コスタ・デル・ヌメロ）〉の運営者がゲストに対してするのと同じくらい丁重にもてなしてくれる。おかげで読者は、「仮想リゾート」で放埒な体験をもとめるゲストと同様、どこか背徳的なことをしている気分にさせられる。あまりにも人間くさいＡＩたちに感情移入しながらこの物語を読みふけるうち、自分が物語世界への「侵入者」でもあることに気づくと、私たちは居心地の悪さを感じざるを得ない。

中井英夫（塔晶夫）によるアンチ・ミステリの金字塔『虚無への供物』の最後で久生が亜利夫に言う言葉を、私はここで思い出す。

> むろん、探偵小説よ。それも、本格推理長編の型どおりの手順を踏んでいって、最後だけがちょっぴり違う――作中人物の、誰でもいいけど、一人がいきなり、くるりとふり返って、ページの外の〝読者〟に向って〝あなたが犯人だ〟って指さす、そんな小説にしたいの。ええ、さっきもいったように、真犯人はあたしたち御見物衆には違いないけど、それは〝読者〟も同じでしょう。

物語のなかで残忍な事件が起こることを絶えずもとめる、貪欲な「読者」に対する断罪の言葉がここにはある。『グラン・ヴァカンス』を読みすすめるときに私たちが感じるのも、ひとつにはこの残酷な物語を無傷の立場で読むことへの一種の罪悪感にほかならない。この小説が「完全」に思えるもう一つの理由は、「作品」と「読者」とのそのような微妙な関係が〈夏の区界〉とゲストの関係として構造化され、物語のなかに巧みに織り込まれているからだ。

再び問う。読まれないまま放置された物語のなかでは、登場人物たちはどんな風に生きているのだろう。そして、彼らの暮らしは読まれることでどのように変わってしまうのだろう。読まれたことで、この物語の登場人物たちが少しでも「幸福」になるのかどうかは分からない。しかし、少なくとも物語を読みおえた私たちのなかで、〈夏の区界〉に住むＡＩたちを襲う残酷な運命は「記憶」として定着してしまう。その記憶はいつまでも棘のように突き刺さったままだが、それは同時に、とてつもなく甘い。

この優しくも残酷な物語は、最後に「希望」――年をとることができないＡＩであるはずの少年ジュール・タピーの「成長」――へ向けた第一歩で終わる。物語の最後ちかくの老ジュールと少年ジュールの対話は、〈夏の区界〉の崩壊が少年ジュールにとっての長い長い旅のはじまりであることを示唆する。私たち読者は、この緻密に構成された世界をめぐる次なる物語を――それがいかに残酷な物語であろうとも――求めずにはいられない。

本書に続く〈廃園の天使〉シリーズの第二巻『ラギッド・ガール』は〈数値海岸（コスタ・デル・ヌメロ）〉と

〈夏の区界〉にまつわる中短篇集で、ジュリーとジョゼ、ジョゼの弟マルタン、そしてスウシーの物語が語られる『グラン・ヴァカンス』のプロローグ的作品「夏の硝視体（グラス・アイ）」、〈夏の区界〉の殲滅者ランゴーニの誕生物語「蜘蛛（ちちゅう）の王」、〈数値海岸（コスタ・デル・ヌメロ）〉の成り立ちにかかわる三話（「ラギッド・ガール」「クローゼット」「魔述師」）の計五話が収録されている。またシリーズ第三巻としては、「昭和五〇年代の日本の地方都市」というコンセプトの区界を舞台とした学園ものの長篇、『空の園丁（仮題）』も予定されており、こちらの刊行もじつに待ち遠しい。

「物語」を紡ぐこと、「小説」を書くこと、それらを読むこと／それらが読まれることのもつ意味をここまで深く掘り下げている飛浩隆は、現代日本文学のなかでも希有な存在といえるだろう。『グラン・ヴァカンス』の文庫化を機に、ジャンルを超えて読まれるべき類い希なるこの同時代作家が、より多くの読者を獲得することを心から願う。

本書は、二〇〇二年九月に早川書房より単行本として刊行された作品を文庫化したものの新装版です。

著者略歴　1960年島根県生，島根大学卒，作家　著書『象られた力』『ラギッド・ガール』（以上早川書房刊）

HM=Hayakawa Mystery
SF=Science Fiction
JA=Japanese Author
NV=Novel
NF=Nonfiction
FT=Fantasy

廃園の天使Ⅰ

グラン・ヴァカンス

〈JA861〉

二〇〇六年九月三十日　発行
二〇二一年二月十五日　六刷

（定価はカバーに表示してあります）

著　者　飛浩隆
発行者　早川　浩
印刷者　大柴正明
発行所　株式会社　早川書房

郵便番号　一〇一 - 〇〇四六
東京都千代田区神田多町二ノ二
電話　〇三 - 三二五二 - 三一一一
振替　〇〇一六〇 - 三 - 四七七九九
https://www.hayakawa-online.co.jp

乱丁・落丁本は小社制作部宛お送り下さい。
送料小社負担にてお取りかえいたします。

印刷・株式会社亨有堂印刷所　製本・株式会社フォーネット社

ISBN978-4-15-030861-2 C0193

本書は活字が大きく読みやすい〈トールサイズ〉です。